有爱的青春陪伴者

亚细亚，今天宠我了吗？

古点 著

花山文艺出版社
河北·石家庄

图书在版编目（CIP）数据

丞相，你今天宠我了吗？ / 古点著. -- 石家庄：花山文艺出版社，2021.10
ISBN 978-7-5511-5967-8

Ⅰ. ①丞… Ⅱ. ①古… Ⅲ. ①长篇小说－中国－当代 Ⅳ. ①I247.5

中国版本图书馆CIP数据核字(2021)第130560号

书　　名：丞相，你今天宠我了吗？
CHENGXIANG,NI JINTIAN CHONG WO LE MA?
著　　者：古　点
统筹策划：张采鑫
特约编辑：周丽萍
责任编辑：郝卫国
美术编辑：胡彤亮
责任校对：卢水淹
装帧设计：刘　艳　cain酱
封面绘制：池袋西瓜
出版发行：花山文艺出版社（邮政编码：050061）
（河北省石家庄市友谊北大街330号）
销售热线：0311-88643221
传　　真：0311-88643225
印　　刷：湖南凌宇纸品有限公司
经　　销：新华书店
开　　本：880×1230　1/32
印　　张：9
字　　数：214千字
版　　次：2021年10月第1版
　　　　　2021年10月第1次印刷
书　　号：ISBN 978-7-5511-5967-8
定　　价：39.80元

（版权所有　翻印必究·印装有误　负责调换）

001 ◆ 1. 皇帝这职业

005 ◆ 2. 爱卿，如果萌，请深萌

013 ◆ 3. 皇上，请冷静

021 ◆ 4. 朕很顽皮怎么办

032 ◆ 5. 朕终于穿上女装

039 ◆ 6. 朕要成亲

048 ◆ 7. 朕已哭晕在厕所

052 ◆ 8. 朕为爱卿指个婚

056 ◆ 9. 朕很忧伤

064 ◆ 10. 兄台，相见恨晚

070 ◆ 11. 皇叔，很奸诈

076 ◆ 12. 皇叔，不正常

080 ◆ 13. 青山绿水，后会无期

085 ◆ 14. 番外　皇叔

090 ◆ 15. 朕穷得没饭吃

099 ◆ 16. 这年头卧底真多

104 ◆ 17. 长岭山神医

111 ◆ 18. 厕所工也是不容易

目录

- 119 ◆ 19. 身世揭晓
- 125 ◆ 20. 表白遭拒
- 131 ◆ 21. 番外 唐墨
- 136 ◆ 22. 寨主，请多多指教
- 142 ◆ 23. 霸王硬上弓
- 147 ◆ 24. 不见庐山真面目
- 154 ◆ 25. 鸡飞狗跳的山寨
- 163 ◆ 26. 各种坑蒙拐骗
- 185 ◆ 27. 假媳妇也要见公婆
- 199 ◆ 28. 好一个腹黑郎君
- 203 ◆ 29. 番外 宋洛君
- 218 ◆ 30. 夫人，请冷静
- 227 ◆ 31. 再见皇叔
- 240 ◆ 32. 再见侯戈
- 246 ◆ 33. 番外 太后
- 257 ◆ 34. 结局篇【上】
- 264 ◆ 35. 结局篇【下】
- 276 ◆ 番外 乌龙的七年之痒

1. 皇帝这职业

朕有个不得医治的病症,名曰"想死病"。

这个病是从朕登基那天便患上了的。思及此,朕就想起半个月前苦哈哈的登基大典。

那天,天气极度燥热,火红的太阳炽烈至极,朕被一干朝臣元老死拖硬扯架上圣坛,然后在众臣热忱的目光下,顶着烈日在上头读念什么文告。约莫过了两三个时辰,朕从圣坛上走下来的时候,有宫女掩嘴惊呼,一副见了鬼的表情。朕不明所以,掏出随身携带的镜子一看——哦,朕瞬间变成了一个非洲人……

父皇的后宫佳丽实在寥寥无几,算起来连十个妃嫔还不到。然而这二十几年下来,宫中能诞下龙嗣的,就只有我母后一人。

她们之间是否有钩心斗角或者什么见不得人的手段导致不孕不育,朕就不知道了。

如此,朕便成了独生子女。

犹记父皇临终前曾对我说:"阿篱我儿,父皇就要去了,可我最放心不下的就是你啊……唉,你要做个明君知道吗?你要掩护自己的女儿身知道吗?要当心你那个狼子野心的皇叔知道吗?唉,父皇……"他话还没说完,就撒手人寰了。

每每想起这事,朕就一阵痛心疾首!为何不一开始就拒绝父皇的请求呢？如此便不用每天过着提心吊胆、生怕身份被揭穿的日子了。

自从朕当了皇上之后，便不能随心所欲做自己想做的事儿了，任何事都得偷偷摸摸的，活像做贼似的。

朕每日清晨便被宫人叫醒，睡眠时间连三个时辰都不到，就要更衣到大殿上朝。

——朕很苦。

下朝之后，朕就被一群老顽固拥到偏殿议事，往往被缠得脱不开身，连半点娱乐时间都没有。

——朕很郁闷。

晚间在御书房里批奏折，朕看着桌上摆放着一碟精致可口的糕点，却只能眼巴巴地瞧着，连闻个味儿也不敢。记得有一次，朕实在嘴馋得紧了，便偷偷拈了一块放进口中，然而还未等糕点在舌尖融化，丞相大人就来了。

他眉眼俊秀，看着朕的眼神似笑非笑："皇上，糕点可是女孩家嗜好的……"

朕听了他这句话，惊得赶忙将糕点放下，讪笑道："太后近日嗜好甜食，朕只不过替她尝尝哪些好吃一点罢了。"

——连吃个东西都不能光明正大，朕很痛苦。

每逢佳节，便有尚衣房的人捧着华丽精致的衣裳送到后宫，朕坐在凉亭里，瞅着后宫里的女人穿得花枝招展，心里那个泪流满面啊……

这时，丞相大人便会施施然对朕说："皇上若是像女子那般喜爱衣饰，那可不妥……"

朕听了他这话，气得咬碎一口银牙！这厮左一句女孩家，右一句不妥，朕就是再蠢也明白他的弦外之音！

——不会被他看出破绽了吧？朕很惶恐。

当了皇帝之后，朕便与自由绝缘，做任何事再也不能随心所欲，整日偷偷摸摸的也就罢了，还要提防居心叵测要篡位的皇叔，更要时时刻刻保持警惕，万万不能在人前泄露身份！

朕活得很累，朕想死了一了百了……

这个念头刚浮现脑海，朕便把这一想法付诸行动。

下朝之后，朕便来到御花园的一处荷花池。朕瞧了瞧波光粼粼的水面，欢快地撩起衣袍，爬上栏杆正准备跳下去的时候，忽然一众太监急急奔来，殷勤谄媚地对朕说道："皇上是要到池里捕鱼吗？"

朕一愣，不明就里。

太监又说："这等小事由奴才来做即可，皇上您到一边歇会儿！"

朕又不是捕鱼达人！朕是想自杀懂不懂？

第一次的自杀计划失败之后，朕并不气馁，很快又找到一个新的自杀地点。

这回，朕特意避开众人，独自一人站在富丽堂皇的宫殿上。瞧着眼前六根红色的雕龙大柱，朕认真思索一番，打定主意后便挽起宽大的袖口，然后做了个俯身"预备"的姿势，果断往红色大圆柱冲去！

眼看离目标越来越近，越来越近，朕心里高兴之余，便快乐地闭上眼睛。

"咚！"

等待朕的并不是尖锐的痛楚，而是一堵稍软且温热的肉墙。

朕扶额哀叹，为何上天总让我求生不能求死不得？朕愤愤地抬起头，却对上一双盛满盈盈笑意的黑眸。

又是这个奸臣！

他上下打量朕的头部，啧啧笑了几声，好奇道："皇上，您在练铁头功？"

意图自杀这件事儿，自然是不能被他知道的。是以，朕露出八颗牙齿的标准笑容，讪笑道："呃，我只是头皮痒……"

2. 爱卿，如果萌，请深萌

夜色深沉，朕刚处理完政务，便迫不及待地飞向明黄的象牙大床。朕躺在床上，虽然累成一条狗，却怎么也睡不着。

朕穿着明黄的睡袍，捂了捂胸前软软的两团"肉饼"，感受其日渐长大，朕甚是宽慰却又隐隐担心。这白花花的"小笼包"啊，终于如愿长大了，可是问题来了，这一日比一日大的"小笼包"，到时该如何掩饰啊？

难不成还要换一条大号的布帛绑住？

平日里，朕用一条轻柔的白绫束胸，就已经很痛苦了，不仅胸闷难受，而且还会影响朕的发育啊……

朕整日担惊受怕，做任何事都屡屡受阻，朕真心觉得皇帝这职业太苦了！

第二天清晨，朕一路打着呵欠步入后宫。

德宁宫内，一位气质雍容华贵的美妇人卧在贵妃榻上。当听到门口传来"皇上驾到"的通报声时，那位原本躺在榻上的美妇人便一个鲤鱼打挺跳起来，然后叫来婢女，帮忙在脸颊上敷一层层的胭脂水粉，方才笑着出来迎朕入宫。

望着眼前风韵犹存的美妇，朕暗叹口气，挥手屏退下人，这才走上前去牵住她的手。

"今日好不容易罢朝一天，母后竟连个懒觉都不让我睡吗？"

此时的太后早就将人前装出来的威严冷厉丢到爪哇国去了。她满脸堆笑:"都是母后的不是,都是母后的不是。阿篱我苦命的闺女,真是辛苦你坐上这个皇位啦!"

一提这事,朕就牢毛了,控制不住地怒吼:"你要知我如此辛苦,干吗死活要拖我上皇位?你当年咋就不再生一个儿子?"

太后听了这番话,顿时满面愁云,看着朕,幽幽道:"篱儿啊,我何尝不想再生个儿子?可问题是我生不来了啊。哎……自打你出生,我和你父皇便把你当男儿来养,为的就是提防你皇叔篡位啊……"

皇叔皇叔,又是那个死鬼皇叔,要不是他,朕就能好好儿当我的公主,不用提心吊胆地过日子,不用束胸,每天绫罗绸缎、金钗玉环……

"当了这个皇帝,我这辈子也算是毁了,注定孤家寡人了啊!"朕趴在母后腿上,倒豆子似的把所有烦心事说出来。

太后托着下巴想了想,脸色凝重地与朕商议:"我的篱儿生得青春貌美,怎可如此老死宫中?这样吧,到时我便为你和宋洛君指婚吧,你看如何?洛君那孩子倒是不错,是个值得托付终身的好丈夫。"

朕此时正喝着茶,听了母后这话,顿时呛得直咳嗽。

要朕嫁给宋洛君?开什么玩笑!这厮一看就是个阴险小人,满肚子坏水,整天只知道拆朕的台、坏朕的事!

没错!这个宋洛君,便是当今丞相,身为百官之首,权倾朝野。他和另外三位朝廷元老都是我父皇的心腹近臣,自小就被送入皇宫开始培养,学习权谋之术,只为朕登基时,辅佐着朕进行参政。

朕记得初次遇见他时,是在皇家庭院的御花园。

当时朕还是个太子,一身男装打扮,娇小的身子缩在假山下抽抽噎噎。当一双黑色的鹿皮绒靴映入我眼帘时,抬头便看到少年清秀俊朗的

脸。

他看起来十五六岁的年纪,然抿着唇,故作老成地看着我:"你为何哭泣?"

我从没见过这样好看的少年,只愣愣地瞅着他。好半晌,我才吞吞吐吐地说:"我屁股后面流血了……"

在那少年疑惑的目光下,我背过身,指了指身后染血的衣袍。

"痛不痛?"他问。

我摇摇头。

其实我也不明白为何流血却不痛,直到他送我回到德宁宫,问了母后才明白这是来癸水的缘故。

事后我一直惶恐不安,生怕宋洛君会因此知晓我的身份,然后将这个秘密公布于众,从此大昭天下。可事实证明,东宫太子是个假小子这件事还是不为人知的,要不你看,五年过去了,朕都十八岁了,宋洛君也双十了,都没见他有任何异常反应。

说起来,他还是京城第一美男哪,京城里爱慕他的姑娘多了去了,上至官家小姐,下至街头女叫花……就连朕那个美冠天下的皇叔与之相比都逊色一分。

说到朕的皇叔,若真要来个客观评价,不得不承认,他容貌生得极好,当真是艳若桃花又雅如明月,朕当年曾见过他一面。只一面,就叫朕震惊当场。

只是,朕那皇叔实在是太叫人痛恨,性格扭曲不说,竟然还敢瞧不起朕!当着众臣之面,说朕不过是个黄口小儿,没半点王者风范,不配继承大统……

到了午休时间,朕便回了寝宫准备睡个午觉,忽然小桶子跪在殿外,说有急事禀报。

小桶子是朕的贴身太监,平日里灵光得很,没什么事情在他看来是大事的,如今他却行色匆匆赶来禀报,想来是真出了什么事了。

朕起身披了一件外袍,捧了一杯热茶慢慢啜饮,慢条斯理地开口:"怎么了?"朕悄悄地在心里为自己点个赞!嘿,父皇不是老教导我,无论遇到什么事,都要表现得临危不乱、从容不迫,面临泰山压顶都面不改色的嘛,就在方才,朕不就做到了?

哈哈哈!

然而,小桶子的一番话让朕不淡定了。

他擦擦额头的汗水,道:"皇上,南阳王率领八万铁骑大军回京了!"

"哐当"一声脆响,茶杯从手中脱落,朕吓得差点没抱头鼠窜……

看来装淡定也是个技术活儿啊。

南阳王便是朕那个野心勃勃的皇叔,名唤金远羽,听母后说,他仅年长我八岁。

自从三年前见过一面,朕就被他那毒舌毒得无地自容,那家伙黑人的本事可谓是独步天下!

朕揽镜自照,容貌自认不差,衣装服饰也没什么不妥,猜想他肯定挑不出什么毛病。

想起三年前他曾当众说朕没有王者的风范,朕仔细想了想,似乎还真是他说的那么一回事!

就拿朕登基了半个月在朝中还没有威信的事来说吧,每日上朝,原本肃穆庄严的大殿,却被一群老臣当菜市一般吵得热火朝天,完全无视身为一国之君的朕。

这种情况时常有之,朕几次大喊"肃静"无效,最后还得求助百官之首的宋洛君。那厮一向诡计多端，实在叫人不得不服。

他既能从当年小小的状元郎一步步走上权力巅峰，成为一人之下万人之上的一国丞相，若是没点真本事怕是不行的。

思及此，朕马上派了小桶子去相府请宋洛君入宫。

黄昏，夕阳西下。

朕与丞相在湖心亭"打太极"。

"你到底帮不帮？"

"皇上，恕臣愚钝……"

"你不是很聪明很牛吗？怎么连给朕想个应付南阳王的法子都没有？"朕激动地揪住他的衣领。

斜眼瞧着他还能淡定地喝茶，朕心里那个嫉妒羡慕恨啊——为什么这厮老是比朕出色比朕厉害？

他修长白皙的手指托着一个茶杯，垂眸似在思索什么。

忽然，他抬头，对朕粲然一笑，缓缓启唇："皇上，臣有一个法子，不知皇上愿不愿试？"

朕怔了一下，心底划过一丝不好的预感……

见朕不答，他又说："皇上每日都以笑脸迎人，对臣民亲和随性，自然难以树立威信，倘若——"他刻意拉长语调，好似在引诱着朕往陷阱里跳。

可朕还真不是什么好鸟，于是随着他早已拟订好了的方向问道："倘若如何？"

"倘若皇上能做到面无表情、神色深沉的话，估计皇上就不用为树立威信而忧愁了。"

神色深沉和神色阴沉两者之间没有什么区别好吗？爱卿你这是要朕

装面瘫是吗？可是朕的面部表情很丰富根本装不来啊，朕可是诚实善良的好人来着！

宋洛君瞟了朕一眼，凉凉地道："臣知道这件事于皇上来说怕是有些困难。所以，臣自奉上神丹一颗，愿解君忧。"

"神丹？"朕一脸震惊，想不到这玩意儿还能给朕解决难题？

于是，朕伸手接过，放在手心里细细端详。

这所谓的神丹就像一颗通体圆润的红珠子。

"皇上，这是'飞流直下三千血'，前段时间臣到长岭山求医时偶然得到的。"他说完，瞥了朕一眼。

飞流直下三千血？

光听这名字就不是什么好东西。朕扯了一个僵硬的笑容，问道："爱卿，你不会是要朕口服吧？"

他笑："皇上英明。"

看着这颗血色的"神丹"，朕闭上眼睛，认命般地投进嘴里。为了树立威信，为了能在皇叔面前不丢气势，朕……豁出去了！

眼见我把神丹吞下，宋洛君这才缓缓地开口："皇上，从现在开始，您不能笑，哪怕牵动嘴角也不行。您要时刻保持面无表情，否则会流鼻血……"

这就是飞流直下三千血？朕险些吐血，于是再次上前揪住他的衣领："奸臣！你居然坑朕！"

早知道这东西有这么个特效，打死朕也坚决不吃。毕竟朕是表情帝，面色变换丰富得很，实在做不到面无表情啊。

"皇上，淡定，淡定……"他轻轻拨开朕的手，"臣还坑爹呢。皇上，这药定能带给您想要的效果，明日上朝时，您就知道了。"

朕恨恨地剜了他一眼，甩袖离去。

朕回到自己的泰宁宫，小桶子便欢快地迎上来。

"皇上您热不热啊？奴才给您扇扇风！"

"皇上您饿不饿啊？奴才去给您传膳。"

"皇上……"

朕站定，无比哀愁地望着眼前这个机灵的清秀少年。

"皇上您咋愁眉苦脸呢？"小桶子惊讶极了。在他眼中，朕是个很欢脱的皇帝有没有……

朕挥手命他退下，转身回了寝宫睡觉。

翌日上朝时，众臣纷纷在殿下行跪拜大礼。

朕瞧着他们头顶上的乌纱帽，却没有了往日调笑的兴致，是以只能面色沉沉地望着他们。

当朕宣布启奏时，汉白玉石阶下又如往日那般群臣对骂，吵得不可开交。

"要我说，北方那边闹了水灾，咱们朝廷得派人前去援救！"

"何必那么麻烦！这一来二去，花费了多少银两你知道吗？这段时间国库里的存款可少了，咱要节省开销！"

"哟！你这贪官！谁不知道你暗地里吞了多少银两，还敢振振有词地打着节省国库开销的名号？"

"哎哟！两位大人别吵啦！依老夫来看，最好派个正直清廉的县官到灾区修建堤坝……"

"修建堤坝要花费的钱财可不是一笔小数目哇！近来国库也不怎么充裕，那可该如何是好呀？"

"要不然，直接叫皇上下令，让当地富贾各自捐款吧！"

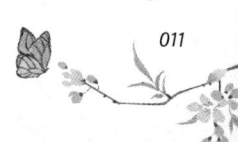

"哎？这办法好像不错……"

一群人讨论完毕，大殿终于安静下来。他们纷纷抬头看向朕，正打算启奏，就见朕的目光越发阴沉了！

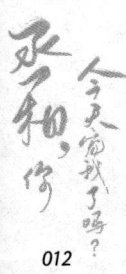

3. 皇上，请冷静

CHENGXIANG,
NI JINTIAN CHONG WO LE MA?

见他们终于消停下来，望着朕的眼神有些忐忑，朕心中暗爽了一把，下意识地往宋洛君所在的位置瞟了一眼，暗道这厮果然有本事。

众臣见朕脸色不善，霎时噤若寒蝉，闭着嘴不敢言语。

朕咳了一声，清清喉咙，垂眸扫了扫方才嗓门特大的老臣，淡淡问道："李爱卿你鸭脖子吃太多了吗？嗓门这么大。"

"嘎？"那姓李的老臣明显愣住。

朕再咳一声："嗓门大是好事。李爱卿拥有如此强大的特殊功能，赶明儿就不用来上朝了，朕准许你到城关站岗放哨。"

那老臣听完，顿时一脸呆滞。

"李爱卿不说话便是默认了。好了，你现在可以卸下官帽回家吃饭了。"

那老臣听到"卸下官帽"四字，终于从呆愣中反应过来，急忙辩驳道："皇上，微臣……"

朕用一种很淡定很淡定的眼神看着他："朕知道你想说什么。就这样吧李爱卿。哦，对了，不用谢朕了……"然后朕对他挥挥手。

那老臣瞬间蔫了下去，默默地摘下官帽，脱下外层的官袍，然后"净身出户"了。

等他颓然地走出大殿，众臣霎时沸腾了：

"李大人这是流放边疆的节奏啊!"

"可不是嘛。皇上面上说的是到城关站岗,谁不知道那等于被卸官、被逐出京城了嘛!"

"哎!你有没有发现皇上今天有点不对劲儿啊?"

"啊……皇上终于有点魄力了有没有啊?"

听着这话,朕心下得意,忍不住咧嘴笑了。然而朕的笑容还维持不到五秒,一阵血腥味顿时从喉咙间涌了上来,然后……一管温热带着点生锈味道的液体从朕的鼻孔流了下来……

飞流直下三千血,你真是让朕又惊又喜啊!

朕颤抖着右手,用宽大的袖子悄悄抹去鼻间的血。再抬起头来时,朕恰好对上宋洛君笑眯眯的眼,心头霎时点了一把熊熊大火!

朕狠狠地瞪着他,心里那个气啊,却又无处发泄,抬眼见众臣还在喋喋不休地讨论着,朕便把气全往他们身上撒!

"诸位爱卿如此能说会道,朕甚感欣慰。嗯……为了奖励大家,朕有一件物品送你们。"朕强行压下心头的火气,努力摆出面无表情的模样。

小桶子倒是与朕心有灵犀,恭敬地走过来,点头哈腰:"皇上有事请吩咐。"

朕刚想笑,却又连忙止住:"你去御膳房把宫廷秘制的千年辣拿来。"

小桶子一呆,随即惶恐地埋下头,再也不敢看朕一眼:"皇……皇上要多少瓶千年辣?"

朕双眼微眯,伸出四根细长的手指。

"四……四十?"小桶子倒吸一口凉气,然后不敢多待,拔腿往御膳房跑去。

没多久,便见小桶子步入大殿,身后跟着一队厨子。

众臣看到这么大的阵仗,有些摸不着头脑。直到他们瞧见十几个厨子手中捧着几个小坛子时,登时脸色大变。

朕在心里窃笑,这千年辣可是宫廷秘制的辣汁,是数十年前的一位御厨调配出来的独家秘方。

据说,此辣被赐名"天下第一毒辣"。

朕还听父皇说过,在皇祖父那一代,曾经用千年辣制伏过敌国的皇上,令其心甘情愿割让大块领土,六座城池……

因此,千年辣一时名声大噪,成为天下第一"毒"辣!

四十双眼睛惊恐地看着朕,朕有些不好意思,摸摸头,道:"爱卿们都高兴傻了吗?唔……那今日就到此为止,下朝吧!"

小桶子得到朕的授意,便挺直背脊,大喊"退朝"。

下朝时,每一位官员都愁眉苦脸地抱着一个黑坛子从大殿出来,转头以45度仰望天空,叹息道:"皇上果然不同凡响。不鸣则已,一鸣毒辣啊!"

那天晚上,朕坐在庭院乘凉,听着小桶子言语浮夸的爆料:

"皇上您知道吗?今晚街头巷尾卖水的人比平时增加了两百人!

"皇上,奴才听说徐尚书吃了御赐的千年辣之后,一口气喝光了自家后院的井水!

"还有安御史吃了千年辣之后,觉得口才伶俐许多,兴奋之下竟跑到酒楼说书去了……

"还有林状元。据说他辣得受不了,竟饮下书房中所有的墨汁……

"还有兵部……"

朕听着有趣,不禁更来了几分兴致,于是打断他,巴巴问道:"那宋丞相呢?"

"这个……"小桶子挠挠头,"奴才暂时还没有宋丞相的新闻……"

夜浓如墨。

朕突然打了一个喷嚏,打开纱窗,夜空中蓦地闪过一道白影。朕心中一惊,抖着手急忙关上窗棂。忽然一阵冷风吹来,朕吓得退后一步,抬头时却见一人踏着清凉的月色翩翩而来。

"宋……宋爱卿,这么晚还不睡?"看清来人是宋洛君,朕不禁松了口气,便抬眼细细地打量他。

只见他换去往日黑灰色的官袍,穿上月白的长衫,两边袖口各绣上精致的青竹纹饰,站在夜风中笑意盈盈。

这般儒雅温润的佳公子,朕不由得有些看呆了。

不知过了多久,直到一只冰凉略带温热的手指托起朕的下巴时,朕这才如梦初醒。

"陛下,不如和臣一起私奔吧?"

瞧着近在眼前的俊秀面孔,朕忍不住咽了咽口水:"爱卿,你大半夜的,说什么笑话呢!朕是皇上,朕是男……"

还未等朕说完,便被他打断:"阿篱,你怎么又对我说谎了呢?"

感觉到他修长的手指摩挲着朕的肌肤,朕的心跳顿时不规律了,怦怦怦跳个不停。

就在朕愣神之际,他忽然倾身过来,薄唇贴上朕的耳朵,语气低沉轻柔:"我早就知道你是女子……"

这话传入朕的耳里,宛如晴天霹雳!

"你……你怎么知道?"朕蓦地扭头,揪住他的衣袖。

他温和一笑,轻轻地在朕的额头上落下一吻……

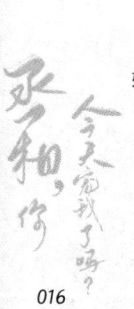

温软的感觉如潮水般瞬间袭来,朕震惊得无以复加:"宋洛君!"

这个名字从喉咙中喊出,朕陡然睁开眼睛,瞬间从梦中醒来。

"原来是梦……"朕坐起来,抬手擦擦额头上的冷汗,心里却感到不踏实,他会不会早就知道朕的身份了呢?

再次躺下休息时,却怎么也睡不着了,于是,朕只能掰着手指数数自我催眠:

"一年前在东宫守夜的老太监死了。"

"一个月前在宫门口扫地的老嬷嬷也死了。"

"一天前在太医院捣药的小宫女也死了。"

…………

天才蒙蒙亮,朕便早早起床更衣了。一想到宋洛君会同那群大臣一样被千年辣折磨,朕就一阵心情大好。

再等半个时辰,就到了上朝的时间。朕摆好玉制的翡翠茶具,坐在那儿悠悠喝茶。

不一会儿,一个熟悉的嗓音从身后传来。

"皇上今儿心情不错,倒有兴致品茶!"

朕不禁回头看去,宋洛君身穿绛红色的朝服,清俊儒雅却不失威仪。

朕眯眼打量他的面部表情,只见他满面春风,不像是昨夜被千年辣折腾的模样。

也许是朕的目光太过"赤裸",宋洛君干咳一声,微笑道:"皇上昨日御赐的千年辣,被臣家的一只猫儿给打翻了,臣护物不周,真是罪该万死……"

朕坐在红木椅子上,拿眼斜睨着他,见他一脸谦和的笑容,实在看不出来他有半点悔意。

"所以？"朕继而垂下头，不去看他这张"万人厌"的脸。

他轻笑："臣自然是负荆请罪而来。"说着，他从衣襟里掏出一个泛黄的小布包，递到朕跟前。

朕没能看到他被千年辣折腾的狼狈模样，心里多多少少有点儿不快，遂见他呈上一物，不由得疑惑地拆开来看。

然而等朕打开时，一看竟是块拳头般大小的豆腐干。

"这是……"

宋洛君当即笑了："皇上，请你用豆腐砸死臣吧！"

朕："……"

正当朕神游太空之时，忽然一名蓝衣侍卫快步奔来，一下跪倒在地上。

"皇上，南阳王已到城门，是否……"

朕的身板僵了一下，连忙挥手道："吩咐宫门守卫的御林军，都随朕出城迎接南阳王！"

一旁的宋洛君不着痕迹地收起白嫩嫩的豆腐，对朕拱手道："皇上，臣先去通知各位大人，一同出城迎接。"

朕看也没看他一眼，只随意地点点头，心里却慌张得紧。

城门口的两侧皆是清一色的黄衣侍卫。

朕的双手笼在袖中，面无表情地站在中央。而朕身后是一干五品以上的朝廷命官。

宋洛君身为一国丞相，便站在朕身侧，静候南阳王的到来。

没等多久，便听到前方有女子尖叫声传来，一阵大风吹过，粉红色的手帕在半空中飘飞，而其中有一条竟飘到朕跟前，落在朕的脚边。

当朕看清手帕上刺的字时，朕险些吐血升天！

宋洛君在朕的身侧，自然也看到了手帕上的字句。他看了朕一眼，笑着念道："痴伊恋伊，皆慕南阳王一人；憎之厌之，则是皇帝而已。王爷英俊潇洒，皇上畸身矮马。"

朕的拳头握得咔咔直响，这些市井小人，你们这是盲目追星知道吗？居然诋毁朕是"畸身矮马"？

朕正想说几句话表示愤慨，就被一阵铺天盖地而来的尘土呛得直咳嗽！

朕刚想发飙，便见到飞扬的尘土散去之后，一队军马昂首阔步地停驻在朕的面前。

"金篱侄儿，好久不见啊！"

一声熟悉且陌生的磁性嗓音破空穿入朕的耳膜，朕忽然有些头晕目眩。

敢这样指名道姓、称呼朕的名讳的人，除了某人还能有谁？

稳了稳心神，朕刚牵动嘴角，便猛然想起不能笑，不由得收敛起面部表情，只朝他淡淡点头："皇叔，别来无恙！"

他骑在马上，一袭紫色的衣袍在风中飘飘扬扬，绝艳如牡丹的容颜雌雄不辨，唇畔依旧噙着那抹千年不变的谑笑，有些许放荡不羁的风流倜傥。

他果然不负"天下第一美男"的外号，难怪天下女子都视他为梦中情人。

当然，这个天下女子并不包括朕在内。

他翻身下马，不但没有对朕行拜君臣之礼，还堂而皇之地围着朕走了几圈，半晌后才摇头叹道："金篱侄儿，你果然不适合穿黄色啊，啧啧……你瞧瞧你穿的，跟一坨刚拉出来的粪便一样。"

朕……气绝啊！好吧，我知道他绝对不会放过黑我的机会的。可是，咱能换个地方黑吗？

他这话一出来，身后"扑哧"一声，便有人笑出声来，然后陆陆续续地一个个笑了。

淡定，淡定！

朕在心里呐喊着，强忍破口大骂的冲动，朕轻声道："皇叔，三年不见，你真是越来越貌美了，朕有个问题存在心底已久，不知该不该讲……"

他似乎是没预料到朕被讥笑了之后，还能心平气和地提出疑问，他微微怔了一下，挑眉看来。

朕嗓音越发温柔，脸色越发淡定："皇叔，你有小兄弟吗？"

一听这话，身后一干大臣霎时很不客气地哄笑起来。

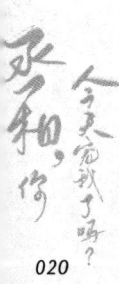

4. 朕很顽皮怎么办

回到宫里,皇叔的脸色一路上都是黑的。

朕建议道:"皇叔的脸色咋这么黑,需要朕给你送些美白保湿霜吗?"

他咬牙切齿,每一个字眼几乎都是从牙缝里挤出来的:"侄儿这些年来越来越像马戏团里的猴子了啊,真是牙尖嘴利!"

朕忍着笑,憋得很是辛苦,便挥手打发小桶子去偏殿收拾一下,好让金远羽留宿。

朕端坐在金殿的高位上,对金远羽问道:"皇叔日夜兼程,一路颠簸,骑在马背上屁股该被硌疼了吧?"

宋洛君坐在下首,转过头来向金远羽的臀部投去意味不明的一眼。

金远羽忽觉受辱,腾地站起身来,对朕怒目而视,指着朕的鼻子骂道:"金篱,你也配姓金吗?无论朝廷政绩,还是为人品性,你都没资格坐上这个皇位!真不知道你父皇是不是瞎了眼才让你继位!"

朕顿时沉下脸色。

他人如何辱骂我,我都不管,可若是涉及我从小到大一直敬爱的父皇,朕就绝对不能坐视不理。

朕也跟着起身,顺手端走桌上的茶杯,来到他的跟前,以迅雷不及掩耳之势泼向他的脸庞——

"金篱!"他不可置信地看着朕,"本王可是你皇叔!居然敢泼我?

本王要治你一个大不敬的罪！"

朕不理会他的怒吼，回头淡定地看向宋洛君："朕一向顽皮，宋爱卿你懂的。"

宋洛君也站起来，对朕点头，然后向金远羽象征性地行礼道歉："王爷，皇上不懂事，请你原谅。"

金远羽盯着宋洛君，静默了好一会儿，忽地冷笑一声："你就是近年来新上任的丞相宋洛君？"

"正是微臣。"

"好……本王记住你了！"说着，金远羽意味深长地瞟了朕一眼，步伐轻稳地走出大殿。然而，他还未踏出门槛，一身穿正三品官服的老者便捧着书册从门后绕了出来。

"王爷，记好了。"

一听这声音，朕的脑子"嗡"的一声炸开了！

这老家伙不就是那个善于口诛笔伐、人人敬畏的监察御史吗？完了完了，朕果然中计了！

方才金远羽肯定是故意激怒朕，让朕做出过激的举动，以方便门外听墙脚的监察御史记录朕的罪状。

宋洛君默默地瞅了朕一眼："皇上你慢慢发愁，微臣先行告退。"

朕扶额，对皇叔的腹黑实在是无力吐槽！

翌日上朝时，那监察御史果然如朕所料，在朝上当众指责朕"对长辈不敬，品行无德"。

朕无言以对，半晌才缓缓开口："御史，麻烦你下次偷听墙脚时，找个好点的位置蹲着行吗？"

偷听墙脚？台下众臣又沸腾了。

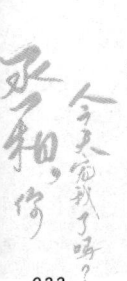

监察御史被当头一棒,有些不自在地摸摸下巴的白须:"老臣这等举动自然不对,但皇上您的大不敬之罪却无论如何也是撇不开的了。"

眼见台下又如菜市场般闹开了,而且众臣言语犀利,句句皆是对朕"无德无敬"的批判。

朕对那监察御史说道:"难道你看不出来朕是被迫出手的吗?你看不出来南阳王是故意激怒朕的吗?"

那老臣嘴角微扬,两边的白胡子都快翘上天了:"皇上,恕老臣眼拙。"

朕见他不认账,不禁拧起眉头,面无表情地看向他:"爱卿,你老婆是风尘女,你女儿也是风尘女,你老娘更是风尘女,你全家都是风尘女……"

监察御史一听,霎时气得额头上青筋暴起,当即撸起袖子,对朕怒问:"皇上,您若对老臣心生不满,要打要骂就冲着老夫来!何必辱骂老夫全家?"

朕斜睨他一眼,慵懒地靠坐在龙椅上:"爱卿,难道你看不出来朕这是故意激怒你吗?"

那人随即一愣。

"倘若有人如此辱骂你的家人,难道你不会上去教训教训他泄愤吗?或者是,你任由他人辱骂,而一直无动于衷?南阳王出言不逊,牵及朕的父皇,难道朕就要坐视不理?"

监察御史被朕问得脸色红白交替,过了半晌才讷讷出声:"皇上所言甚是,老臣受教了……"

朕摇摇头:"爱卿,光是受教是没用的。"你该用行动来表明……

监察御史羞愧地垂下头,对众臣澄清:"诸位同僚,老夫愚昧,方才不知晓实情而因为南阳王的事错怪皇上,老夫有罪……"

监察御史当众撤销"皇上大不敬,品行无德"的事被众臣讨论许久之后，便渐渐平息，继而又有人进谏："皇上初登大宝，后宫空虚多日，还请皇上下旨准备后宫选秀！"

选秀？朕的大脑瞬间短路。

"林大人所言极是！皇上，您要为江山社稷着想啊，况且皇室本就人丁单薄，您得努力让皇家开枝散叶呀！"

朕无力地垮下双肩，朕一个女人还要选什么秀？再者，朕可没那方面的功能啊，如何开枝散叶？

也许是因为南阳王的强势归来，弄得朝中众臣个个人心惶惶，生怕继位者发生变卦，于是开始未雨绸缪了。

朕低头思索一番，到底认同他们的想法。毕竟这皇室血脉，如今除了朕便是南阳王了。倘若，朕出了什么"意外"导致身亡的话，那么就由皇叔金远羽继位了。

朕拧起双眉，只能对众臣道："让朕好好考虑考虑吧！"

朕揉揉胀痛的太阳穴，忽然发觉朕的"想死病"又发作了……

下朝之后，朕便命人准备些瓜果珠宝，亲自送往后宫。

后宫的一座百花亭里，坐着五位宫装美人，温言软语，笑嘻嘻地不知在讨论些什么。

待到朕踏入百花亭，那几人这才注意到朕。

眼见她们正要行礼，朕赶忙抬手，虚扶一把。

"都是自家人，何必如此见外。各位娘娘都先坐下吧，朕今日是特意来送些进口的水果给大家尝尝鲜的。"

几位太妃闻言，不禁面面相觑，而后纷纷掩嘴笑道："皇上日理万机，竟还有空闲的时间来看望我们，皇上当真是忠孝两全呀！"

朕呵呵两声，挤了个笑脸，正欲开口搭话，忽然两管温热的液体从鼻孔倾泻下来——

又来了，又来了！飞流直下三千血！朕到底要等到猴年马月才能放声大笑啊？

"哎呀，皇上您怎么流鼻血了？"一太妃惊叫道。

朕淡定地抬起袖口擦了擦："无妨，不过是这几日上火罢了。"

皇太妃："来人，快去偏房准备一碗冰镇凉茶来给皇上降降火！"

朕："……"

场面静默了一瞬，朕这才进入主题："今日有人上奏，要朕下旨铺张选秀之事，以充盈后宫，各位娘娘怎么看？"

几位太妃笑了起来，神情颇有几分黯然。皇太妃叹息道："如花美眷，终究经不住似水流年。皇上今儿提起这后宫选秀之事，忽然让本宫想起当年也是那般的豆蔻年华，如今算起来，进宫也有二十几年了。"

淑太嫔道："是啊，这后宫争宠相斗，谁也不能争一辈子啊。正所谓花无百日红，开得越艳，便也凋零得越快。这二十几年都过去了，再怎么争来斗去，终究没能留下半个子嗣。"

太贵妃瞅了朕一眼，那语气有些意味深长："先帝去得早，如今只剩下我们几个，整天聚在一块，无趣得紧，哪像太后，还有皇上你这个儿子陪伴……"

朕抿了抿唇，自然也听出她口气中的深沉。她这是拐弯抹角地控诉朕的母后得道升天，一生尊荣呢。于是，朕隐隐地明白了，母后当年，定然使过一些见不得人的阴毒招数，导致这几个嫔妃终生不孕。

其实，朕心里对母后多多少少还是有些芥蒂。若是当年，她没有使坏，那么宫中的皇子皇女就不止朕一个人了，如此也就不用遮遮掩掩地隐藏身份。

朕甩掉脑中乱七八糟的想法，说出自己来此的目的："朕也知晓后宫与朝堂之间的关系密切，也明白后宫的争斗残酷。所以，朕想请求各位娘娘，助朕抵御朝臣们为朕选秀的事。"

几位太妃顿时目瞪口呆地看着朕："皇上……你的意思是，不想纳妃？"

朕窘了一下，擦了擦额上不存在的汗，敢情朕在你们眼里就那么好色？

"没错。朕初始登基，而且年纪尚小，实在不宜纳妃。更何况，朕不能纳了众多女子，最后因为宠幸一事，害得她们落得凄惨的下场，所以……"朕一脸凝重，"朕拜托各位娘娘，帮助朕应付大臣们的选秀，朕年纪轻轻，绝不想耽误天下女子的青春！"

那几人瞬间震撼了！

皇太妃顿时拍案而起："好！皇上不愧是先帝培养出来的明君。皇上如此情深义重，良苦用心，本宫怎能不帮皇上？放心吧，选秀之事，就包在本宫身上了！"

几位太妃义愤填膺，慷慨激昂，朕也被感动了好吗！

于是，朕放心地离开了。

第二日，选秀之事因为有了后宫几位德高望重的太妃的阻拦，大臣们为朕选秀一事就暂且被搁在一旁。

朕不得不仰天长叹：妇女们的力量果然强大！

"皇上，你又流鼻血了？"宋洛君下朝后，看到朕站在走廊前仰头望天，不由得好奇道。

朕转头施施然地瞟了他一眼："你这所谓的神丹的药效究竟要维持到何时？"

宋洛君淡淡一笑："皇上，明日即可解除。"

朕顿时松了一口气。

吃饱喝足之后,朕领着小桶子在御花园瞎晃悠。

走到半途便听到一阵哭声,朕不由得凝神细听,隐约可听到断断续续的"放开我,好疼啊……快放开,求求你别咬我……啊!你这禽兽……",那声音好不可怜凄楚,抽抽搭搭的。朕一听这"禽兽"两字,顿时心中那叫一个热血沸腾啊。于是,朕撸起袖子,准备展示朕的男子气概!

朕站定,然后淡定地指挥小桶子:"你,闪到一边去,朕去营救那个受到伤害的姑娘!"

小桶子一愣,随即恍然大悟,一拍后脑勺,道:"好嘞!"

朕在心中窃笑,然后收敛表情保持严肃,全身散发着正义感,踩着沉重的脚步摸向假山,心里又是好奇又是紧张。

朕认真地想着,等下出场的第一句台词是什么。

"大胆!光天化日之下竟敢强抢民女,快放开那姑娘,朕饶你不死!"

朕在脑中自行想象,便忍不住再向前迈了一步。

然而,当朕看到一个小姑娘被一只小雪豹咬着衣袖不放时,朕就当场傻眼了……

朕眨巴了一下眼睛,还是不太能接受现下情况。

"姑娘……你没事吧?"

那姑娘穿着粉红色的锦缎绸带,一看就是个官家女子。

她乌溜溜水灵灵的大眼泪光闪闪,瞧着朕,眼神很是委屈:"公子救我……"

朕的额角顿时划下三条黑线,于是对小雪豹招手:"豆豆,过来。"

豆豆是我母后饲养的一只宠物,虽然平时皮得很,却极通人性。豆豆听了朕的叫唤，不由得小嘴一松，放开那姑娘的袖子，然后屁颠屁颠地向朕跑来。

朕抱起它，对那姑娘说道："你不必害怕，它不会咬人。"估计是看她人生，想和她玩耍呢。

"对了，你是谁？怎么会在这里？"

她垂下粉颊，偷偷瞅了朕一眼，声音细若蚊呐："多谢公子相救，我叫李菲儿，乃太傅之女。今日和爹爹一同入宫面见太后娘娘，于是我便偷偷跑出来了……"

朕摸摸自个儿这张脸皮，心想朕果然长得太俊了吗？瞧那姑娘羞答答的小模样。

"嗯，既然如此你就先回去吧，太傅大人该找急了。"

她应了声，便听话地往回走了，只是一步三回头。忽然，她站定，咧嘴对朕笑道："公子若有时间就来太傅府找菲儿吧，菲儿定当好好报答公子的解救之恩。"

朕颇有些无语，这点芝麻绿豆大的小事，还报什么恩？转念一想，朕自从当了皇上之后，便好久没能出宫一次了，不如趁这个机会到民间疯玩一回？思及此，朕爽快地答应了。

她咯咯地笑了，嗓音清脆如银铃，朕不禁听得恍惚出神。

"公子记住我的名字哦！我叫李菲儿。届时你出宫之后，到西巷口的太傅府找我吧！"说完，她迈着欢快的步伐离开了。

李太傅的女儿？朕摸摸头，若有所思。

回到德宁宫时，李太傅和他女儿已经离开了。见到朕的到来，母后便把朕拉过去，坐在屏风后对朕问道："怎么样，见到李菲儿了吧？"

朕惊悚地瞅着她："您咋知道？"

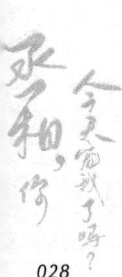

太后得意扬扬:"哀家的耳目遍布整个后宫。"

我的心突然凉了一下。终于明白她为何能轻而易举地收拾那几位太妃了。朕看着她,眼神复杂,实在难以置信如此欢脱脱线的母后,竟会这些权谋手段!

也是,能从一开始入宫,便独得圣宠,而且从贵嫔一路到皇后再到太后的宝座,道路如此平稳,没点手段怎么行?

可是,她终究是朕的母后,朕相信她不会害我。

收敛了情绪,朕点头:"确实见到了,挺好的姑娘。"

太后一拍大腿:"我就说嘛!这女子铁定和你相配,当你的皇后真是再适合不过!"

朕吓了一跳:"母后,您别吓我……"

她拍拍朕的手背,抚慰道:"放心吧,哀家这是为你着想。你也知道的,如今你初始登基,在朝中根基尚且不稳,我们需要借助李太傅的势力,来巩固皇权。你且听听哀家的分析,我们要这般一步步地分解朝中势力范围较大的大臣,然后再将他们手中的权力汇集起来,回归皇家……"

朕慌了:"母后!您知道我坐上这个皇位实属无奈,如今也只不过是权宜之计,我并没想过坐一辈子啊!"

"篱儿,这你就不懂了,权利是至高无上的,只有拥有了它,你才能站在巅峰俯瞰众人啊……"

她苦口婆心地教导着,朕却一个字也听不下去。

说到最后,她叹息一声,不由得妥协了,说一定会想办法让朕走下皇位的,不过目前,朕必须牺牲"色相",和李菲儿交好,然后成亲,便顺理成章地得到李家势力的支持。

有了她的保证,朕想到能辞掉皇帝这个职位,朕就满心欢喜,和李菲儿恋爱成亲什么的，也不怕了。

自从认识了李菲儿之后，朕便三天两头地出宫。在外人看来，朕是去太傅府会见佳人，实则只有太后和太傅知道，朕和李菲儿整日腻在一起，满处游玩。

朕和李菲儿要好的事没过多久就被传了出去。于是，朝堂上便有大臣纷纷上书，要朕立李菲儿为皇后。

朕一切都按照母后的计划一步步地走，所以也就默许了。

这一日，朕换上便服，乘坐马车来到太傅府。穿过曲折的回廊，朕如以往一样进入太傅府的后院，朕刚抬脚，还没跨入门槛就听到李太傅苍老的嗓音依稀传来："菲儿啊，我苦命的闺女哟！你咋就摊上皇上这个草包了呢？你老实跟爹说说，是不是他逼你留在他身边的啊？"

朕闻言，嘴角抽搐——好你个李太傅，居然背地里骂朕是草包？

"爹爹，皇上人很好的啦，并不是什么草包，而是笑包，他会逗菲儿开心呢！"

朕无力扶额，朕看起来有那么逗趣吗？

"菲儿你还小，不懂皇上是个什么人的啊！爹从小看他长大，他是个什么样的人，爹比你清楚！他不仅学习成绩差，人品也烂，时不时打瞌睡，时不时逃课玩失踪，菲儿你千万不要和皇……呃，皇上您怎么来了？"李太傅说得滔滔不绝，自打看到朕出现之后，就刹住了。

"李爱卿，你怎么不继续说了？"朕很好奇。

"呵呵呵……老臣不记得方才说什么了，呵呵呵……"李太傅的老脸笑成一朵菊花。

朕看了李菲儿一眼，见她自打朕一出现，就眼冒金星的激动模样，

朕暗自好笑。

"朕听菲儿说,李爱卿你平日喜好甜食。你又身为朝中重臣,我国的栋梁之才,朕为了你的身体健康着想,从今日起,便开始吃素吧,糖醋油盐皆不可沾。"

李太傅大受打击,瞪着眼哀怨至极。

朕斜睨李菲儿:"菲儿,你爹老是吃糖,肯定会蛀牙,说不定再过几日,你爹的牙齿就会掉光光……菲儿你也不想你爹牙齿掉光吧?"

李菲儿乖巧地点点头。朕摸摸她的头:"菲儿真乖。那么,李太傅这以后的饮食就由你监督了哦。"

她脆脆地应了声:"菲儿听从皇上的吩咐!"

于是,朕施施然地瞧了李太傅一眼,见他一脸便秘似的痛苦模样,朕心情大好!

等朕离开太傅府之后,那对父女出现以下情景:

李太傅:"女儿,你这是坑爹!"

李菲儿笑道:"爹爹,我这是为你好。"

望着摆在桌前的精致甜点,李太傅差点没流口水:"菲儿,让爹吃一口吧!"

"不行!"

"怎么不行?一口就好!"

"皇上会知道的。"

"你瞧,这四下无人,他不会知道的!"

"可是……我会告诉他的……"

李太傅哀怨:"到底皇上是你爹,还是我是你爹?"

李菲儿疑惑:"我有两个爹?"

5. 朕终于穿上女装

CHENGXIANG,
NI JINTIAN CHONG WO LE MA?

  元宵节即将来临，朕与众位爱卿商议着假日活动，最后敲定正月十五那天罢朝一日，所谓的宫宴今年就不打算举办了。

  "皇上，我知道民间有一个好去处！每逢佳节，留仙河便有人放河灯做灯笼许愿噢！"李菲儿一说到好玩的地方，便兴高采烈地围在朕的身边，叽叽喳喳说个不停。

  朕瞧着她每隔一天就换一套裙裳，心中无比艳羡。今日见她换了一条新的彩袖蓝褂，笑盈盈地立在眼前，朕忽然萌生一个想法，若是这衣裳穿在朕的身上，那么朕会不会比她好看一点点？这么多年来，朕身上穿的衣服无一件不是黄色，朕讨厌这种颜色，却又不得不穿着，以昭显朕的尊贵身份。

  这么想着，于是朕绞尽脑汁地思忖一个理由来。忽然，脑中灵光一闪，朕抬眼对李菲儿道："今晚的夜街定然很热闹，朕怕你我二人都走散了，所以，朕便牺牲自我，换上女装陪你出门吧。"

  李菲儿瞪大眼睛："皇上换上女装就不会走散了吗？"

  朕摸摸她的头，一脸坚定："是的，朕要保护你嘛！你想想，朕和你若是牵手走在大街上，怕会有人指指点点。倘若朕换上女装，扮作一名女子，不就可以光明正大地与你牵手同行了吗？"

  朕循循善诱，活像故事书里欺骗羔羊的狼外婆。

李菲儿眼睛一亮,随后又红着脸垂下头去,声音柔柔细细:"原来皇上这么想要牵菲儿的手呢……"

朕噎了一下,无言以对。

当夜幕降临时,朕从檀木箱里翻出一套水红色的衣裙。

灯光下,光滑的绸缎散发着珍珠似的柔和光芒,淡红淡红的裙裾绣了一圈密密麻麻的水晶珠,束在腰间的乳白色纱带,镶着珍珠挂坠,袖口和领口上,绣着的云纹兰花精致华美。

朕轻轻地摩挲手中的衣裙,视若珍宝。朕恍惚记得,这件散花如意罗烟裙是三年前及笄时,父皇命人从千里异域送来的。他当时面带愧色,对朕道:"阿篱我儿,父皇对不住你,如今你以男装示人,这辈子也不知何时才能恢复女儿身。这套裙衫,便作为你今日的及笄之礼吧。倘若哪一天,你有机会穿上这件裙衫,父皇相信,这世间的风华,唯有朕的阿篱无人能及。"

想起当时他的眼神透露的骄傲,我忽然感到一阵心酸,蓦然红了眼眶。

到达城门时,朕便在马车内将散花如意罗烟裙换上,然后对着镜子绾了个简单的发髻,插上两支银丝梅花簪。

"皇上,李小姐已在亭前等候了。"小桶子压低声音说道。

朕伸手抹平宽大的衣袖,撩开车帘瞥见外头熙熙攘攘的人群,听到各种小贩的吆喝声,朕没来由地有些紧张。

直到听见李菲儿的催促,朕才敛了敛心神,迟疑地拉开悬挂在马车前面的布帘,然后探出一只鞋尖,再缓缓走下马车。

朕微微皱眉,提着裙摆小心翼翼地走着路,怎么看怎么觉得女装穿起来竟是如此麻烦,连走路都不方便!朕放下裙摆,抬头向李菲儿看去,还没等朕开口说话，便听到周围一阵阵的咝咝的抽气声。

朕僵了一下，不自在地扭扭脖子，怎么觉得周围的人的目光全都往朕这边瞧来了？他们眼神呆滞，只一个劲儿地盯着朕。

朕拉了拉李菲儿的袖子，哪知道她也呆住了。

半响，她才结巴着开口："皇……皇上，您真是比女人还要漂亮！"

朕额角一抽，我不就是个女人吗？

朕不顾他人打量注视的目光，便拉着李菲儿前往留仙河。李菲儿一路上都是红着脸的，目光一直落在朕与她交握的手上。

一路上灯光璀璨，四处张灯结彩，路旁叫卖的摊子散发着肉香。朕望着满天的灯笼火把，心里真挚地祈愿，假若能趁早摆脱皇位，恢复真身，就是折去我十年的寿命我也愿意！

"姑娘，买个面具吧！你瞧，这张凤凰紫金的半边面具与你多么匹配！"

李菲儿一瞧见好玩的东西，便兴奋地吵着要买。

朕也觉得新鲜，同时买了两个，一个是凤凰，一个是金蝶。

我俩戴上之后，便穿梭在人群里，宛若游戏人间的精灵。

忽然，一人迎面而来，朕就这么直直地撞上去。温热且刚健的胸膛，朕被撞得眼冒金星。朕抬头怒目而视，正欲大开骂戒，却被那人的面容惊住了。

金……金远羽？

怎么上个街还能遇上？朕真是欲哭无泪，随即又想到朕现在戴着半边面具，估计他一时半会儿认不出朕来，于是朕便稍稍放心。

"姑娘可无碍？"低沉磁性的嗓音在耳边响起，月光下，他俊美中带着点邪魅的容颜瞬间让周围的一切黯然失色，灯火的映照，更为他完

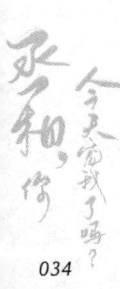

美的面容增添一丝魅惑。

倘若是寻常人家的女子，恐怕是抵挡不住他的美色。不过对象是朕的话，那就另当别论了。

朕抿着唇，只摇了摇头，不敢轻易应声，就怕被这难缠的皇叔认出来。

朕拂了拂衣袖，假装若无其事地从他面前走过，然而，还没等朕跨出三步，手腕猛地被人从身后拉住了！

"金篱？"他语气轻柔，却夹杂着一丝不易察觉的不确定。

朕心头暗恼，不由得捏着嗓子答道："哎呀，公子快放手！你认错人了，我娘还等我回家吃饭呢！"

他忽然倾身过来，嘴角噙着那抹谑笑，一如初见。他附在朕的耳边，轻笑道："你就是换做女装，我也能认出你来，你就别狡辩了。"

朕气极，回头咬牙切齿道："我说公子认错人就是认错人了！快放手，不然我叫人了！"

他笑得更欢了："你叫吧你叫吧，只要你丢得起这个人。"

朕似想到什么，忽然朝他展颜一笑。瞧见他一瞬间的呆愣失神，朕暮然扯开嗓子在街上大喊道："南阳王在这儿呀！南阳王……"

自打朕第一句出口，街上行走游玩的女子，不论已婚或未婚，全一窝蜂地拥了上来，分分钟把金远羽围住。

朕朝他扮了个鬼脸，趁着人群混乱逃了出去。找到李菲儿的时候，是在一家酒楼门口。

"皇上你跑哪里去了，菲儿好担心！"看她的眼睛哭得通红，朕心里实在过意不去，连连抚慰她，随后摘下凤凰紫金面具，亲手戴在她脸上。

她腼腆地笑了，耳根如火般烧红。她讷讷道："皇上，您……您这是把它当作我们的定情信物吗？"

朕听了，顿时一头黑线——妹子，你脑子里装的全是什么乱七八糟的东西？

朕干笑道："你眼睛都哭肿了，戴上面具遮上一遮总不会那么难看。"说这句话的时候，朕心里着实心虚。

朕和她一路走着，心里却不安，时不时地回头望一望，生怕金远羽会趁势追来，万一朕的女儿身被抖了出来，那可就麻烦大了！

李菲儿见朕频频回头，不由得纳闷道："皇上您怎么老是回头呢？"

朕干巴巴地笑了笑，不知如何答话。忽然听到身后有风声传来，朕的心肝儿颤了颤，抖着手道："菲儿……朕方才掉了一块重要的玉佩，你先往前走，朕去找找！"说罢，不等她回答便一溜烟地往另一条岔道跑了。

李菲儿很是郁闷，只好听话地往前走着。突然，一阵冷风扑面而来，一只白皙修长的手搭上她的肩膀，她吓得脚下一软，险些跌倒。

"你……你是谁？"

金远羽一袭金丝勾线紫袍，潇洒翩然。他持着扇柄，挑起李菲儿尖瘦的下巴，勾唇笑了："怎么，不认识皇叔了？"

李菲儿被他瞧得浑身发抖，惊恐地瞪着他："你别以为……别以为你长得好看就可以……可以随便调戏我！告诉……告诉你，我可是太傅千金，皇上的未婚妻！"她把这话说得磕磕巴巴的，说到最后两句，忽然有了底气，说起来倒也顺溜。

金远羽眉头一皱，倏地放开："她呢？"

李菲儿听到他的问话，顿时一头雾水。

金远羽一把夺下李菲儿脸上的凤凰紫金面具，见到她这陌生面孔，冷哼一声，拿着面具飞跃离去。

李菲儿一愣，随后反应过来，追着喊道："哎呀，这是我的定情信物，快还给我！"

朕很没出息地躲在一旁的老槐树后，眼见金远羽离开，不禁松了口气，赶忙跳出来拉住李菲儿。

"皇上……您送我的定情信物被他抢了去了！"她拖住朕的衣袖，泫然而泣。

朕拍了下脑袋，真后悔今晚出宫了。

安抚了李菲儿之后，朕便和她乘坐同一辆马车，先送她回府。待她回府后，朕在马车里手脚麻利地换下女装，然后直奔皇宫。

朕回来便命人备了些热水，立在屏风后沐浴。

"皇上——"外头响起轻微的脚步声，小桶子压低嗓音对着屏风后面的朕禀报，"南阳王求见！"

"哗啦"一声，朕在水里扑腾了一下，急道："告诉他，朕已经入寝了！"

哪知听了这话，小桶子还杵着没走，他挠挠头，苦着脸道："皇上，南阳王已在殿门口等候……"

朕叹了口气，想不到朕这皇叔倒是个行动派，立马就来验证了。

朕起身更衣，硬着头皮出去见他。

金远羽随意地往红木太师椅一坐，瞧着朕的目光意味不明。

朕叫人沏了茶，见他自打一进来就坐在那儿雷打不动，半句话也没说。

朕被他的目光瞧得毛骨悚然，心中忐忑。

"皇叔这么晚还来找朕，有何要事？"

他勾唇一笑，状似不经意地说道："今年的元宵节，民间可真是热闹，皇侄没出去玩玩真是可惜！"

朕咳了一声："是吗？朕政务繁忙，脱不开身呢。皇叔玩得开心就好。"

他眉毛一挑，从宽大的袖袍中摸出一个凤凰紫金半边面具，缓缓开口："你可认得这个？"

朕心口一紧，面上依旧淡定，只朝他略微颔首："这面具做得可真精致，皇叔从哪儿来的？"说完这句，朕在心里为自己加精置顶！朕越来越有皇帝的威仪了有没有？

他轻笑一声，嗓音低柔，站起身向朕缓缓走来。

朕吓得双腿微抖，心想莫非被他看出什么破绽来了？

朕两眼外斜，拼命地向旁边的小桶子使眼色，奈何这厮此时已经立地成佛，两耳不闻世俗事。朕心里那个气啊，等下看朕怎么收拾你！

在朕以为金远羽会做出什么惊人之举时，他竟将凤凰紫金半边面具套在朕的脸上。

"大胆！你……"

"皇上，宋丞相求见！"

朕心中一喜，忙回道："快请他进来！"

眼看宋洛君一身淡灰色的长袍，步伐轻稳从容地跨入门槛，朕从未有像此刻这般对他的到来表示欣喜。

6. 朕要成亲

CHENGXIANG, NI JINTIAN CHONG WO LE MA?

宋洛君行了一礼,转眼瞥到太师椅上的金远羽,不禁讶异:"王爷也在?"

他身形修长,挺拔如竹,谦卑地对金远羽行礼。朕分明瞧见他眼里一闪而过的阴郁。

"不知宋爱卿深夜进宫所为何事?"朕低饮了一口龙井,却觉口中更加乏味苦涩。

他呈上一本奏折,道:"臣昨日与其他三位朝廷元老商讨了皇上大婚之事,如今臣等联书,谏请皇上立后。"

朕垂下眼帘,自然明白他们的意思。既然一开始就打定主意要娶李菲儿,于是朕也没意见,挥手道:"大婚的一切事宜,爱卿们看着办吧!"

宋洛君凝视了朕一会儿,微笑着告退。走到门口时,他站在原地,对金远羽笑道:"王爷,微臣有一事相告,还请王爷与微臣先走一步。"

金远羽闻言,看了朕一眼,似笑非笑:"皇侄,今日你怕是玩累了,早点歇息吧!"

朕目送他们出了宫殿,紧绷的神经顿时松懈下来。

朕摇头苦笑,原来自己的身边,除了母后的人,还有宋洛君的眼线,若不然,他如何能得知金远羽来朕这儿了?

呵呵,朕果然是个没实权的窝囊皇帝,就连大婚之事,都由他们操办,自个儿连反对的权利也没有。

随后的这两天上朝,朝臣们讨论的内容无非就是朕的婚事,更有其他大臣意图推荐自家女儿入宫。

最后,由百官之首的宋洛君一锤定音,婚事就定在十日后。

对于大伙的大肆铺张,朕心里很是惶恐,心想朕只是个假小子,婚礼何必弄得这么张扬隆重,搞得尽人皆知可不是什么光彩的事。

朕对此事表态:"朕身为一国之君,大婚固然重要,可也不用如此浪费人力财力。咱们要低调,低调懂不懂?"

一干大臣顿时热泪盈眶:"皇上果然是盛世明君,晓得节俭国库的开销……"

于是,朕从窝囊皇帝一下子升级到节俭明君了。

一连几日下来,朝中众臣皆为朕的婚事忙活着,所以朕的政务也就轻松多了,整日无所事事,只能提个鸟笼对着鹦鹉说话解闷。李菲儿是待嫁之身,这些日子也被禁令闺中,不准外出,朕的耳根子也清净不少。

这天下午,母后便唤朕去她的德宁宫。

当她展开一件红色的新郎喜服在朕面前晃荡的时候,朕忧郁地瞅着她:"母后,您真忍心李菲儿那好姑娘白白嫁给我这个假小子糟蹋了吗?"说实话,那李菲儿是个好女孩,她若是真的嫁给了朕,那么她这辈子就等于毁了。

"怎么白白糟蹋了?我的篱儿可是个白白净净的美男子,她嫁过来便能当皇后,一生荣华富贵。她可不吃亏!"母后将新郎喜服递给我,"这是为你量身定做的。你穿穿看?"

朕无精打采地趴在梨木桌上:"我真不愿耽误了她的青春年华!"

母后拍拍我的肩膀,安慰道:"你就放心吧,这事哀家自有计较,

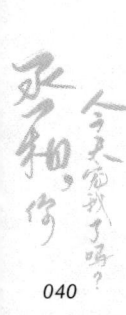

你只需忍上一忍,不要暴露身份,只要时机一到,就可以彻底摆脱皇位,恢复真身。"

听了这话,朕觉得自己又活过来了,只要还有一线摆脱皇位的希望,我都要竭尽全力去尝试!

时间过得飞快,转眼到了大婚的日子。

因为朕下令要求一切从简,所以总的来说,物质上没有那么铺张,但所谓的十里红妆还是不可避免的。

皇家的婚事比寻常人家的还要繁复得多,先是派人到李家太傅府那边迎接新娘,迎亲队伍浩浩荡荡地从大街上走过,引得家家户户的人都跑出来看热闹。

迎亲队伍抵达皇宫之后,朕身穿喜庆的红衣,走到凤鸾轿亲自搀扶她,而后在众人热切的目光中,携手踏上圣坛,跪拜天地。

再后便是去宫内的平安庙里烧香祈福,然后再一次沐浴净身,便和太后等皇家辈分高的人去了宗祠,跪拜祖宗,载入族谱。

因为朕是天子,所以婚宴上并没有人敢肆意敬酒将朕灌醉。

是以,很顺利就到了下一个环节——洞房花烛。

朕颤抖着手,非常缓慢地揭开李菲儿的头盖。

当妆容精致、娇俏艳丽的面容映入朕的眼帘时,朕心头对她的愧疚越发深重了。

试想,女人最宝贵的青春年华,最珍稀的良辰喜事,就这么给了一个假男人。

朕不能给她幸福的一生,也不能给她"性"福的一夜。假若哪一天被她知晓真相,她……又该如何伤心绝望?

在朕神游太空之际，李菲儿轻柔娇婉的嗓音将朕从火星外太空拉了回来。

"皇上……我们、我们入寝吧。"

朕几乎是扑腾一下跳起来的，双手抖得不行，说话磕磕巴巴："这个……时辰还早呢……"

"皇上，春宵一刻……"

她还没说完，就被殿门口的人打断："启禀皇上，微臣有事启奏！"一听这声音，朕惊喜地回头，宋洛君你又一次救朕于水火之中了！

话说，新婚之夜，朕丢下新娘子独守空房，然后就和某丞相一起到御书房处理政务……哦，不对，其实是喝酒。

朕倒了一大碗女儿红，仰头一饮而尽。

"皇上，酒烈，喝多伤身……"

朕重重地把白玉雕成的碗摔在书案上："你好大的胆子，竟敢搅扰朕和皇后的洞房花烛夜！"说完，顺带打了个酒嗝。

他拿了一个小小的银盏，为自己添了一杯，优雅地啜饮。他看朕的眸光深深浅浅："皇上若是想回去，臣即刻送您出门也不迟。"

朕笑了笑，继续灌着杯中酒，不理会他。

"为什么我偏偏要做这个窝囊的皇帝……我不要，不稀罕……谁要这个皇位，就尽管……拿去！"

朕想，朕今晚一定是醉了。

从小到大，朕假扮一个纯爷们儿，却滴酒不沾，从来不知酒味如何。都说酒能消愁，可朕一点也不敢喝，每逢宫中举办宴会，朕只能呆坐一旁，耳边听着父皇的千叮万嘱："篱儿啊，若有大臣对你敬酒，那可千万别喝！"

我问：“为何？”

他叹息道：“酒后吐真言，父皇怕就怕你醉酒之后会胡言乱语，被人识破身份就不好了……”

朕眨了眨眼睛，醉倒在书案上，神志却是稍稍清醒的。酒后吐真言，那又如何？

正想着，忽然一个温热柔软的东西凑了过来，堵上我的唇。

我眼眸半眯，眼里被一团混沌的水雾笼罩，看不清眼前人，只呆呆地被他扣住腰身，任其索吻。

他的吻轻柔至极，如春风滋润细雨。然而，当他的舌长驱而入，肆虐地扫荡口齿时，我才稍微反应过来，挣扎了一下，嘟囔道："这可是我的初吻……"

他的唇稍微退开些许，附在我的耳边，嗓音喑哑低沉："我又何尝不是？"

我抬头，刚想看清楚他的面容，他便倾身下来，一个翻身，将我压到墙壁上，他偏头咬住我的耳垂，低声道："再来。"

未等我回答，他便低下头覆了上来，唇齿相依。情迷意乱之时，他忽然说："皇上，臣的初吻价值千金，您可要记得赔偿。"

此刻，朕的脑袋昏昏沉沉："朕……要钱没钱，要命一条……"

他低低笑了一声，随后又吻了上来，重重地在我的唇上辗转吮吸："那皇上的命就赔给我好了，这一生由我掌控。"

第二日醒来，朕的脑袋有一瞬的空白，抬眼观望四周，却发现朕居然躺在御书房的一方软榻上。

头痛欲裂，朕知晓这是宿醉的结果。这么思忖着，朕便想起昨晚和宋洛君借口御书房议事，只不过议事不成，倒成了拼酒。朕低头看了眼身上的衣裳，依旧是那件红色的喜服，隐隐散发着难闻的酒气。

朕的眉头皱了皱，起身到衣柜里翻了一套新的衣裳，穿戴整齐之后便直接去上朝了。

小桶子等候在殿外，乍一见到朕从御书房出来，便笑得跟什么似的。

朕纳闷："你什么眼神啊这是？"

小桶子但笑不语，眼角上扬，颇有几分故作高深的味道。

朕嘴角抽了一抽，一大清早的，这厮装什么深沉？

他凑过来，神秘兮兮地说道："皇上和皇后真是好情趣，好好的洞房不要，竟转移战地跑到御书房……这个……感觉挺刺激吧？"

朕瞧着他绿豆大的小眼睛无时无刻不在闪动着八卦的光芒，不由得屈指狠狠地往他光洁的额头弹了下去。

他"哎哟"一声，吃痛地捂住额头，哀怨道："皇上下回出手能轻点吗，痛死奴才了！"

殿内左右排列着文武百官。朕登上龙椅，抬头便撞上宋洛君晦暗难辨的目光，不知为何，此刻见到他，朕的心里就跟揣了一只小兔子似的，怦怦乱跳。这感觉前所未有，让朕忍不住怀疑，是不是得了心脏病了？

宣布有事上奏时，宋洛君居然站出队列，破天荒地递上奏本。不仅朕对他感到疑惑，众位朝臣也是感到不解，毕竟宋洛君一向很少参奏。

他拱手道："皇上，臣谏请您下旨封南阳王为摄政王，参与朝事。"

此话一出，一片哗然。

朕拧眉，目光有些复杂地看着他："那么，宋爱卿举荐南阳王为摄政王一职的理由是什么？"

宋洛君轻轻一抬手，台下原本议论纷纷的众臣，便立即噤了声。

"皇上登基不久,朝中政务烦琐,应该有一个得力助手帮忙分担。而南阳王文采过人,做事谨慎快捷,有他辅助皇上打理政务,是最好不过。"他谈笑自若,举手投足间从容不迫,一身威严肃穆的黑灰色的官袍,被他穿出一股子儒雅清隽的味道来。

朕稍稍失神,挥手道:"准了!"然后便命人根据口谕拟旨。

没过多久,便散了朝。

朕呆呆地坐在龙椅上,望着沉寂空荡的大殿,心里止不住苦笑着,朕虽贵为九五之尊,却这般无权无势,那宋洛君如今是权倾朝野,他口中说出的话,文武百官皆以他马首是瞻,朕能不批准吗?

下朝之后,小桶子围在朕身边:"皇上,起驾去凤鸾宫吗?"

朕愣了一下,才想起他说的凤鸾宫是皇后的寝宫。一想到昨晚竟丢下李菲儿,让她独守空房,朕就心虚得不行,实在不敢去面对她。

举目观望整个皇宫,朕蓦然生了一种走投无路之感,心中迷茫,不知去往何处。

朕默默地踢着小道上的石子,忽地听到一阵脚步声,一抬头,恰见一个眼生的小太监向朕行来。他弯腰欠身一福,笑容可掬道:"皇上,梨花苑昨日送来了些上等茶叶,王爷请您前去品饮一番。"

梨花苑?不就是金远羽的住处吗?

朕在原地思忖了一会儿,挥手道:"行,你带路吧。"

朕整日除了上朝和处理政务,便无所事事,这会儿去他那儿坐坐,总比去凤鸾宫面对李菲儿强。

走过精美雕饰的回廊,一路风景如画。还未踏入梨花苑,一阵清新悠远的花香便扑鼻而来,朕的脚步顿了顿,便又继续往前走。

一大片莹白淡雅的梨花霎时映入眼帘,花团锦簇,白花与绿叶相衬,

更显得清新自然，空气中浮动的花香，好像全部渗入呼吸。

再往前一步，金远羽一袭淡紫色的长袍加身，斜躺在石椅上，一只手提着玉壶，动作如行云流水般优雅流畅。

这般肆意悠然、风流不羁的他，真的对那把龙椅感兴趣吗？朕怔在原地，细细思索着早朝时，宋洛君举荐金远羽为摄政王的动机。

"既然来了，怎么还站着不动？"

听到他低沉磁性的嗓音传来，朕一愣，抬头望向他。

"怎么，莫非是昨夜折腾太累，走不动？"说着，他走过来托住朕的手。

朕呵呵两声，皮笑肉不笑，微微挣扎了一下，哪知他反手扣得越紧。

朕抬脸望他，笑得牙关发酸："皇叔，男……男男授受不亲……"

他剑眉一挑："哦？你又不是女子，何必在意这些？"他伸手扶住我的腰，一手挽住我的手，唇畔噙着的那抹谑笑变得越发幽深，"既然你累得走不动，那么皇叔就勉为其难地扶着你走一趟。"

朕心里顿时有一百只羊驼奔腾而过，见他笑得骚包灿烂，朕又不好发作，气得朕把心里的一百只羊驼踹伤了好几只。正神游中，忽然一只手从腰侧游移到腋下，引起轻微的酥痒。朕不自在地扭了扭身子，似觉察到他的意图，心下一惊，赶忙跳开几步，远离了他。

"皇叔，你干什么？"

"皇侄啊，你的身板倒是轻软柔腻，摸着甚是舒服……跟女子一般无二。"他一双漂亮的桃花眼上挑，勾勒出妖娆的弧度。

朕心中惊疑不定，猜想他是不是发现了朕的身份。于是，朕笑道："皇叔真是爱说笑，朕只不过是时常涂抹上等的润肤露，皮肤自然是比常人柔嫩些。况且男女终有别，怎会一样呢？呵呵……呵呵。"

他瞥了朕一眼，没再揪着这事不放，起身坐回凉亭里，倒了一杯茶递到朕面前："这是西域进贡的茶叶，你尝尝看。"

朕坐在他的对面，低头瞅了瞅杯中莹绿澄清的液体，有些踌躇地端起来。他见朕迟迟不喝，脸色微微下沉，勾唇一笑，自嘲道："也是，一个野心勃勃的亲王要与你争权夺位，你怎么会不会时时刻刻保持警惕？"他顿了顿，"罢了，既然怀疑有毒，你就不用喝了，免得出了什么意外，本王还要担当谋位弑君的罪名。"

朕呆了一下，朕若是出了什么意外导致身亡，不是正合他意吗？

朕垂下眼帘，吹了吹水面上浮动的茶叶，低头轻啜饮了一口，缓缓问道："今儿早朝，宋丞相举荐你为摄政王，这事你可知晓？"

他笑容淡淡，波澜不惊："早在前天晚上，他便与我说了。"

朕搁下茶杯，抬眼静静地望着他："看来皇叔不打算回封地了？"自从父皇登基之后，金远羽便被皇祖父封为亲王，划分南阳为封地。可如今，朕才登基不过一个月，他就从封地赶来，现下又成了摄政王，有了上朝听政的权力，朕不用问也明白他的矛头正对准这个皇位。

他扬眉笑笑："你说是便是了。"他既不承认也不否认，只是从桌下捧出一个一尺左右长短的紫檀木盒，"昨日是你大婚，本王也没什么好送你，等到今日才想起送你一样东西，但愿你不会嫌我送迟了。"

"皇叔真是客气……"朕笑得勉强，一边偷偷瞟着紫檀木盒，猜想里头是什么奇珍异宝。昨儿是朕的大婚之喜，收的礼品大多为稀有的宝贝。猜想着朕什么宝贝没见过？所以心里不怎么期待金远羽送出的礼品。

然而，待朕打开来看时，一尊通体如羊脂白玉的神像安静地躺在金黄色的绸缎中。

送子观音？

朕扶额，表示无力吐槽！

1. 朕已哭晕在厕所

CHENGXIANG,

NI JINTIAN CHONG WO LE MA?

"皇上,您不进去吗?"身后响起小桶子的低声提醒。

朕站在凤鸾宫门口,透过雕花纱窗,隐约可见里头的绰绰人影。朕暗叹口气,当真是有家不能回啊!

眼见日落西山,朕咬牙,勇敢地向门槛迈进一步。

李菲儿坐在桌前一边刺绣,一边和身边的几个宫女谈得正欢,乍一见到朕从宫门进来,欢喜地放下针线,起身向朕迎来。

"皇上……"

朕牵过她的手,暗暗打量她的神情,只见她笑意盈盈,似乎昨夜的独守空房压根儿没存在过似的。

"皇上忙了一整天,该饿坏了吧?臣妾……现在就命人传膳。"她说到"臣妾"二字时,便羞涩地垂下头,面色微红。

朕琢磨着,肯定是母后给她洗脑了,你瞧瞧,她这副等候在闺中的小媳妇的模样,跟婚前的活泼开朗完全不是一个样了。

吃饭的时候,她的用餐习惯很符合皇家的标准,朕估摸着,她这阵子的宫廷礼仪怕是学得很辛苦吧。这么想着,朕便举起玉箸夹了一块清蒸鱼肉片给她:"这段时日不见,你倒是清瘦许多,吃点鱼肉补补身子。"

她垂眸盯着自己的碗,而后抬起头来,望着朕的目光很是动容。朕不自在地笑笑,心里那个泪奔呐喊:不要用这种眼神看着我好吗?我会受不了的！

"吃吧吃吧，别等菜凉了。"朕干巴巴地笑着，将头撇向一边，不敢坦然地与她对视。

吃过晚膳之后，朕走出殿门，便看到李菲儿从身后追来，她踩着小碎步来到朕的跟前，然后挽住朕的衣袖，仰脸对朕笑道："今晚月色宜人，臣妾陪同皇上一道出门散步可好？"

望着那双晶亮秀美的眸，似隐隐透出些期待，哎，朕真是……不忍拒绝！

夜凉如水，月色溶溶。小桶子提着宫灯，走在一侧照路。李菲儿指了指前方的一座楼阁，轻声道："皇上，咱们到那儿歇一歇可好？"

朕诧异地看了她一眼，不晓得她今晚为何如此"怪异"。然而朕却没多说什么，便遂了她的意，和她一起踏上精美绝伦的楼阁。

几株芍药在月下妖娆盛开，艳红的花瓣散发着浓郁的香气。朕停下脚步，隐约觉察到不对劲，转头正想询问，就听见李菲儿的声音响起："公公，烦劳你先回到凤鸾宫守值，本宫与皇上要到此歇着。"

小桶子入宫已久，自然也升级成精了。他偷偷瞥了朕一眼，嘿嘿一笑："好嘞！"

于是，他就这样走了。

朕望着他深蓝色的太监宫袍，第一次深深地认为，他的背影是如此难看！

张水桶，快给朕回来！

李菲儿向朕走近几步，浅笑盈盈："皇上，您看这芍药开得多美呀！"

朕听了这话，顿时一脸狗血，这是要花前月下海誓山盟的节奏吗？

没等朕细想，肩膀上蓦地一沉。朕惊讶地回过头，却见她轻轻地把头凑了过来，而后依偎在朕一点儿也不宽阔的肩膀上。

朕窘了！

半晌无言，朕不禁打了一个喷嚏，大煞风景地说道："呃，夜风太凉，朕再冻一会儿的话，就要流鼻涕了，要不咱们就先回去吧？"

朕在心里举手发誓，朕说这话真的不是故意的……

朕以为她会黯然失望，哪知她竟喜笑颜开，拉着朕便往回走，那欢乐的表情，绝对不是装的！

但是，朕很快就明白了。

"天色不早了，皇上，臣妾……伺候您歇息。"她挥退下人，对朕说出这句话后，便羞答答地低下头去。

朕呵呵两声，心中急得冷汗直冒。昨夜的洞房花烛姑且避过了，可是今晚……避得了初一，也躲不过十五。朕暗自做了一个深呼吸，转身走到梨木桌前，然后提起玉壶猛灌了几口茶水。而后听到李菲儿惊异地问道："皇上，您怎么了？"

朕呛了一下，勉强笑道："那个，朕口渴！"

于是，她坐了回去，捧出一个紫檀木盒，将里面的送子观音抱在怀里，眉宇间染上温柔："皇叔的这尊送子观音真是好极，他定然是希望臣妾和皇上早生贵子……"

闻言，朕呛得更厉害了。李菲儿惊得赶忙放下手中东西，三步并作两步地向朕跑来，关切地问："皇上，您没事吧？臣妾去叫太医！"

朕顺了顺胸口，连忙阻止了她："不用，朕只是有点儿不舒服罢了。"

她明显一愣，随即抬起莲步又想出去寻太医。这时，朕如愿以偿地腹痛了，于是提起衣裳下摆，一个箭步冲了出去。

李菲儿大惊失色，在身后大喊："皇上，您要去哪儿？"

朕来不及回头,只扔下"上茅厕"便奔了出去。

其实,朕是个没文化的,也不知道皇宫里的茅厕有着怎样的雅称。

皇宫里的茅厕啊,这么豪华真的好吗?连个排气用的窗棂都用红木制作,本该是石灰水泥的地板,竟是桐木铺就。朕抓起一把丝绸,一阵痛心疾首——连擦屁股的草纸都要用丝绸来代替,奢侈,真是太奢侈了!

可是,再奢侈再豪华也跟朕没有关系,朕贵为天子,却也是个没有实权的天子,这座皇宫自然也不是属于朕的。

想起登基两个月以来的种种心酸事迹,朕终于忍不住,蹲在地上鬼哭狼嚎。

过了三刻钟,朕终于号累了,嗓子发哑了,然后眼前一黑,不省人事了。

小桶子守在房门口许久,半晌没听到动静,便小心翼翼地走进茅厕探究情况,哪知,竟见到朕晕倒在地,一时吓得不行,忙跑出去四处呼叫。

李菲儿见他脸色发白,不由得焦急问道:"怎么了,皇上出什么事了吗?"

小桶子拂去额头上的汗珠,道:"娘娘,皇上已哭晕在厕所!"

没过多久,不远处便传来噼里啪啦的响声,貌似是脚步声,听这声音,貌似来人这阵势特别大。

皇太后一进门,很有威严气势地一吼:"哀家听说皇上哭晕在厕所了?"

你们这群没文化的,什么叫厕所?要叫豪华茅厕!

8. 朕为爱卿指个婚

CHENGXIANG,
NI JINTIAN CHONG WO LE MA?

朕是被抬到德宁宫的。

"既然清醒着,就别装晕了。"皇太后遣退下人,对躺在软榻上的朕说道。

朕悠悠地睁开双眼,纳闷道:"您咋知道我哭晕在厕所?"

皇太后斜睨了朕一眼:"自然是有人来禀报。"

朕听了这话,顿觉心里拔凉拔凉的,为什么朕的身边安插了那么多眼线?一个两个的往我这边安放耳目,敢情你们都把朕的寝宫当作风水宝地了?

"方才哀家借故把你接过来,除了助你避过与李菲儿同房,还有一事要和你商议。"皇太后半躺在香妃榻上,一边嗑瓜子,一边漫不经心地说道。

朕默默地瞅着她,就知道朕这不靠谱的母后肯定没好事。

过了片刻,她面色严肃,缓缓开口:"昨日朝堂上的事,哀家都知道了。宋洛君举荐南阳王,怕是有倒戈的倾向。你皇叔本就有兵符在手,外加皇祖爷在世时赠予他的八万铁骑,他若是和宋洛君联合造反,咱们恐怕抵挡不住。"

朕静默着,半晌才道:"宋洛君是父皇先前钦点的顾命大臣,朝政首辅,他如今举荐皇叔为摄政王,说不定他自有打算,我们……"

朕还没说完，就被母后厉声打断："难道还要我们信赖他不成？若不及时防范，到时江山就要易主了！要知道他身为一国丞相，手中的权势可不比南阳王差多少，若是他倒戈扶持南阳王上位，他门下所有官僚，包括朝中的四大元老，皆以他马首是瞻，想要篡位还有什么阻碍？"她说罢，瞥到朕惊吓的表情，不由得讪笑一声，颇有几分亡羊补牢的味道，"篱儿，你要体谅一下母后，母后这般作为，全是为了你啊……"

朕说不清心头上闷闷的是什么感觉，只朝她点头附和道："母后之言有理，是儿臣疏忽了。您看，现下该怎么做？"

她满意地笑了，语气软了几分："不管如何，都不能让宋洛君与南阳王有联盟的机会。这样吧，明日你上朝之时，下旨为宋洛君指婚吧！"

"指婚？"朕有些不受控制地拔高音调，七分不敢置信，三分疑惑不解。

她意味深长地看了朕一眼："篱儿，你不会是爱上他了吧？"

闻言，朕赶忙摇头。她微微颔首，道："如此甚好，我看你大表姐和他倒是般配，指婚与他正好。有我娘家镇着，能暂时牵制宋洛君，我想他也是个聪明人，一时半会儿不敢造次。"

大表姐岳如真？朕的小身板抖了几抖，心里默默地为宋洛君点一根蜡烛，要是摊上岳如真那个悍妇，宋洛君当真是三生不幸！

朕也不能怎么样，只好点头应承下来。

朕躺在床上翻来覆去都睡不着，也理不清心间缠绕的愁绪是怎么一回事。于是，朕便从床上爬起，向殿门外走去。

夜深人静，远处灯火阑珊。

小桶子原本守在殿外，听到轻微的脚步声，他便悄悄地跟在朕身后。

朕心中诧异他的警觉性，于是朕开始了第一次认真解析他的为人。

朕领着他走遍整个西宫北院，所过之处，无一不是寂静无声，更有宫女太监站在殿门外一边打着瞌睡，一边守夜当值。

瞧到如此情景，朕忽然心血来潮，仰天大吼一声："天干物燥，小心火烛！"

"咚！咚咚——"

朕听到敲锣的声响，不由得惊悚地回过头去，恰见小桶子不知从哪儿找来了一个铜锣，随着朕的喊声敲得正欢。

他见朕愣愣地看着他，不由得嘿嘿一笑："皇上，您要叫喊，咋能没有这玩意儿的伴奏？"

朕："……"

沉默了一番，朕突然开口："朕身边安插的眼线太多了。你猜谁会是太后的眼线？谁又是宋洛君的眼线？"

小桶子一愣，面色一变，随即严肃道："皇上，奴才就是太后的眼线，您知道吗？"

朕捂住小心肝，惊道："真的假的？"

小桶子立即扬起菊花一样灿烂的笑脸："奴才开玩笑的……"

朕一呆，随后板起面孔，恶声恶气道："张水桶，朕要阉了你全家！"

小桶子一哆嗦，惊恐万状："皇上，不要啊……"

朕随后嘻嘻一笑："呵呵，朕开玩笑的。"

小桶子踉跄几步，哀怨地瞪着朕。

翌日上朝，朕很委婉很委婉地把赐婚一事对宋洛君说了一遍。

那厮只是淡淡一笑，不论朕是明示还是暗示，他都不接受也不拒绝，张口闭口都是"但凭皇上做主"。

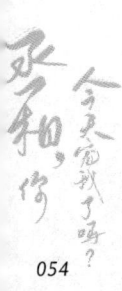

"爱卿，你看……你也老大不小了吧，也该成家了。"

"微臣无心家事，一切但凭皇上做主。"

"爱卿，你觉得镇国将军的长女岳如真如何？朕将她许配给你可好？"

"臣无异议，一切凭皇上做主。"

"那么，朕便将你们的婚事安排在下个月，爱卿怎么看？"

"一切但凭皇上做主。"

朕气闷，深深地呼一口气，笑问："爱卿，新婚之夜朕捉你去浸猪笼可好？"

他仍是面不改色："一切但凭……"这话刚说到一半，他蓦然止了声。

朕大手一挥："知道了，一切由朕做主！"

说起朕的大表姐岳如真，朕对她可谓是印象深刻。

朕忍不住想，若是宋洛君迎娶了岳如真，那么宋家和岳家便成了亲家，这样的联姻，不仅能促进两家的政权和兵权汇集相聚，而且还能因此更加强有力地巩固中央皇权。

不得不说，这样的结果显然是极好的。可是，朕心里却感到不怎么踏实。

9. 朕很忧伤

CHENGXIANG,
NI JINTIAN CHONG WO LE MA?

自从朕下旨赐婚之后,朝野上下引起不小的动荡,正派人士对此表示十二分的赞同,而反派的朝臣则是千方百计地试图阻挠。

这一日,风和日丽。

朕与宋洛君在荣华楼谈论政事。忽然,一名守门的侍卫急急奔来,跪倒在地,抖着嗓音说道:"启禀皇上,将军府的大小姐私闯皇宫,不顾卑职等人的阻拦,便动手打伤无数侍卫,她……"

"本小姐想进宫就进宫,岂是你们这群小喽啰可阻挡的?"

那侍卫的话还没说完,便被一个娇叱声打断。

朕循声望去,恰见一个面容娇俏的女子从不远处走来。

她一身火红色的衣裙,红得张扬艳丽。娇俏可人的面容上带着目空一切的高傲嚣张,两道长眉倒为她添上几分寻常女子所没有的英气,腰间佩着的一根皮鞭宛若灵蛇,好似随时都会蹿出来咬人似的。

朕挥挥手,那头冒冷汗的侍卫便匆匆退了下去。

朕打量着她,发现她这些年来真是越长越美了,记得朕第一次见到她时,还是在八年前呢。那时朕不过是个十岁的软弱太子,而她身为将门之女,十一岁的她一个拳头就能把朕揍死!

咳咳,开玩笑!朕怎么会白白被她揍呢?记得朕儿时生性顽皮,见她一个小小女娃,便学着男人喝酒,同样身为女子,朕自然是对她这种行为表示鄙视的。于是,朕便趁着酿酒房无人看守,端了一杯黄黄的尿汁倒入一个较小的酒坛,搅拌混淆之后,便给这个坛子做了一个标记。

然后,朕便安安静静地等待宫宴的到来。当她第二次随将军入宫赴宴时,朕便把那坛做了标记的酒递给她,笑得天真无邪:"大表姐,这是上等的桃花酒,篱儿送给你喝!"

她一贯嗜酒,只高傲地睨了朕一眼,便毫不犹豫地伸手接了,寻了个琉璃碗盛着。

朕坐在她对面的坐席上,安静地做个美男子。然后……安静地等待她发飙……

当她知晓了朕在她的酒坛里加了尿汁时,霎时气得七窍生烟,誓要捉住朕狠揍一顿。朕当然很害怕,吓得躲在母后身边,母后不仅贵为皇后,而且还是她的姨妈,她自然不好对朕动手,然后这事便不了了之。后来的一系列宫宴,朕都躲在东宫不敢出去,就生怕一个不小心被她逮到暗处毒打。

哦,对了,朕还没告诉你们,此尿汁非彼尿汁,那么究竟是何等尿汁?自然是上等尿汁——猴尿汁!

"咳咳……大表姐,你怎么来了?"朕从记忆中回过神来,看了她一眼,心里依旧发虚。

她连瞧都不屑瞧朕一眼,更别提行礼跪拜了!

岳如真径直走到宋洛君面前,瞧着他,轻蔑一笑:"这张脸长得倒是好看,不过……就是不知道中不中用!"

话音刚落,她迅速抽出腰间的鞭子,向宋洛君甩去!

朕一惊,不但没有大喊侍卫前来救驾,还双手捂眼不忍直视。

宋洛君,祝你好运!

朕虽然捂住眼睛没有直视这个场面，但两只耳朵还是很具有八卦精神地倾听着。

只听见宋洛君低沉温柔的嗓音悠悠响起："岳小姐这条鞭子好生金贵，只是这力道把控不好，如此……无法伤到在下，怕是要让岳小姐失望了。"他说得云淡风轻，语气中却蕴含着不可侵犯的威势。

朕缓缓地放开捂住两只眼睛的手，不由得向他们看去。

只见宋洛君姿势不变，动作娴然，坐在那儿稳如泰山，一只白净修长的手握着岳如真甩来的鞭子。

朕转头回望岳如真，见她面色通红，不知是被气的，还是羞的，僵着身子一动不动。

朕懒洋洋地打了个呵欠，继续观战。

岳如真盯着他看了一会儿，倏地收起皮鞭，眼中浮现倾慕："想不到你长得瘦瘦弱弱，内力竟如此深厚。"

说着，她顿了一顿，又道："既然如此，本小姐就姑且嫁你了！"

朕闻言，嘴角忍不住一抽，姑娘，你敢不敢承认你其实是看上人家的相貌？

也许是朕的表情泄露了内心情绪，岳如真终于回头正视了朕一眼。她的目光肆无忌惮，将朕从头到脚扫描一遍，然后摇摇头，继续欣赏她未婚夫的美貌去了。

朕心里那个气啊！她这是什么眼神？整一个看乡巴佬似的！朕长得有那么落后吗？朕还是年度美男排行榜上的第三哎！

真是，太没品位了！

朕就这么被人冷落，真是忧伤……

自从那日荣华楼的相会之后，岳如真出入皇宫的次数越来越频繁了。

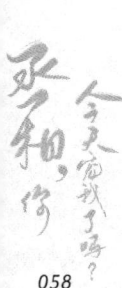

要说她为何能随意出入皇宫？还不是因为她爹是镇国将军，她姨妈是当朝太后，她表弟我是当今皇上，她未婚夫……是一国丞相！这厮身份如此显赫，她不嚣张嚣张岂不是太对不起自己了？

见她整天准时进宫与宋洛君相会，时而一起品茶，时而一起切磋武艺，简直是恨不得日夜腻在一起！

品茶？喊！朕可不信岳如真那个"粗人"懂得饮茶品茗！

见到如此情况，朕只能在一旁观望着，啥事也不能做。

不知为何，朕每次见到他俩单独在一起，朕的心口啊，就堵得厉害，心跳的频率也不规律了。朕认真地思索了一下，莫不是朕真得了心脏病了？

唉，朕真的忍不住想冲过去拆开他们，或者投毒陷害岳如真怎么办？可是，直觉告诉朕，不能这样做。若是真的这样做了，朕就成了传说中的恶毒女配。不不不，朕要成为作者君笔下的善良女主！

话说，他俩的恩爱日常维持到婚期的前五日便停止了。越接近婚期，朕的心脏病就越严重起来。

距离婚事还有五日，岳如真那个大老粗也懂得了新婚之礼，未婚男女在这段时间不能见面。

这些时日，朕越来越焦虑。可是朕细细地想了一下，也不知道究竟是在焦虑什么。因此，朕每日上朝都一副精神委顿的模样。

小桶子见状，曾私下悄悄问我："皇上，您可是欲求不满？"

朕一听，立即精神大振，举手狠狠地往他的头拍去。

说到这事，朕想起了被朕晾在一旁许久未见的李菲儿。说起来，朕已经摆脱和她同房共寝的窘境了。自打她成了皇后，便被母后拉去拜佛念经，而且还让太医给她开了一帖药，美其名曰：皇后身子虚弱，体内

有毒素未解，为保持身心健康，因此不可同房行闺中之事。

于是，她就被母后带去水月庵学佛诵经，修身养性了。朕忍不住想，母后这是要把她培养成新一代的尼姑不成？

今儿早朝，朕如往常那般坐在龙椅上，静等众臣启奏。

这时，一个面貌丑得吓人的文官从队列中站了出来，拱手道："皇上，臣有事禀报。"

朕别开脸去，实在不愿去看他那张惨不忍睹的脸，只是挥手示意他有话快说，有屁快放。

于是，他道："微臣方才要来上朝之时，丞相府的家丁便托言，要臣为丞相大人请个病假。"

朕闻言，一时怔住，也忍不住为丞相担心起来，问："他患了什么病？"

"据那家丁所说，丞相大人昨夜感染风寒，此时已是发烧卧病在床。"

"发烧？"朕惊呼一声。

那文官又道："正是，据说是发高烧，大夫诊治时言明，丞相大人恐怕没个半把月的时间是痊愈不了的。所以，托言让微臣替他告假十五天……"

他话还没说完，朕便高兴得连连摆手："准了准了！"

朕再看了那面容丑陋的文官一眼，忽然发觉他此时真是好看得要命！

散朝后，朕便行往德宁宫，准备告知母后这件事。哪知她眼皮也没抬一下，只淡淡道："宋洛君是何等人物，岂会轻易就范！这厢，他告病回家，只怕是缓兵之计，如此一来，婚事自然不能如期举行。"

朕听着这话，暗自舒了口气，这几日缠绕在心头的愁绪霎时烟消云散。

倘若因为生病而将婚礼延迟，那么朕希望他不要痊愈，最好……唔，最好病个一两年。这个念头刚一浮现，朕就想抽自己两巴掌！真是，都什么时候了还想着这些？

当天晚上，朕命人备好马车，打算去丞相府探病。毕竟宋爱卿发烧了，朕能不去探望探望吗？

朕坐在马车内，撩起一侧的帘子观望外头的场景，看着马车已经驶出皇宫，渐渐往一条官道行去。朕刚想放下手中抓着的车帘，忽然眼前一花，一个黑色夜行服的蒙面人便向朕飞跃而来。朕大惊，还来不及大喊救命，就被他扛死猪似的扛在肩头，飞速离去。

朕哀怨地瞪着身后随着距离变得越来越远的马车，心中郁闷至极，小桶子啊，朕都已经被人劫持了，你还欢快地驾个什么车啊？

那人扛着朕的力道虽然不大，但也让朕无处逃脱。过了好一会儿，他才将朕放下，然后，他便默默地走到一旁充当木头人。

朕静静地望着他，而他静静地望着地面。片刻后，也不见他有任何动静，淡白的月光照在他颀长高大的身躯上，在地面投下一道阴影。

朕几乎可以断定，这个杀手……哦，不对，这个暗卫不太冷。

朕和他站在那儿僵持许久，片刻后，朕的肚子就很不争气地响起来了。

哎，没办法，朕的肚子太诚实。

"壮士，那个……呵呵，你吃饭了没？"朕揉着肚皮，干笑着问。

他的脸被一方黑色面巾遮住，只露出一双枯井般寂寞幽深的眼眸，在听到朕的问话时，他平静无波的眼睛稍稍动了一下，嗓音沙哑道："没饭吃。"

朕一听，那个同情心啊，顿时就泛滥成灾了！

朕上前一步，激动地揪住他黑色的窄袖，一脸痛心疾首："孩子啊，你受苦了！"随后，朕使出吃奶的力气拍上他的肩膀，慷慨道，"你以后就跟着我混，我包你三餐有饭吃！"

闻言,他的眼角微微一抽,朕不用看,也知道他的嘴角肯定是呈现不自然的斜度。

"哦,对了,还有夜宵!小弟,你就放心地跟着大哥我混社会吧!哈哈!"朕说完,他仍站在那儿不动。

朕不禁推了推他,他还是没动,就像一座山一般屹立着。

"你不怕我?"他的嗓音很沙哑,如同残破的铜锣敲打出来的声音,格外刺耳。

朕白了他一眼,他既不要我的命,也没有对朕做出什么出格的举动,朕怕他作甚?

朕抚了抚平瘪的空腹,苦着脸对他抱怨:"兄台啊,朕……咳,我从早上到现在都没吃什么东西,现在可真饿得发慌,你可否先带我去吃点东西?"朕这些天因为宋洛君的婚事愁得不行,早膳也没怎么吃,便直接去上朝了。午膳也没吃,便赶忙去处理政务,才能腾出点时间出宫探望某个发烧的丞相,一整天饿到现在,朕真是比这个蒙面哥还悲催好吗?

他微微垂下头,没有任何动作,好似在踌躇着什么。

朕此时已经被饿死鬼附身了,肚子咕咕直响。朕没好气地说道:"看你大费周章地把我抓到这里,想必是对我没有杀机,你还不快带我去吃点东西?要不然我饿死了你可没法对你主子交差!"

他抬头,目光带着些错愕。朕也不管他愿不愿意,直接拖了他的衣襟就往前走。

今晚的月亮很大,月光洒满整条寂静的小街,平添一股柔和。地上折射着两道一高一矮的人影,一前一后。

朕抓着蒙面哥的衣领,大步地走在前头,而他一路上都一声不吭,

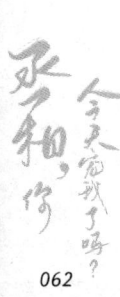

默默地被朕拖着走。

再行一段路，便瞧见前面不远处有一个卖馄饨的小摊子。

朕此时已经安装了一个叫作"狗鼻子"的身体部件，嗅觉异常灵敏，大老远就闻到香味扑鼻的肉饺味。

朕停下脚步，忍不住咽了咽口水，对一旁的蒙面哥问道："兄台，你闻到味道没有？"

他面无表情："没有。"

朕鄙视地睨了他一眼，道："我在这儿等你，你去买碗馄饨来！"

哪知，他竟站直了腰杆，严肃道："不去。"

朕不耐烦地把他往前一推，道："叫你去就去，哪来那么多的废话！你放心，你买回来的馄饨，我回头会还钱给你的。"朕歪头想着，这蒙面哥倒是个小心眼的，不去买馄饨，不就是怕朕吃了之后赖钱不还吗？

那厮死活不肯上前，半晌才平淡地说："我没钱。"

朕惊呆了，喃喃道："你真是比乞丐还穷……"饭也吃不起，身上也没钱，人家乞丐一天勉勉强强还有点收入呢。

"哎，我刚刚出来的时候也没带钱，怎么办？"朕苦恼地抓抓头发，郁闷得不行。身上只有一块上等的玉佩，这附近又没有当铺。完了，这回得喝西北风了。

也许是朕的表情太逗，终于取悦了蒙面哥，于是他沉默了一会儿，便道："我去抢。"

"噗，哈哈哈……"朕听着他用平淡的语调说出这么雷的一句话，顿时笑抽了好吗？

10. 兄台，相见恨晚

CHENGXIANG,
NI JINTIAN CHONG WO LE MA?

　　结果显而易见，蒙面哥为了朕的肚子，竟心甘情愿地去抢来一碗馄饨。对此，朕很努力地表现出一副感激涕零的样子。

　　吃完馄饨，朕靠坐在柳树下的一块石头上，摸摸鼓囊囊的肚子，心满意足地打了一个饱嗝。

　　夜风吹来，散去身上的热气，朕靠在柳树下昏昏欲睡。正当朕的瞌睡虫爬起来之时，忽觉腰间一紧，随后整个身子都腾空起来。

　　朕伸手环住他的脖颈，脑袋靠在他的胸膛上，这几个动作随意自然，就好像在梦中做了千百遍了一般。

　　他身子微微一僵，站着不动。

　　朕嘟囔道："这回你倒是识相，没把朕扛死猪似的扛在肩头。"

　　他足尖往地面一踩，横抱着朕往皇宫的方向飞跃而去。

　　迷迷糊糊间，朕感觉到一股名为"庄严华贵"的气息扑面而来，朕不用睁眼，也知道已经抵达皇宫了。

　　这是朕从小到大生长的地方，可朕仍然觉得陌生，感受不到一丝的亲切。

　　蒙面哥直接穿梭到朕的寝宫，然后把朕放倒在桂树下。在他转身要走之际，朕忙叫住他："兄台，下回记得再给朕抢一碗馄饨啊！"

　　闻言，他脚步一个踉跄，却没回头，一个纵身便翻过围墙，矫健的

身影便隐入夜色中去。

朕呆呆地望着一望无际的夜空，想着蒙面哥方才悄无声息地潜入皇宫，且方向辨析准确，想来是对皇宫极为熟悉的。他的武功显然极好，出手全是防御的招式，身上也没有一般杀手的冷冽气质，那么……他必然是皇宫里的人。朕托着下巴，轻轻地笑了，蒙面哥，咱又要见面了。

朕半躺在桂树下，忽然"哐当"一声，朕皱眉，回头望了一眼，只见一个小宫女手中端的盅子尽数掉在地上，她傻愣愣地望着朕，而后转身狂奔，扯开喉咙大喊："来人啊！来人，皇上回来了！"

朕的额角瞬间滑下三条黑线，妹子你看到朕有必要这么激动吗？嗓门这么大是吃了鸭脖子了吗？

没等朕郁闷多久，一群人匆匆从殿后的回廊跑来。

朕听到脚步声，不由得回过头看去，恰见母后领着一队皇家大军匆匆赶来。

"我的儿呀，你跑到哪里去了？让母后好生担心！"

李菲儿红着眼眶，一身素色的兰纹罗裳，对朕抽抽噎噎地说道："皇上，臣妾听说您被匪徒劫去了，便连夜从水月庵赶来……皇上您没事吧？可哪里受伤了？"说着，她走过来伸手摸摸朕的身子。

朕身板一抖，堪堪避开她伸来的手，生怕她摸到不该摸的地方。

"她自然没事，皇后不必担心。"这时，金远羽从人群中走来，刷一刷存在感。他说这话的时候，眼底闪过一丝精光。

朕大窘，看着大伙儿三更半夜的因为朕而忙乱，朕实在不好意思说出宫是去吃馄饨啊。

翌日，母后一大早就来慰问朕。朕哭丧着脸道："昨夜在行往丞相府的路上，朕就被一黑衣人劫持了。还好朕够机灵，使出三十六计十八般武艺，才从虎口逃出来……朕实在太不容易了！"

李菲儿在一旁听得惊心，握紧朕的手紧张道："皇上，以后就让臣妾陪伴在您的身边吧！"

朕嘴角微抽，没应声。

倒是太后开口了："皇上可知那黑衣人是谁？"

朕摊手："那时性命攸关，朕哪有心力去看他的面貌？况且他蒙着面巾，想看也是看不清楚。"

李菲儿急道："母后，咱们给皇上再安排一个护卫吧？皇上身边真的太危险了！"她这话，真是正中朕下怀啊。

太后拧眉思索一番，最后爽快道："行！等会儿便为你挑一个大内高手当你的贴身护卫！"

哈哈哈，朕等的就是这句话！于是，朕连忙开口："母后，儿臣要自己挑！"

如今，朕只是个没实权的皇帝，想提什么要求都要经过他们的批准认可，若是朕堂而皇之地提出想要一个护卫，必然会引起他们的猜忌。故而，朕只能想个法子从他们口中套出来，以便达到自己的目的。所以，朕经常在想，朕真的太聪明了好吗？

当天中午，母后带着朕一起进入护圣殿。

朕打量眼前整齐站立的五十个年轻男子，见他们相貌堂堂，刚毅冷峻，朕有些意外，朕暗想这些大内高手倒长得人模狗样，起初，朕还以为他们都是一些武功高强的莽夫罢了。

"皇上身边存在危险，今日哀家要从你们这些人当中，挑一个出众的当皇上的贴身护卫。"

那群人依旧昂然挺立，不为所动，完全是一个标准护卫的形象。朕一个个地将他们从头到脚上上下下打量一番,最后,总结道:"你们身上的衣裳颜色,简直就跟刚拉出来的粪便一样!"

闻言,他们冷峻平静的面容上,终于出现了一丝龟裂的痕迹。就连在人前端庄威严的母后,眼角都忍不住狠狠抽搐了一下。

咳,朕不好意思地摸摸头,笑问:"怎么了吗?这话我是从皇叔那儿学来的。"

朕虽是说着话,但眼角余光一直不忘扫视那五十个护卫。

只见众人当中,只有一人面色依旧,不起波澜。他长得较为俊朗,那双枯井一样幽深的眸子散发着淡淡的冷气。

朕眼前一亮,指着他,问:"你叫什么名字?"

他抬头望了朕一眼,一丝微不可察的惊诧一闪而过。他开口,嗓音低沉醇厚,带着微微的沙哑:"侯戈。"

噗……

"猴哥?"朕惊叫。

那人静立着,高大挺拔的身姿宛若青松。

朕上前一步,两眼紧紧盯着他:"你真叫猴哥?"

"是。"

朕捂着肚子大笑起来:"哈哈哈,猴哥,你从花果山跑出来,你师父知道吗?"

他的神色骤然发冷,不答。

朕又问:"你家八戒呢?"

他洁净的额角隐隐有青筋暴起,语调冷得不行,堪比南极洲的企鹅:"我家没养猪!"

此话一出,殿里的人个个都笑喷。朕也是惊呆了,他这句话简直是把朕以往说的那些逗趣话秒成渣了好吗？

朕领着侯戈在皇宫四处闲逛，小桶子堆着笑迎了上来，问："皇上，您现在想去做什么？"

朕想了想，吐出两个字："遛猴！"

朕回头瞥了侯戈一眼，见他此时一脸铁青，面无表情地走着路。朕满意一笑，继续遛猴去了。

这时，一个蓝衣侍卫跌跌撞撞地跑来，屈膝跪倒在地，他擦擦额头上的冷汗，急道："皇上，岳小姐……"

还没等他说完，一个火红色的身影便迅速闯入眼帘。

"金篱你这狗皇帝！快说，你把洛君怎么了？"她狠狠地瞪着朕，冲上来揪住朕的衣领。

这姑娘此时俨然已经化身愤怒的小鸟。朕咳了一声："那个，你先放开朕。"

她听了，仍不肯松手，气愤道："我听爹爹说，洛君告假十五日，婚事要延后。前阵子我看他还好好的，是不是你对他做了什么？使得他卧病在床？"

朕笑了一下："岳如真，你别自恃着皇亲国戚的身份，就能贸然对朕无礼。"说完，朕将视线投向一旁充当木头的侯戈。

他抬眸看了岳如真一眼，忽然一个闪身欺近。

岳如真还来不及惊呼，就被侯戈一个迅雷不及掩耳之势踢下池塘。

只听见"扑通"一声，荷花池里顿时溅起一大片的水花。

朕惊呆了，默默地在心里为侯戈点了 320 个赞。

朕好整以暇地靠在栏杆上，欣赏着岳如真在水里扑腾的狼狈模样。

"金篱……你这个……卑鄙小人！咳咳……"她不会游泳，碧色的池水不断地涌入她的口中,她拼命地挣扎,努力地不让身子往下沉。

朕看了一会儿,便大开皇恩,命人去把她捞起来。

岳如真被捞上岸后,吐了几口池水,便吃力地站起来,指着朕的鼻子破口大骂,甚至还想冲过来揍朕一顿。

幸好,她的左右臂膀都被侍卫紧抓着,要不然,朕估计得被她撕了。

朕懒懒地打了个呵欠,大手一挥:"把她抓到天牢里关着,等镇国将军亲自来接她,否则,无论是谁,也不能放她出去。"顿了顿,朕看了一身水渍的岳如真一眼,"这就是对藐视皇权的惩罚。"

说罢,朕一路打着呵欠回寝宫睡觉去了。

侯戈守在殿门外当门神,朕朝他招招手,他竟视若无睹。

朕也不恼,笑嘻嘻地看着他,说道:"兄台,你再劫持我出宫吧?你那碗抢来的馄饨真是太好吃了……"哎哟,朕现在想起来,还回味无穷呢。

他面色一僵,终于肯走了进来:"你如何得知是我?"

"虽然吧,当时你蒙着面,也改变了声音,可朕认得你的眼睛啊,要是你实在不想被人发现,我看你下回连眼睛也蒙上比较妥当。"

他只是听着,不搭话。

朕想了想,还是决定问出来:"你主子是谁,为何要派你来劫持朕?"

他额头上瞬间划下三条黑线,看朕的目光跟看白痴似的。

朕摸摸头,讪笑。他既然是别人的暗卫,那么想从他口中套出话来,怕是比登天还难。

朕忍不住想,能招来一个大内高手当暗卫,看来此人必定是皇宫中的人,并且权势不小。

11. 皇叔,很奸诈

CHENGXIANG,
NI JINTIAN CHONG WO LE MA?

夜幕降临,宫人开始到各个宫殿掌灯。

朕看着远处的一片灯火通明,不禁想起宋洛君以往每到这个时候,都会来御书房陪朕批奏折的日子。朕烦躁地搁下御笔,起身站到窗前透透气。

这时,朕看到小桶子矮小的身子守在不远处的一座殿门口,身旁站着一个魁梧强壮的男子,那两人推推搡搡的,似乎在争执什么。

小桶子被那人用力一推,摔倒在地上。然后,那人大步流星地走了进来,小桶子赶忙从地上爬起,追在他屁股后面大喊着。随着距离越来越近,朕隐约听清楚小桶子口中的话语:"将军!您不能私闯御书房哪!皇上在里头呢!哎呀,您等等,奴才去通报……"

那人大手一挥,声音洪亮威严:"他算个屁的皇帝!敢囚禁我女儿,胆子倒肥了!"说着,他快步跨入门槛,黑色的军靴踩在地板上发出沉闷的响声。

朕手一抖,糟糕,朕的大舅爷来了!

然后,他进来的时候,就见到朕站在窗前"看风景"。

"金篱,为何囚禁我女儿?要知道她可是你表姐!"他完全不顾及君臣身份,便气势汹汹地对朕兴师问罪。

朕负手而立,转头看了他一眼。只见他身穿厚重的铁盔战甲,腰间佩着一把锃光瓦亮的宝刀。一张国字脸上,瞪着一双阴郁狠戾的眼睛,看起来颇有几分凶神恶煞。

朕也不知道是怎么一回事,得知他要来时,就一阵心惊胆战,可真等他找上门来时,朕反倒镇定了。

朕拂了拂龙袍上不经意沾到的灰尘,淡淡地睨了他一眼,道:"子女以下犯上,做父亲的也如此目中无人,果然是有其父必有其子吗?"

似乎是没想过朕会轻巧地反驳,他明显愣了一下,随即气得七窍生烟,指着朕怒道:"你竟敢跟我这么说话?你翅膀硬了是不是?乳臭未干的毛头小子!"

朕忽然嗤笑出声,上下打量他一番:"镇国将军真是老了啊,这脾气怎么还如此火暴呢?你对朕这般无礼……"朕顿了一下,看着他的眼神意味深长,"是想造反吗?"

他神色一僵,而后恼羞成怒地握紧拳头,猝不及防地向朕挥来。

朕心下一惊,暗道不好,身子本能地躲过他的突袭。朕踮脚眺望窗外,此时门外竟无一人守卫!

朕急得想骂娘,这大晚上的,侍卫都跑哪儿去了?

朕顿时焦虑不已,这大舅爷自幼就唾弃朕,从来没给朕一个好脸色看,可今晚若是无人前来救驾,朕只怕会被他生生打死在这御书房里。

若是……朕死了会怎样?

自然不会有多大的动荡。那些朝臣,除了父皇那几个心腹近臣,其余人都是皇叔或者岳家的党羽,恐怕巴不得朕早些上西天呢。

就在朕晃神之际,忽觉掌风迎耳,那力道凌厉狠戾,对着朕的肩胛骨极速劈来。

朕霎时心跳如雷,呼吸一窒。

"啊——"

在朕以为那一掌会劈中朕的肩膀时,屋内忽然爆发出一声杀猪般的尖叫声。

朕吓得腿一软,险些跌倒在地,连忙扶住红木桌的边缘。朕平复了一下心情,随后抬起头来看向眼前场景。

只见镇国将军双手被一人反剪,关节骨骼被扭得咔咔直响,朕的大舅爷痛得鬼哭狼嚎。

朕抚了抚心口,仍觉得心有余悸。

抬眼顺着那人露出的一截修长白皙的手,视线一点一点地往上移,最终落在他淡紫色的云纹蓝色绲边的长袍上,朕嘴角一抽,不用看他的脸也知道他是谁了。试想,这宫中还有谁会穿得一身骚包风流的紫色?再往上一看,果然是那张雌雄不辨、风华绝代的魅艳脸庞。

金远羽唇畔带笑,波光潋滟的桃花眸却半蕴冷意。

呃,朕实在没想到会来救驾的是他。再看了眼门外,小桶子正躲在雕花木门后面看现场版的免费武打片呢。

朕无语望天,看来是这厮去把金远羽请来的。

镇国将军哪里有过如此狼狈的时候,他愤恨地瞪着金远羽,双眸好似要喷出火来。

"南阳王好大的胆子,竟敢把本将军打伤?还不快放开我!"

金远羽像是没听见他的话一般,只是朗笑一声,入耳的嗓音低沉磁性,好听得紧。他剑眉微抬,一字一顿地戏谑道:"本王若是将你今晚的恶行告知满堂朝野,你猜该会如何?"

镇国将军的气势顿时矮下一截,却也不肯承认。他梗着脖子气急败坏地说:"皇上无端端地便抓了本将军的女儿入牢囚禁,本将军只不过

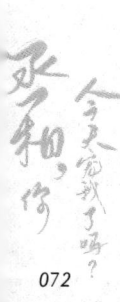

是来跟皇上讨人的罢了!"

朕在心中冷笑,金远羽的权势绝对比朕大多了,瞧瞧那手握重兵的镇国将军都要忌惮他三分。

金远羽缓缓松手,放开了他,皮笑肉不笑:"是吗?为何本王方才进来的时候,恰好看到将军对皇上行凶呢?若是明日,本王到朝堂上参你一本,到时你这谋反弑君的罪名,可就坐实了。"

镇国将军一听这话,怒极反笑:"你无凭无据,便诬蔑本将,这话若是说出去谁信?况且,你一个摄政王,到底是谁想谋反弑君,结果不是正摆在那儿吗?"

金远羽低头轻笑,随后拍拍手掌,一个年事已高、两鬓斑白的老者便走了进来。

他左手抱着一沓书册,右手提着一管狼毫毛笔。

朕看着他,感觉很是眼熟。拧眉想了一会儿,朕才幡然醒悟,这老者正是朝中的监察御史。朕蓦然想起一个月前,这老家伙曾在朝堂上弹劾朕对皇叔的大不敬之罪。

上次他是偷听墙脚,这回他估摸也是如此,要不然,怎么会这般及时出现?朕想着,他似乎和金远羽关系极好,每次记载史册,都能看到他的身影。思及此,朕向他投去似笑非笑的一眼。

那老臣触及朕的目光,不由得抚须讪讪地笑了笑。

镇国将军自打见到监察御史的突然出现,不由得愣住,久久不能反应过来。过了半晌,他气得咬碎一口银牙,指着金远羽怒道:"你们别欺人太甚!"

金远羽施施然地瞟了他一眼,笑道:"镇国将军,有监察御史做证,你这谋反的罪名,怕是赖不掉了。"

朕在心里默默地给大舅爷点了一根蜡烛，能摊上谋反这一罪，最后落得一个满门抄斩诛九族的下场，委实是个人才。

显然，镇国将军也是知晓这个道理的，他气得通红的脸色顿时变得煞白。

这厢，金远羽又开口了："镇国将军，你不顾自己的身家性命，也总要顾及你岳家上下的宗族吧？你若交出兵权，并卸甲归田，本王倒可免去你诛九族之罪。"

镇国将军两眼一眯，转头瞥了朕一眼，冷笑道："诛九族吗？摄政王可别忘了，皇上可是末将的外甥，若是诛我九族，只怕皇上也被牵连在内！"

监察御史倒抽口气，震惊地盯着他，斥责道："你胆子不小哇，竟敢说这大逆不道的话！"

朕冷眼旁观许久，终于忍不住插了一句："朕可不姓岳，岳家被满门抄斩，跟朕半毛钱的关系都没有。你要是想叫朕替你烧多点纸钱，咱们还能商量。"

"你……孽障！"他暴怒，气得全身发抖，一个箭步冲了上来，顺手拔起腰间的大刀。

眼看明晃晃的大刀向朕劈来，朕不由得闭上眼睛。

与此同时，"咚咚咚"的脚步声从殿外迅速奔来，随着"铿锵"一声，镇国将军手中的大刀瞬间落地。

朕不禁疑惑地睁开眼睛，却见满屋子黑压压的人——

"卑职救驾来迟，请皇上降罪！"侯戈屈膝跪倒在地，身后跟着一群土色衣裳的御林军。

朕有些恍惚，好像一瞬间明白了什么，回头看了金远羽一眼，正好对上他讳莫如深的眼神。

朕将手收拢于袖中,咳了一声:"镇国将军夜闯御书房,欲对朕行使谋逆之事。传朕旨意,即刻起,削去岳家所有人的官职,现下先押入大牢,择日听审!"

朕深深觉得今日是个不太平凡的日子,岳如真与朕闹翻,而后被抓入天牢,紧接着便是镇国将军闯入御书房对朕行凶,继而是金远羽的突然出现,再后来就是岳家上下削去官职,轻而易举地击垮岳家……

朕就是再蠢,也明白今天发生的一切是个连环计。

若是朕没猜错的话,就连宋洛君"卧病在床,告假在家",也是早就设计好了的……

12. 皇叔，不正常

CHENGXIANG,
NI JINTIAN CHONG WO LE MA?

待御书房的人都离开后，朕疲惫地半躺在龙椅上，伸手揉揉酸胀的太阳穴。

"天色不早了，皇叔还不回宫歇息？"自打所有御林军退下，镇国将军被捕获，金远羽就一直站在原地，没有要走的意思。

他抬起脚步，向朕慢慢走来。

"今晚，本王可算救了你一条命，难道你连一句多谢也不肯？"

听着他似真似假的语气，朕将脸微微一偏，掩去唇畔勾起的那抹讥笑。

"那么，今日便多谢皇叔出手相救了。"

这句话自朕口中说出，怎么听怎么虚伪。但是面对他，想让朕对他坦诚真的很难。

朕永远不会忘记三年前，他那双白皙修长、完美无瑕的手曾掐过朕的脖子。

当时，他魅惑的眸子里，是毫不掩饰的杀机，他的一只手，便能结束我的性命。

他最终没有杀了我，或许是看在父皇的面子上罢了。

他缓缓地凑过来，薄唇贴在朕的耳畔，嗓音低迷温柔，好似情人般呢喃："今晚，我替你灭了岳家一族，你说，你该拿什么答谢我？"

朕勾唇一笑，抬眸讥诮地仰望他的脸庞，淡淡地说道："朕要钱没钱，

要权无权，你要的，朕恐怕给不了。"

他神色微敛，黑不见底的眸子紧紧地盯着朕："你这是什么意思？"

朕垂眼，拂了拂衣袖："这也是皇叔早已策划好了的计谋吧？铲除岳家的根基，真正能从中获利的，不是朕，只怕是你。"

他笑了笑，过了好一会儿才说："是这样没错，但是同时，我也是为了你……"

还没等他说完，朕便冷声打断他："朕于你只不过是一颗控制整个局面的棋子，你所做的一切，无非是为了朕臀下的龙椅！"

他深沉的眼眸瞬息万变，本该习惯性扬起的嘴角此时已抿成一条直线。

朕坐在椅上，僵直着身子，不用看也能感受到他全身散发出来的阴郁之气。朕想破头也想不明白，朕这番话明明就是事实，为何还能惹恼了他。

于是，朕一下从椅上跃起，转身正欲闪躲，便被他一个倾身压了下来，腰间被他铜铁似的手勒得收紧发疼。

朕正想开口责问，他的俊脸便在眼前放大，而后，双唇贴上来……

感觉到唇间的柔软触感，朕的大脑有一瞬间的短路，随即又奋力挣扎。然而朕的抗拒不仅没能使他放手，反而使他的动作更为激烈。

朕不断地推搡着他，而他却像一堵铜墙，怎么也推不倒。朕趁他的唇稍稍退开些许，喘气的空当，竭尽全力地抬手将他的胸膛使劲一推！

他脚步一个趔趄，半躺在书案上，桌上已经整理好了的奏折全部倾翻在地，发出噼里啪啦的响声。

朕倚在雕花窗棂边，平静而淡定地看着他从书案上慢慢站起，心里却惶恐不安。这次忤逆了他，不知道他还会不会像三年前那般对朕动了

杀心？

　　所以，朕只能装作很平静地劝诫道："我和你是叔侄，方才这般作为，有违伦理道德！所以，方才所发生的事，我尚且当没发生过吧，也还请皇叔，莫要再提此事。"

　　闻言，他脸色更加阴沉，长袖一甩，快步向朕走来。

　　"什么叔侄？你以为我不知道，你根本就不是……"

　　"皇上，宋丞相已到殿外求见——"小桶子尖细的嗓音从殿外由远及近，成功阻住了金远羽迫近的步伐。

　　朕心下一喜："宣！"

　　朕用余光悄悄地扫视了金远羽一眼，只见他此时已恢复了以往那副恣意不羁的模样，只是眼底的阴霾似乎更重了些。

　　听着那沉稳轻盈的脚步声细微传来，朕不禁想起，似乎自从宋洛君发烧告假之后，便有五天没见到他了，当下他突然进宫，朕反倒有些措手不及。

　　朕抬头看向殿门，便见他手捧一沓书册从容不迫地跨入门槛。他长身玉立，银灰色的衣袂在行走间形成一条优美的弧线。

　　行过礼后，他也不顾忌金远羽在场，便呈上手中的书册。

　　朕疑惑地接过，放在腿上翻了几页，望着泛黄的纸上笺注着清秀又略带苍劲的笔迹，朕顿时哑口无言。

　　过了好半响，朕才找到自己的声音，讷讷问道："这几天你装病在家，竟是去翻查朝中的势力范围和岳家党羽的一切密账？"

　　宋洛君面带微笑，只反问道："那么皇上以为微臣装病在家，是所谓何事呢？"

　　朕摸摸头，不好意思搭话，转头看向金远羽，却见他的目光落在朕腿上的账本上。沉默了一会儿,他才缓缓启口:"五天之内便能收集到岳家分散在朝中的几股势力的贪污受贿等相关罪状,倒是好手段。"

宋洛君也不谦虚,只淡笑着接口:"多谢王爷夸奖。"

朕听着他俩一来一去的对答,怎么也想不到,他们居然联手抵御岳家人。

13. 青山绿水，后会无期
CHENGXIANG,
NI JINTIAN CHONG WO LE MA?

第二日上朝，宋洛君便将前几日收集到的罪证都呈到台上来，朕昨夜就已经看了一遍，此时也只是走个形式，粗略看一番罢了。

自打这沓罪证一条条列出之后，台下众臣顿时不淡定了，尤其是那些罪状上涉及的有名的官吏，他们一个个跳出来反驳，不多时，便陆续有人站出来帮腔，一个个都吵得脸红脖子粗。

朕默默地看着他们越吵越激烈，心里为他们哀号一声，都死到临头了，再嘴硬也无济于事。

望着原本整齐划一的队列，此刻已经分散各处，宋洛君也知晓时机已到。于是，他干咳一声，对金远羽请示道："眼下这等情况，摄政王认为该如何是好？"

金远羽就坐在朕身旁的一只雕龙宝座上。闻言，他淡淡地扫视众人一眼，好一会儿才说道："尔等以公谋私，贪污受贿，且偷盗国库财物，现下削去官爵，事态轻者，流放边疆；事态重者，即刻押入大牢，明日午时三刻……"他神色冷厉，缓缓吐出三个字，"斩立决！"

台下瞬间一片死寂。而后，哀求饶命声不绝于耳。

金远羽充耳不闻，只对宋洛君点了点头。

宋洛君一个抬手，一干御林军便迅速闪身入殿，轻而易举地抓住那群乱党，立即将他们关押。

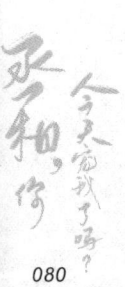

瞧着那些被架着出去的罪臣脸上的不甘和愤恨，以及殿内弯腰垂首诚惶诚恐的朝臣，朕始终都是冷眼旁观，就像个局外人。

岳家被击垮，就连密布在朝堂上的耳目也一同拔去，金远羽和宋洛君的联手，可谓是势如破竹，杀伐果断。

散了朝，朕便往德宁宫行去，哪知还未跨入宫门，就被一个女官给拦住了。

"皇上请留步，太后近日来凤体抱恙，此时正在休息，不便面见皇上。"

这个女官行事沉稳谨慎，是母后的贴身侍婢，平日里也是宠得紧。如今她拒门不让朕面见母后，想来也是母后的意思。

朕无所谓地一笑，正打算起步离开，就听到殿内传出的阵阵谈笑声。朕回眸，透过薄薄的窗纸，隐约可窥见里面是何等温馨融洽的场面。

朕没来由地酸了鼻子，忽然产生了一种前所未有的错觉，朕……到底是不是她的亲生女儿？

现下她不想见朕，朕也能猜到，估计是因为扳倒她娘家的事儿，所以她对朕心生恼恨，毕竟，她也是岳家人。

夏日炎炎。

朕躺在葡萄藤架下乘凉，石桌前摆放着几盘新鲜的瓜果，小桶子拿着蒲扇，使劲儿地给朕扇风。

朕惬意地眯上眼睛，享受着这难得的清静。

朕正闭目养神，忽地感觉到风力微弱了许多。朕闭着眼不耐烦地斥道："小桶子，你今天是没吃饭吗，才扇了这么一会儿就使不出力气了？"

朕等了片刻，没能听到小桶子的答话，也没感觉到风力的加大，不由得疑惑地睁开眼睛。

然而，却在睁开的第一眼，便对上一双黑亮如曜石的眸子。

"皇上，微臣打扰您歇息，真是罪该万死哪……"宋洛君笑容淡淡，似笑非笑的眸光显得意味不明。

朕嘴角一抽，眼角余光瞥见小桶子正低着头站在五步之外，见到朕看向他的目光，他不禁偷偷抬起头来，向朕投来委屈的眼神。

宋洛君与朕挨得这么近，朕不自在地挪了挪身子，试图拉远与他的距离。

"大热天的，宋爱卿不好好窝在府里睡午觉，倒顶着烈日进宫来，可有何要事？"

他垂头，闷笑一声："皇上不必紧张，微臣不是想对您做什么。只是想请您一块儿去清冰镇避暑罢了。"

清冰镇避暑？

朕眨了眨眼睛，感觉这个提议甚好！

只是朕有些担心，若是出门遇刺的话，那可就不划算了。

他瞟了朕一眼，似乎猜到朕的心思，笑道："皇上何须担心？再带一些近臣和禁军一同出城即可。微臣听说，那清冰镇一年四季草木常绿，温暖如春，且城里风景优美……"

还没等他说完，朕连忙拍手叫好。

这清冰镇，朕儿时仅去过一次，还是和父皇一同去的，如今天气酷热，去那儿避暑绝对是极好的！

清冰镇要出了皇城，再行一个半时辰才能抵达。由于这次出宫的地点不是很远，于是朕只带了几个心腹近臣，还有小桶子和侯戈。

朕派人去请太后一同出城，然而派去的人却回来说，太后不喜舟车劳顿，拒绝前往。

朕想了想,她这会儿铁定不会原谅朕了。

坐在宽敞的马车里,朕的心情很是轻快,感觉每次出宫,都有一种笼中鸟终于遨游蓝天的感觉。

朕撩起窗帘,只见外头天气晴朗,万里无云。马车所过之处,都是绿树成荫。

接近清冰镇时,一股清凉的夏季气息便扑面而来。

朕深吸了一口气,胸口一阵舒畅。随同而来的几位朝中元老,就跟没见过世面的乡巴佬似的左右观望,时不时发出一声惊叹。

抵达清冰镇之后,宋洛君便命人去准备住处,然后陪朕逛了一整天的街。

夜幕降临,朕和几位朝臣便入住一座大宅院。听宋洛君说,这座宅院是他先前就命人建造的,朕心里陡然升起一股不安之感。

这种感觉,直到夜色漆黑如墨,人人熄灯而眠时,尤为强烈!

今日的一切,太不对劲。

朕思虑了一会儿,便立马跑出屋子,敲了敲隔壁小桶子和侯戈的房门。

朕刚抬手一敲,侯戈立即打开了门,他面色沉静,看不出半点被人扰了清梦的不悦。

屋里的小桶子警觉性很高,听到开门声,就马上穿戴整齐走出门来。

见他们两个都已经出来了,朕压低声音说道:"趁现在没人发现,我们快走!"

也许他们和朕也有同样的预感,于是都火急火燎地收拾好东西,放轻脚步,悄悄地溜出后门。

待出了这座大宅院之后,朕终于松了口气,整个人瘫坐在地上。过了会儿,正想爬起来,就听到不远处有数十人的脚步声渐渐逼近,朕心中顿时警铃大作，拉住侯戈和小桶子的手就拼命狂奔。

侯戈看了朕一眼，突然伸手拎起朕的衣领，另一手抓住小桶子的手臂，施展轻功飞上半空，将那些人远远地甩在身后。

朕回头一看，竟是一批黑衣暗卫。

朕勾唇一笑，平白无故地来这清冰镇，果然怀有目的！

眼见身后人越追越近，侯戈带着两个人有些力不从心，朕低头观望着地面的形势，忽然眼前一亮，对侯戈道："前方有个码头！我们到那里寻一艘船逃离此地吧！"

侯戈闻言，面无表情地点了头，便急速往码头飞去。

直到钻入船坞，朕紧绷着的神经才终于松懈下来，站在船尾对岸上追来的人大笑说道："宋洛君、金远羽，青山绿水，我们后会无期了！"

我展开双臂，宽大的袖袍在夜风中吹得猎猎作响，我望着越来越模糊的皇城，心下一叹，从此皇宫，再无金篱！

14. 番外 皇叔

我过了五岁寿辰后,父皇就驾崩了,接着,就是母妃跟着殉葬。于是,我便成了孤立无援,皇宫中最年幼的皇子。

幸好,我有个很疼爱我的皇兄。

父皇驾崩之后,便是皇兄继承皇位。由于父皇临终前,曾给了我一支八千精英组成的铁骑军队,所以皇兄登基后做的第一件事,便是封我为王,赐封地为南阳。

皇兄的后宫妃嫔不多,总共不到十人,是以,能怀孕并顺利诞下龙嗣的后妃基本上没有一个。

为此,皇兄常常焦心不已。

后来,有大臣向皇兄请示,立我为储君。然后就是从那时起,皇兄对我的态度逐渐冷淡。

直到皇后生下金篱。

彼时,我已经长到八岁,正是顽皮捣蛋的年纪。皇后生产的那天晚上,我正和几个小太监躲在西宫后院捉迷藏,忽然,听见一声响亮的婴孩的哭声。

我心下好奇不已,难道是皇后把宝宝生下来了?

一想起小娃娃粉嘟嘟的可爱模样,我便偷偷地溜进西宫内院,准备打探个究竟。

然而还未踏入宫门，里面的啼哭声就停止了，接着便是断断续续的谈话声响起。

我心中迷惑，不禁贴身靠近窗门，然后一个惊天秘密就被我意外得知。

"李太傅，本宫把女儿交给你了，好好给我养着！"我凝神细听，知道这是皇后的声音。

"请娘娘告诉我代养小公主的缘由，否则，恕老臣不接此事！"

皇后冷笑："别忘了，你们李家还欠本宫一条人命！若是你答应代养公主，之前的旧账便一笔勾销！"

李太傅犹豫了半晌，最终妥协："那么，您要找谁来代替公主？"

"这个本宫自有计较！你即刻出宫，无论如何都要给我带一个女娃回来！"

偷梁换柱，狸猫换太子……这发生在皇宫内廷，那该是多大的罪名？

自小生在皇宫，哪些事该说，哪些事不该讲，我还是分得清楚的。

皇后将亲生闺女寄养太傅府，又到民间调换一个女娃充当太子，究竟是什么目的？

没等我想透，皇兄就在第二年春天把我调到封地，不给我一个留在皇城的机会。

我想，既然皇兄如此忌惮我，那我便永远留在南阳，一辈子不回来了。

在封地的那些年，因为无人管束，自由自在惯了，我便养成了放荡不羁的性子。人人都说南阳王风流，可实际上我连青楼都没去过。

十三年后，我再次踏入皇城，是因为皇兄逐渐病重。我日夜兼程，带了满身风雨，只为回去探望他，可他连寝宫都不让我靠近半分，就把我拦在门外。

而后，我便在回去的途中遇到豆蔻年华的金篱。

看着她精致中带着稚嫩的五官，我蓦然想起，她便是当年那个假公主。

可这么多年过去了，她的身份不但没有被揭穿，反而女扮男装成了太子。我又惊又怒，便想去告知皇兄实情，可皇兄不仅没有听信，反而把我再次赶回南阳。

满腔怒气无处可发，我便把它全撒在金篱身上。我当着众臣的面，说她懦弱无能，没有王者风范，不配成为储君。

她的脸色变幻不定，最后只是鼻孔朝天，对我冷哼了一声表示不屑。

头一次被人如此轻视，而且对方还是个女子，我怎么也咽不下这口气，于是陡然伸手掐住她细嫩的脖子。

我心想，若是这般结束她的性命，岂不是更加省事？然而，看到她痛苦地拧着两道好看的秀眉，白皙的脸蛋因为透不过气而憋得通红，我突然动容，鬼使神差地松手了……

回到南阳之后，我便不再过问朝事，整日吟诗作画，过着淡泊名利的生活。我本身就对皇位毫无觊觎之意，皇兄又何必对我如此提防？

五年的光阴匆匆而过，平静的生活就被京城传来的一个消息打破——金篱继位了！

我冷笑，难道文武百官的眼睛都瞎了吗，一个小女子扮作男装十八年居然还没被识破？并且还顺利登上皇位！

身为皇室中人，不管如何，我绝不会让大金王朝败在一个外姓的女人手上！

尽管我不喜朝堂的钩心斗角，不喜皇宫的尔虞我诈，但为了祖上留下的百年基业，我想我有义务去捍卫去阻拦。

我回到京城时，她已经登基半月有余。

五年过去，她已长成了大姑娘，容貌更甚于我之前所见过的美女。

她不会处理政务,在朝中没有一点威信,是以,她这个皇帝做得很窝囊。

我想,女人终究是女人,还能干出什么大事业?而她目前所做的政绩,不过是因为她背后有丞相宋洛君出谋划策。

我一边思忖着如何当众揭穿她的身份,逼她退位,一边和她周旋,斗嘴吵闹。

我始终没意料到,有朝一日,我竟然会喜欢上她。

自从元宵夜赏花灯那天晚上窥视到她身穿女装的模样,她的一颦一笑便开始慢慢地渗入我的脑海。

在她准备大婚之时,属下告诉我,新娘是李太傅的千金独女。

一听到"李太傅"三个字,我瞬间想起十八年前,皇后寄养到太傅府的小公主!于是我命人去彻查,结果却查不到什么蛛丝马迹。直到我见到李菲儿,我心里便越发肯定,李菲儿就是皇后的亲生女儿。

新婚之夜,我原想去帮金篱躲过洞房花烛的那一关,却没料到,宋洛君已比我早一步将她调离。

之后,我在殿门口,看到醉酒的她与宋洛君亲吻。

心头瞬间点燃的无名火,使我恨不得冲进去杀了宋洛君。可我终是忍住了,宋洛君是何等人物,岂是谁想杀就杀得了的?

见到她每日提心吊胆地过日子,生怕女儿身被揭穿,不知何时,我心里蓦然升起一股怜惜之感,于是我便和宋洛君联手,一起设计布局,将朝中的两股势力分解。

他举荐我为摄政王,配合着装病在家,暗地里悄悄收集那些贪污受贿之人的罪证。

他长身玉立,气宇轩昂,站在我面前一字一顿地说道:"我可以和你联手灭掉朝中的势力,并设计让金篱弃下皇位。最后,天下归你,她……必须归我!"

等到朝中的一群乱党全部连根拔起之后,下一步就是尽早将金篱撵下皇位。于是,我和宋洛君设法让金篱前往清冰镇。

原本的计划便是这般:等金篱到达清冰镇后,再派人连夜将她掳走,并将所有随同而来的大臣一起抓获,造成金篱被贼人所劫的假象。之后,再把她送到安全之地,我和宋洛君便回宫告知天下,金篱已经遇害而亡,宣布驾崩。等这事的风头过了,再安排一个新身份,让金篱重获自由。

可是,螳螂捕蝉,黄雀在后。我万万没想到,太后会来插上一脚!就在我派人去掳走金篱之时,太后便雇了一大批黑衣杀手混了进来,劫杀金篱。

太后为何要杀她?是因为她不是太后的亲生女儿。

所幸,金篱最后和侯戈、小桶子一起逃脱了。

她站在船上,夜风吹起她散乱的发丝,长袖在风中鼓起,好像随时都会化羽飞离人间。

她说:"青山绿水,我们后会无期!"

那一刻,她脸上绽放的光彩,使她美得惊人……

回到宫中,我如愿地独揽大权。随后,宋洛君向我请示辞官一事,他从容不迫,沉静的面容上是内敛的高贵与自持:"摄政王已经如愿得到自己该得到的了,微臣该做的事也已经做到,所以,请王爷准许我辞官。"

看着他沉稳地走出殿门,我知道他这是出宫追随金篱去了。

我笑了笑,她身边还有我的耳目,她绝对跑不了多远。金篱,本王也同样势在必得!

15、朕穷得没饭吃

CHENGXIANG,
NI JINTIAN CHONG WO LE MA?

望着熙熙攘攘的街头,听着路旁小贩的各种吆喝声。

我忽然感觉这一切太不真实。

自从那天晚上离开了皇城,我便和小桶子、侯戈三人乘船来到北城。

想到出宫之时,竟没带银子,只能把身上值钱的东西全部变卖了,所以这几日的生活过得很是清苦。

小桶子跟在我身后,仍是端着一脸奴才相。他瞧了瞧我,左看右看,最后摇摇头,纳闷道:"皇上,您这样扮作女子,为何就如此相像?"

我拍拍他的肩膀,语重心长:"朕……咳,现在,我已不是大金国的皇帝,不要再叫皇上。至于我为何扮作女子,这样一来,有利于避开前来搜查我们的人。"

小桶子还是不解,拧眉问道:"可您简直就是比女人还像女人啊,您究竟是怎么做到的?"

我掩口笑笑,缓缓地吐出两字:"秘密!"

总不能告诉他,我本就是根正苗红的女儿身吧?

侯戈依旧是万年不变的黑色短打,干净利落。他腰上配着一柄削铁如泥的宝剑,看样子能值不少钱。

刚到北城那会儿,穷得叮当响,我把身上金贵的衣物和值钱的玉佩等都拿去变卖,卖了之后,我就想方设法得到侯戈的宝剑,可每每都被他识破，明示暗示都没用，那厮就是倔得不行，无论我怎么威逼利诱，都固执地守着宝剑不肯卖掉。

正思虑着，忽然听到小桶子惊喜的叫声："皇上，那边有好几家天津灌汤包！"

我回头施施然睨了他一眼："你这是几百年没吃过包子，还是前世是饿死鬼投胎？看到包子就激动成这样。"太没出息了好吗？

小桶子垂下头："皇上……咱们已经有两餐没吃饭了……"那语气怎么听怎么哀怨。

好吧，现在没什么银子，要省吃俭用。我摸摸他的头，叹了一声："哎，跟到一个穷困潦倒的主子，你也不容易啊不容易。"

想我堂堂大金国皇帝，如今竟沦落街头，这事儿要是传出去，皇家的脸面往哪儿搁？

可是现下叫我回宫，我是宁愿在民间游荡饿死，也不愿回那个满是算计的地方。

这么想着，忽然一个小伙计向我奔来，他擦擦满头大汗，对我说道："姑娘，我们当家的请——"说完，他伸手指向前方。

我循着他所指的方向看去，竟是一家天津包子馆。

到了门口，侯戈和小桶子正准备和我一起进去，却被那伙计拦住了。

他歉意地说道："两位公子请留步，我们当家的只说要见这位姑娘。"

看着他们俩警惕的模样，我心中一暖，轻声安抚道："无妨，你们在这儿等我，我去去就来。"

见到老板时，我禁不住惊讶，这包子馆的老板竟是这样一个风韵犹存的美艳妇人。她见到我，便从软榻上起来，走近将我上下打量："姑娘倒长得一副好相貌！"

我心中得意扬扬,面上却是云淡风轻。想着自己的装坏技术真是越来越精湛了,都快达到炉火纯青的境界了好吗!

她和我客套了几句,便切入主题。

"姑娘身边那位黑衣公子,可是你的护卫?我想买下他,价钱随你开。"

一听这话,我的大脑有一瞬的短路,过了好一会儿,才问:"你买来暖床?"

她咳了一声,脸色微微泛红:"实不相瞒。我夫君已经死了三年,自成亲以来,一直没生下一男半女,现下我一个妇道人家,整日打理这个包子馆,也是难熬,所以我想找你那个……"

"所以你想找我的护卫跟你过日子生孩子?"没等她说完,我便即刻打断,一口回绝,"不行!"

话说到这个份上,她也不跟我客气,嘲讽道:"不过一个落魄千金而已,连包子都买不起,还有什么能耐养得起那两个人?"

一说到包子,我顿时发窘,她说得没错,我确实养不起他们。

"他们跟着你,迟早会活活饿死,倒不如全卖给我?"

看这话说的,把我惹毛了好吗?我腾地站起来,吼道:"饿死又怎么样?他们生是我的人,死是我的魂!不卖就是不卖,你知道吗?"

我黑着脸从包子馆出来。

小桶子和侯戈守在门外,乍见我一身怒气,不禁疑惑道:"皇上,那老板欺负你了?"

侯戈则是握了握腰间佩着的长剑,作势要进门,我心知他的动机,赶忙拉住他。

"一点事儿也没有,你不用进去找碴儿了,搞出人命可不好。"

三人一并走在石子路上,彼此沉默无话。就在我打算开口说点什么来打破沉寂时,肚子突然绞痛起来。

看到他们担忧的眼神,我也来不及解释,便提起裙子向前狂奔,待我终于找到一间茅厕,欢喜地冲进去时,一个白白瘦瘦的小伙子便跳了出来,指着我大喊道:"此厕是我开,此地是我买。若要上茅厕,留下如厕财!"

我一听,差点笑死,可这一笑不要紧,腹部却绞痛得更厉害,我也顾不得什么如厕财,绕过他就要进去,他又赶紧展开双臂,阻拦我的去路。

"姑娘,要上茅厕,得先给钱!"

我眼角一挑,上个茅厕也要给钱,这是什么世道?

我嘴一撇:"没钱!"

那小伙子便伸手把我推了下去,动作粗鲁,跟赶苍蝇似的:"走走走,没钱上什么茅厕!"

我抬眼打量他,只见他一脸穷酸刻薄的模样,看样子是不给钱就不让进厕所了。我回头观望四周,似乎只有这一间茅厕。我想了想,问:"你先让我进去,待会儿出来我再给钱。"

"不不不……不行,你既然选择我这家茅厕,就必须守我这儿的规矩。"说着,他伸出一只瘦长的手在我面前,"如厕费十个铜板。"

我从锦囊里挑出十枚铜板递给他后,便赶着进去。

茅厕中,整个小屋子密不透风,且臭味弥漫,就着蹲下去时,蚊子就一窝蜂地围了上来,周围都是蚊子大军嗡嗡的响声。

这厢,我听得心惊肉跳,生怕哪个角落会蹦出一只耗子或者什么猛兽出来。

那厢,开茅厕的小伙子在外头拉客,吆喝声喊得欢快。

"快来上茅厕哎!又大又便宜的茅厕哟!走过路过不要错过……"

我在里头听得满头黑线。兄台,你这么自卖自夸真的好吗?

正腹诽着,便听到那小伙子敲门的声音。

他语带谄媚:"姑娘,你需不需用草纸啊?我这儿的草纸又长又厚……"

我翻了个白眼,哪有人上厕所不用带草纸的?于是,我不耐烦地道:"拿进来吧,拿进来吧!"

他笑得更欢了:"好嘞!姑娘要多少张?我好给你算账。"

草纸也要收钱?我摸摸锦囊里所剩不多的银两,咬咬牙,问:"你这草纸多少钱?"

"哎,我这草纸呀,可是采用上等材料加工制成的。要不这样吧,你买六张,我给你个优惠,就算你五块碎银吧!"

我深深认为,这厮绝对是乘人之危前来敲诈!

"姑娘,怎么样啊,要是不要?"他在门外催促道。

我摸摸干瘪的锦囊,干脆把心一横:"拿进来!"

"等等!"我忽然想到什么,以前扮了十几年的男儿,作风豪迈惯了,一时竟忘了男女有别。而如今我既然换回了女儿身,自然也该有女儿家的矜持和警觉。

我便扬声问:"可有路过的姐姐妹妹,劳烦你差个姑娘把草纸给我送来!"

小伙子收了钱,倒也服务周到,心甘情愿地去路边拽了个姑娘过来给我送纸。

等解决三急之后,我打开柴门走了出来,就见他拿着我的十块铜板五块碎银笑得合不拢嘴。见状,我心头上火气就噌噌地冒上来了。我转身,正准备扑上去抢回来时，侯戈和小桶子就匆匆赶来了。

我大喜，忙拉过侯戈的衣袖，仰头望着他刚毅俊朗的脸："猴哥，去给我揍他！把咱们的银子抢回来！"

他看了我一眼，面无表情地点头，正想拔剑，忽然那个小伙子身后跳出两个彪壮大汉。

我嘴角抽了抽，敢情这厮诈骗钱财还懂得自保。我看了看自身瘦弱的身板和小桶子矮小的身姿，貌似……打起来的话，胜算不大啊。

这最后，当然只能没出息地离开了，抢回银子什么的，想都不用想。那小伙子在身后大喊："姑娘慢走啊，欢迎下次再来！到时给你打七折嘿！"

回到宅院，我四处打量这座新院子。

灰色的瓦，刷得粉白的墙，黑漆漆的屋檐，还有精巧细致的回廊……江南的一切果然柔美。

一想到方才无缘无故被敲诈了一笔小财，我整个人就不好了，一股闷气生生地堵在心口，不上不下的，格外难受。

小桶子见我脸色不善，一早就躲到一边玩泥巴去了，生怕触到我的霉头。

侯戈木着一张脸，问："现在总共还剩下多少银子？"

我一窘，摸出腰间挂着的锦囊，在他面前晃了晃："就这些了，总共还不到二两银子……"一开始来到北城时，金贵的衣裳和值钱的饰物全变卖了，当了将近三百两的银票。可为了长期住在这里，便花了二百两银子买下这座宅院，然后再花了五十两买了些家具用品，然后再花了……

如今只剩下二两银子，若是省吃俭用的话，勉强还能维持一个月的生计。

这时，小桶子从厨房跑了出来，急道："缸里的米都用完了……"

我大惊："不是前天刚添的米吗，咋这么快就用完了？"

在一旁沉默已久的侯戈发话了："厨房的墙角有个通往院外的洞口，估摸着是老鼠溜进来偷米吃了。"

我扶额，表示无力吐槽，连老鼠也来踩上一脚，生活的压力这么大还要不要人活了？要知道添一袋白米要八块碎银哪……很贵的好吗？以前过着衣来伸手饭来张口的贵族生活，钱财什么的都不在考虑范围，丝毫没想过有一天会为生计烦恼，为钱财发愁。

"皇上……"小桶子挠挠后脑勺，讪笑道，"要不……咱们回宫吧？这样就不用……"

"不行！"他话还没说完，就被我打断，"若是回去的话，就等着被杀头吧！"我潜意识里依旧认为，宋洛君和金远羽联手是为了逼我下台，然后他们就把整个江山收入囊中，大权独揽。

小桶子一听要杀头，吓得脸色一白，缩缩脖子不敢再多言。

侯戈来到厨房，看着缸里细细碎碎的小米渣，不由得皱了皱眉。

沉默了一会儿，他转身大步走出院门。

他前脚刚走，隔壁的青丫就提着一个篮子小心翼翼地跨入门槛。

我双手抱胸，淡淡地看着眼前红云爬满整张脸的小姑娘："妹子啊，你这三天两头送鸡蛋送菜头的，这次又送什么啊？"

她垂下头，咬着唇细细地说道："我……我听说你们没米吃了，所以我……我……"

我点点头，无比淡定地瞧着她。自从搬到这里居住，这隔壁的姑娘就开始频繁地往这儿跑,而且每次一来,手上都是挎着一个竹篮子,里面装着鸡蛋或馒头。一开始,我还天真地以为,这姑娘是心善,喜欢接济邻居。后来吧,每每看到她见了侯戈,就羞红着整张脸,我就猜想到,这姑娘怕是瞧上咱家侯戈了。

我也不和她客气,接过她手中的篮子就放在桌上,给她倒了一杯茶:"你先坐会儿吧,他等下就回来了。"

"呃,不……不用了,我这次来……是为了……为了……"她局促地站在原地,紧张地绞着手帕。

我的视线落在她手上那块皱巴巴的手帕上,真怀疑她要是再用点力,那手帕会不会碎成渣。

"死丫头,说个话也能结巴成这样,真是没出息!"随着一声高亢响亮的嗓音传来,我抬头望去,就见一个大婶扭着腰肢从门槛迈了进来。

她径直来到我面前,一句话也不客套,直接开门见山:"姑娘,那个姓侯的小哥儿,应该不是你男人吧?我闺女要嫁他,我来跟你谈这桩婚事!"

我正喝着茶,一听这话,一口茶水顿时就从嘴里喷了出来。

我擦了擦嘴角,道:"开什么玩笑,我又不是他娘,跟你谈什么婚事?"

妇人长着一张尖酸刻薄的脸,闻言,一双蕴藏精明和算计的眸子将我全身上下打量一番:"就姑娘这身气度,恐怕不是平庸之辈。不过再怎么金贵,现在也是落魄,自身难保了。侯戈是你护卫吧?若是你同意他与我闺女的婚事,我便赠你三辆驴车、五头牛羊,还有十亩田地,你看怎么样?"

她说着这话时,眉眼高高上扬,好似得意炫富一般。

我冷笑一声,区区十亩田地,就想换我大金国的第一大内高手做夫婿？痴人说梦！

妇人见我面带不屑，顿时拉下脸来："怎么，十亩田地你还嫌少？告诉你，别人娶我闺女我还不给呢！"

一听这话，我霎时大笑出声，十亩田地有什么了不起？我随手一挥，就拥有整个天下！整个江山社稷我都不放在眼里，更何况是这十亩田地？

16. 这年头卧底真多

侯戈回来的时候,肩头上扛着一袋白米。

那妇人见到侯戈一脸淡漠,气焰顿时弱下去。临走前,她走到侯戈面前,干巴巴地笑道:"侯公子,你还没成亲吧?我家闺女……"

"我不娶。"他的嗓音平淡得没有一丝情绪起伏,面无表情地望着前方的景物。

那妇人一时哑口,过了半晌正想开口说些什么,就被青丫拉着手走了。

"娘,既然他不愿娶,咱们干什么强迫他?先回家吧!"

妇人见自家女儿脸色黯然,也不好再说些什么,只愤愤地瞪了侯戈一眼,便拉着女儿一起离开了。

瞧见她们离开,我松了口气,对一旁木头人似的侯戈投去一个白眼。

"好小子,你倒是越来越有出息了啊!这接二连三的桃花债都飞到家里来了。"

他不理会我的冷嘲热讽,只扛着米袋一声不响地走进厨房。我定睛一瞧,这才发现他肩头上扛着的东西。我奇道:"你从哪儿来的钱去买米了?不会是偷来或者抢来的吧?"

他脚步一顿:"我把剑卖掉了。"

他不说不要紧,一说我的愧疚感就越发深重了。我叹了口气:"哎,早知道把你卖给包子馆的婆娘,这样的话,你就天天有包子吃,不用担心上一顿能吃饱,下一顿要饿着……"

"皇……皇上!把我卖了吧,把我卖了吧!"小桶子激动地跳起来,吵着把他卖了。

我的额角上顿时划下三条黑线,瞅着他摇摇头:"娃儿,你颜值太低了,根本没人要好吗?"

闻言,小桶子忧伤地望望天,沉痛地说道:"想我堂堂天子御侍,内务总管,如今竟沦落至此……"

那天晚上,我们三人围在一张木桌前,默默地吃着一碗白粥。桌前什么也没有,只有一大锅的稀粥。我吃得乏味至极,咂咂嘴就不吃了。

入了夜,我回到自个儿的院子,正准备熄灯睡觉,忽然,一个人影闯了进来,他一身黑色夜行衣,脸上蒙着黑色面巾。

我心下一惊,往后退了好几步,稳住心神,问道:"你是谁?"

那人不答话,只慢慢地向我逼近。直到他行至我面前,一阵熟悉的气息便扑面而来。

我心中一凉,苦笑道:"我早该知道他们不会放过我……"

他微微一怔,摘下面巾,露出那张俊朗刚毅的面容,正是侯戈。

我抬头,定定地看着他,讥笑道:"今夜若取得我的人头,他悬赏你多少钱?"

气氛在这一刻凝固。

"皇上!"木门蓦然被人撞开,小桶子跌跌撞撞地跑了进来,惊慌地抓住我的衣袖,紧张道:"皇上您没事吧?"

我摇摇头,视线落在侯戈身上。

小桶子循着我的视线望去,见到一身夜行衣的侯戈,顿时怒了:"这几日我们相依为命,想不到你居然不念旧情,要取皇上的性命?真是狼心狗肺的东西！说，谁派你来的？"

侯戈站在光线暗淡的窗前，颀长的身影透露出些许属于暗夜的孤寂。忽然，他抬头深深看了我一眼，便转过身去，大步走出雕花木门。

"你们走吧。"

瞧着他离去的背影，我有些反应不过来，他居然就这么放过我？

侯戈离开北城之后，我便和小桶子一块儿前往长岭山。

一路草木繁盛，入眼处皆是一片绿意。我胸口中积压的闷气顿时一扫而光。我回头望向小桶子，笑道："这里景色宜人，若长居此处，倒不失是个好地方。"

小桶子低垂着头，声音带着些阴沉："呵呵，皇上，前方还有个亡命崖呢，想必那里定然比这里的风景优美多了。"

我摸摸头，纳闷道："你怎么知道前方有个亡命崖？"

他蓦然抬起头来，原本清澈机灵的眸子，此刻竟变得阴郁混浊。

我吓了一跳，心中划过一丝不好的预感……

他会不会又是谁的卧底？这个念头刚浮现脑海，我便撒腿往前狂奔。

他站在原地，没有追上来，只是笑得阴险："皇上，前有亡命崖，后有夺命人，你就是有天大的本事，也插翅难飞！"

我心尖一颤，这声音从后面传来，却具有强大的穿透力，可见他内功深厚。

原来，我身边竟藏着那么多的武功高手，当真是卧虎藏龙。小桶子待在我身边那么久，我却从未觉察过他深藏不露的武功。是我的警觉性太低，还是太过信赖于他？

跑了一段路，前路竟出现一个断崖。尘土在半空中随风飘飞，一块破败不堪的石碑上，雕刻着"亡命崖"三个笔力苍劲浑厚的大字。一阵风吹来，崖边的树叶便纷纷抖落下来，而后掉进深不见底的深渊。

我不禁打了个寒战，若是掉下去，该是粉身碎骨，或是尸骨无存了吧？

思虑间，小桶子已然来到身后。他怪笑道："皇上，这回可是你自寻死路了，哈哈哈……"

我瞅着他，实在无法将他与之前机灵秀气、一脸奴才相的小桶子联系在一起。我暗中叹了口气，果然是人心险恶，知人知面不知心吗？

我将手拢于袖中，朝他问道："你是谁的人？"

他看着我，那目光好似在看一个白痴，嗤笑道："皇上真是贵人多忘事，奴才从哪里来，便是哪里……人。"随着他最后一个字眼吐出，他猛然出手，将我推下万丈深渊……

身边云雾缭绕，烈风在耳边呼呼作响，先前那种胆战心惊，对死亡的恐惧，在这一刻烟消云散。此时我的脑中只有一个念头——原来母后您想置我于死地。我蓦地记起，小桶子跟在我身边已有三年，当初就是母后将他带到我身边……

我睁着眼睛，感受着身子在空中急速下坠。

于是，我在意识里跟作者君打了个商量。

"古点，待会儿给我弄个大难不死，被美男所救的结局呗！"

作者君："……"

"最好就是掉下断崖之后，我就失忆了，然后忘尽伤心事，和美男过上幸福的生活。"

作者君咆哮："这么狗血真的好吗？"

"狗血一点没关系，反正读者好这一口。"

作者君沉默："狗血也很贵的好吗，不是随便洒洒就可以的！"

我正想说些什么，忽然后背传来尖锐的痛楚，随后，一道牛叫声响

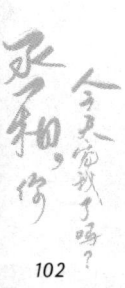

彻云霄，接着，我便陷入一片黑暗之中……

一双莹白如玉、骨节分明的手伸入碧水之中，清洗肌肤上沾到的泥垢。

"哞——"

忽然，一声牛叫从远处传来。他缓缓站起身，推着轮椅往声源处接近。

"公子，咱们的牛被砸死了！"一个布衣女子焦急地跑了过来，眼眶泛红。

他清冷如月的眸子里，闪过一丝诧异："砸死？"

那小姑娘急得快哭出来，跺脚道："方才三儿在一旁放牛，崖上就突然掉了一个人下来，那人掉下来正好砸中牛背……牛就被砸死了！"

闻言，他转动车轮，三儿走在前头带路。

那是一个面容秀美、五官精致的女子，她躺在草地上，如上好的绸缎的墨发披散在地面上，一身藕色的裙裳沾上斑斑点点的血迹。

而一头浑身是血的黄牛便倒在一旁，奄奄一息。

他俯下身子，伸手探了探她的鼻息，手指上感到微弱的气息拂过。他皱了皱眉，站起身来重新坐回轮椅，正打算就此离开，忽然，视线不经意地划过她敞开的衣领，那里有一朵殷红的梅花在白雪的肌肤上绽放。

他微微一怔，细细思索一番，抬手对三儿道："把她背回去。"说罢，他转动车轮先行离去了。

三儿望着他清冷的背影，顿时愣住，公子他从来不会平白无故地救人，难道是因为……

三儿回头看了眼躺在草地上的女子，不禁拧眉思虑，她究竟有什么值得公子出手相救？

17. 长岭山神医

CHENGXIANG,
NI JINTIAN CHONG WO LE MA?

我是被一股浓郁的药味熏醒的。

我睁开眼,入目的是一座竹制的小屋,就连家具材料也全是竹制的。

再往门口一看,就见一个年轻的男子正坐在轮椅上,手上捣鼓着草药。

我刚想起身,一不小心竟扯到后背的伤口,疼得我龇牙咧嘴。重新躺下去,我思量了一番,没想到我从那么高的悬崖上摔下来,居然还能活命,简直是个奇迹!我想,一般人从那么高的地方摔下来,不死也是残废了,而我除了后背受了伤,倒也安然无恙。我猜想着老天爷的眼睛肯定被眼屎糊满了,对我这么好,我又不是他亲戚。

似听到屋里的动静,他不由得回过头,推着车轮缓缓行驶入屋。

直到他距离我五步远,我才看清他的面容,顿时倒吸口凉气。

那精致绝伦的五官宛若上天精心雕刻的佳品。眉若青山远黛,烟雾缥缈;眼眸乌黑幽深,如月般清冷,就好像一汪深不见底的寒潭,冰冷蚀骨;双唇厚薄适中,唇形美好;脸庞无瑕,带着点病态的苍白。

一袭墨绿的长衫更为他增添几分清冷之气。

真真是前所未见的绝色。我以为看惯了宋洛君的俊秀,金远羽的绝艳,再看其他美男,早就能免疫。

可如今见了眼前的男子,我再回想宋洛君和金远羽,他们瞬间就变成空中的一朵浮云了好吗?

我舔了舔干裂的唇，轻声问道："是你救了我？"

他连看都不看我一眼，便把一碗冒着热气的药汤放在离我不远的桌上，转身推着轮椅走了。

听着木质的车轮在地上碾过，发出咕噜咕噜的声响，我微微一怔，对着他的背影喊道："敢问恩人尊姓大名？"

他的动作并没有因此而停顿半分，清冷悠远的嗓音从院外飘入屋子："唐墨。"

我还想再问些什么，忽然一个小姑娘跳了出来，挡住我的视线。

她有着一张很秀气的鹅蛋脸，一身青色的短打布衫将她的体格衬托得更加娇俏。美人倒是个美人，就是脾气差了点。

她见我一直盯着唐墨的背影看，不悦道："一个女儿家，就这么随便盯着男人看，你害不害臊！"

我哂笑："语气这么恶劣，你老娘没教过你什么是待客之道吗？"

她双手抱胸，居高临下地睥睨着我，语带不屑："公子把你带回来，你还真把自己当贵客了？告诉你，我们才不是好心救你！等你伤好了之后，要赔钱！"

我一愣："什么钱？"

"你砸死我的牛，要赔钱！"说到这里，她气愤地瞪着我，好像要把我生吞活剥了。

我又一愣："我什么时候砸死你的牛了？"砸死一头牛？貌似我还没有那么强大的能力。

"你从崖上砸下来，正好砸中我的牛！哼，你要是不赔钱的话，赶明儿就把你送去青楼！"她双手叉腰，气势汹汹。

"三儿，备药。"门外响起一个淡漠的声音，三儿听罢，愤愤地瞪了我一眼，起身出去了。

我摸摸下巴，这丫头倒是取了个好名字……

我躺在竹条制成的床上，受伤的后背火辣辣地痛着，我不敢随意移动身体，伸长手臂将搁在桌前的那碗药汤捞了过来。

药汤入喉，苦味瞬间充斥整个口腔，我的眉头皱得死紧，久久不能舒展开来。

眼见瓷碗见底，我将剩下的一点药汤偷偷倒在床底下。

三儿从外面进来的时候，指着我惊叫道："你尿床了？"

我脸色一黑："你才尿床，你爹和你娘都一起尿床！"

她面上一红："你个不知廉耻的！"

我躺在床上不能动，她再怎么气恼，也拿我没办法。她找来拖地用的布块，正想去擦干净，凑近一看，才知道是她早上辛苦熬出来的药汤。

她顿时气得不行，袖子里的手微微地抖动。

我扶额叹了口气，没想到我气人的功夫又长进了，这可如何是好啊？

"丫头，你年纪轻轻的，动不动就发怒，小心得心脏病啊……"我瞅着她，语重心长。

她冷哼一声："现在你不便做事，很多事得依赖别人才能完成！你再嚣张惹恼我，待会儿我就不给你送饭，让你饿肚子！"

我摸摸头，好像确实是这样，吃饭洗澡都得依赖别人。

想到"洗澡"二字，我蓦然惊觉，我这是几天没洗澡了？

我闻了闻衣袖，一股酸臭的味道冲入鼻间。我皱了脸，实在忍受不了自己臭成这样，以前作为一个皇帝，每天我都要熏香沐浴三次的好吗？

我连忙叫住她，扬起一抹自认很狗腿很讨好的笑容，说："三儿美女，三儿靓女，给我备点热水洗澡可好？"

我以为她听了我这般讨好的话就会同意的，哪料她也不买账，只是鄙夷地瞥了我一眼，抬高下巴说道："就你也想洗澡？臭死算了！"她说完这句高冷的话，然后又迈着高冷的步伐走了出去。

一想到自己好几天没洗澡，身子臭烘烘的，我就全身不舒服，躺在床上扭来扭去，不小心扯到后背的伤口，我又疼得整张脸都扭曲起来。

"你扶她去洗澡。"唐墨坐在轮椅上，白皙修长的手正捣鼓着草药。

三儿嘟嘴："我才不要！"

唐墨垂头思索了一会儿，放下手上的活儿，转动车轮行入小竹屋。

听到咕噜咕噜的声响，我回过头去，就见他缓缓地来到我面前。

我缩了缩脖子，抬头看他。等了许久，他都没开口说话，我咽了咽口水，问："公子有什么事吗？"

他没看我，轻轻一抬手，一条金丝顿时从他墨绿色的袖口中飞了出来，在我惊愕之际，突然缠住我的手腕，我刚想开口，忽然身子一倾，半倒在他的怀里。

他身上清清淡淡的竹香传来，我这张老脸啊，终于红了有没有？

我急忙抬起头来，望着他清冷如月的面容："你这是……干什么？"

他半揽着我的腰，一手转动车轮，行驶到一间浴房。

我瞬间明白过来，正想站起来冲他道谢，可背部受了伤，整个人无法站稳，摇摇欲坠的，而后倒了下去。他忽地伸手拽住我，我被他这么一拉，竟坐在他腿上……

我嘴角抽搐，脸色爆红。娘哎，太丢人了好吗？

这时，三儿跑了进来，见到如此情景，不由得瞪了我好几眼，咬牙切齿地说道："公子，让我来帮她沐浴吧……"

唐墨闻言，淡淡地睨了她一眼，松手放开我的腰，由三儿扶着我，他便转动车轮出去了。

等我把伤都养好，能下床走路的时候，已在长岭山的小竹屋居住了半个月。

今日，唐墨又要到山上采药，他准备了竹篓，正想挂到背后，我便从屋里跑出来，伸手拽住竹篓，背在身后。

他眸光淡淡，向我看来。这么直视着他，不知为何，我忽地感到脸上发热，不由得将视线投向别处，不敢看他的眼睛。

我咳了一声："那个……我和你一起上山吧。"

他的声音是一贯的波澜不惊，平淡得不含一丝感情："你会成为累赘。"

我顿时一噎，竟无言以对，半响才道："我在这里待了那么久，想帮点忙……"

"不需要你帮忙，你伤好了就赶紧走！"三儿从竹林外风风火火地赶进来，打断我未说完的话。

"三儿。"唐墨的嗓音清淡，却透露着一股不容抗拒的压迫感。

果然，三儿听了，便识趣地噤了声，只站在一旁拿眼睛瞪我。

我看她好好的一双眼睛，非要瞪成斗鸡眼，真心为她感到惋惜。

唐墨坐着轮椅走在前头，我跟在他身后，一路上边走边停，即使他双腿瘫痪，行动不便，可他手上的动作丝毫不慢，可算是敏捷迅速。

长岭山上有好些是他亲自种的草药，自打一上山，我就背着竹篓立在他身前，只要他看中哪一株植物，我便帮他摘下来放入竹篓。

直到我看见他要亲自去摘悬崖边缘的一株红花，我顿时惊得放下竹

108

篓,飞奔到他跟前,帮他采下那株红得像血的植物。

这株植物不像花,也不像草,叶片根茎都红得透明,看上去晶莹剔透,很是好看。

我拿到鼻间闻了闻,感觉这味道好生熟悉,却想不出来在哪儿闻过。于是,我疑惑道:"这也是草药吗?"

他用刀片割掉一些根叶,淡淡地说:"不是草药,是控制人的情绪用的。"

我大惊,控制情绪?不知怎的,脑海中蓦然闪过一个画面,我惊叫出声:"飞流直下三千血?"

他眼眸微抬,扫了我一眼,"你知道?"

我点点头,想起那段不能笑,整天哭丧着脸的日子,真是太苦了好吗?这么想着,我忽然问道:"你就是飞流直下三千血的制造者?"

他面无表情,只看了我一眼,说:"把那几株全都摘了,下午放到阳光下晒晒。"

他不回答,那就是默认了。

这一瞬,我真不知道现在对他有什么感想。能制造出这么"损人"的东西,铁定不是什么好人。我隐约记得,当时宋洛君曾说,这玩意儿是他特意到长岭山求神医所得。

这么说,唐墨便是皇宫太医院里那群御医哭爹喊娘、吵着要拜师的江湖神医?

我看着他清冷的背影,倒还真有几分隐世高人、古怪神医的标准范儿。

采完药下山,已经是中午。

这会儿太阳毒辣,五月的天气热得皮肤直冒汗。三儿手上拿着一块湿巾,守在门外时不时抻长脖子四处张望。见到我推着轮椅走在唐墨身后,三儿顿时不高兴了,噘着小嘴屁颠屁颠地向唐墨奔来,抄起湿巾就想往他额头上贴。

我突然开口:"三儿姑娘在门口怕是等成一块望夫石了吧?"

她一呆,而后脸色涨得通红,举起湿巾要往唐墨脸上擦的手猛然停在半空中。她眉眼低垂,讷讷地辩驳:"才不是……你别乱讲!"说这话的时候,她偷偷抬眼观察唐墨的表情。

奈何唐墨这厮活像被雷劈过似的,坐在轮椅上动也不动,一副漠不关心的样子。

我呵呵两声,正想开口打破沉默,忽然一个小厮模样的少年从竹林那边走来。

他来到唐墨面前,而后递上一封信函,谦卑地说道:"唐先生,我家大人求见。"

我的眼皮蓦然突突直跳,心里隐约升起不好的预感。

三儿见唐墨不说话,不由得对那小厮问道:"你家大人是何人?"

小厮朝唐墨作了个揖:"我家大人便是当朝丞相,宋洛君。"说起自家主子,小厮的神情很是自豪。

接着,他又说:"我家大人深知唐先生是江湖神医,不易面见,于是派小的过来通报一声……"

自从"宋洛君"这个名字一出口,我整个人就跟被雷劈了一样。

18. 厕所工也是不容易

我躲在隔壁的耳房,隔着淡绿色的竹帘,听着里头传来微弱的谈话声。熟悉的低沉温雅的嗓音,让我有片刻的恍惚。

我就是想破头,也想不到宋洛君会突然出现在这里。莫非,我的藏身之处被他发现了?

自从唐墨准许宋洛君入山面见,我就称身子不舒服,来到隔壁耳房歇息,借此避开与宋洛君碰面。

过了很久,隔壁的小竹屋渐渐没了声音,我猜想宋洛君应是离开了。想到这里,我松了口气的同时,心底又隐隐带着点微不可察的怅然。

我打开门走了出去,将早上洗好的衣裳端到屋外晾晒。

竹竿有些旧了,竹身泛黄,我将几件衣物挂上去之后,突然听见"嘣"的一声脆响。我抬头,就见竹竿断成两截,朽坏的竹身裂了开来,而后急速下坠。我一惊,反应不过来,眼见竹竿向我的脸庞砸下,我不禁闭上眼睛,祈祷着就算被砸中,也不要毁容。

在我担惊受怕之际,忽然腰间一紧,转而跌入一个熟悉温暖的怀抱。

扑鼻而来的是那人衣襟上冷梅一样的气息,我不禁愣神,在他怀里忘了动弹。

忽地,我耳畔一热。我猛然回神,刚想回头,就听到他低低沉沉,隐含笑意的声音在耳边响起。

"你可真让我好找啊……"

我一听，急忙从他的怀抱里挣脱出来，脑子飞快地运转，想着以什么方式面对他。毕竟我好不容易逃出皇宫那个大笼子，若是被他逮到又抓回皇宫，说不定等待我的就是生不如死的折磨。

思及此，我想到"装失忆"这一招，于是，我回头朝他欠身一礼，轻声道："多谢公子相救，小女子感激不尽。"说这话的时候，我一手捂住胸口，险些把自己恶心死。哎，我果然不适合当什么柔弱淑女。

闻言，他深邃的眸子凝视着我。我脚下微软，被他这么望着，我着实心虚。

半晌，他轻笑一声，看着我的眼神带着几分了然。我心中一紧，不敢看他，弯腰捡起掉落在地上的衣裳，仓皇而逃。

宋洛君离开的时候，正是日落西山。我站在半山腰，望着他坐在马上，渐行渐远。

他明明认出我了，也识破了我这拙劣的伎俩，为何还放任我继续留在这里？我百思不得其解，回头一看，却见唐墨不知何时已经来到我身后。

他坐在轮椅上，眸光幽深地望着前方的山峰，有风轻轻吹来，拂过他耳际垂落的发丝，他忽然开口说："你若想和他回京，那便追上去。"

我窘了一下，他误以为我是舍不得宋洛君了。

三儿从不远处走来，听到唐墨的话，不禁说道："公子说得对，你就快回去吧，反正你的伤早好了！"

我的脸色瞬间黑了下来，我真是越来越反感这个丫头，做什么事都要来插上一脚。

我转头，认真地对唐墨说道："我想一直留在长岭山，可以吗？"

他还未答话，三儿又插嘴道："不行！我们这里可不是收留所，不白养闲人!"

我不理会她,只看着唐墨,却见他神色淡淡,默不作声。

我生怕这样出山的话,会被宋洛君抓去。

想到这里,我心里有些忐忑,下意识地握住他莹白如玉的手:"我可以做点事补贴生活费,不会白吃白住的!"

他的视线落在交握的手上,嗓音清冷:"好。"

我拿着扫把,望着臭烘烘的茅坑,真是想死的心都有了。我真想甩手走人,可又不得不干。哎,我要是这么回去,指不定会被三儿嘲笑成什么样子!

自从那日说好要靠自己双手来赚点生活费补贴生计,不白吃白喝后,我便来到山腰下找工作。

我开始在王家面馆里当洗碗工,可没一会儿的工夫,就因手滑摔烂了三个瓷碗,最后老板娘一脸嫌恶地将我扫地出门。

被赶出面馆,我又来到一家酒楼,当我告诉老板说要应聘账房先生这个职位时,他笑眯眯地对我说道:"我们可不招一个妇道人家来管账,姑娘长得这般貌美,倒不怕没钱赚。"他捏了捏嘴边的两撮黑胡子,目光炯炯,"我可以为你指条明路,你知道揽香楼吧……"

他话还没说完,我立马抬腿踹了他一脚,然后撒腿就跑。

居然叫我去青楼!

我蹲在地上,自小养尊处优,弄得我现在什么都不会,无一技之长。琴棋书画,女红刺绣,无一精通。我重重地叹了口气,站起身的时候,一张贴在墙壁上的草纸便映入眼帘。

盯着纸上那几个笔法拙劣的字,我握紧拳头,决定去试试!

于是,我撕下贴在墙上的草纸,按着里头描述的路线,最终来到一间茅厕门口。还未踏入,一阵臭味便一股脑儿地涌入鼻间,我忍不住用手捂住鼻子,退后几步。正考虑着要不要走人算了,一个眉目慈善的老头便迈着蹒跚的步伐,急急地来到我面前。

"哎哟姑娘!你这是来……应聘刷厕工的吗?"他看起来好像特别高兴,下巴的白胡子抖啊抖的,激动得差点流下泪来。

我咳了一声,艰难地点了点头。

见状,他笑得更欢快了,拍着手掌连连叫好。而后,他领着我进入茅厕熟悉环境。

一踏入茅厕,臭烘烘的味道瞬间铺天盖地地冲来,险些将我熏死。我捏着鼻子,右手使劲儿地扇风。

那老头不以为意,一脸轻松地在里头逛来逛去:"第一次进来都是这样,但也没什么,待久了就习惯了。等你习惯之后,你就会把这里当成自己的家一样,多么温暖的避风港……"

把厕所当成自己的家?我顿时满头黑线。

那老头自我陶醉了半天之后,便找来扫把,教我刷洗厕所的步骤。

等他把我教会了,便打算离开了。临走前,他对我说:"姑娘啊,你看你多么有天赋,一看就是个刷茅厕的料啊!"

我的嘴角狠狠一抽,大伯,拍马屁也不是这么拍的,这世上有谁愿意当一块刷厕所的料啊?

为了这每天一块碎银的工资,我勉强留了下来,当是做一回临时工吧。

刷了整整一个中午,我趴在墙头气喘吁吁,简直是累成一条狗。

歇息了一会儿,我又拿起拖把,忍着满屋子的臭味,继续清理茅坑。

眼看天色暗了下来,我顿时松了口气,迫不及待地冲出茅厕,把手

中的拖把扔到一边去。

夜间的长岭山,多了几分冷寂静谧,夜风吹来,头顶上的竹叶纷纷掉落。

走入竹林,忽然听见咕咕的鸟叫声,如此更显得寂静的夜色多了几分诡异。

我双手拢于袖中,小心翼翼地穿过这片竹林。出了竹林之后,眼前是一方空旷处,我加快脚步。忽然,一阵窸窸窣窣的声音传来,我心下一紧,刚想撒腿狂奔,一条通体圆润光滑的东西就缠上了我的脚踝。

听见那东西发出"嘶嘶"的声音,我顿时僵住身子,紧张得整颗心都提到嗓子眼。

我站在原地,不敢动弹。过了许久,感觉到那蛇缓缓地移动,顺着我的脚向上爬来。我微微低头一看,正对上那蛇绿光幽幽的眼,我顿时吓得魂不附体,忍不住尖叫一声。这时,它的目光变得森冷,蓦地,它动了一动,露出两颗尖牙,猛地向上跃起,蛇头直冲我的面庞而来!

与此同时,"咻咻咻"的声音破空而来,我只觉得眼前金光一闪,那蛇猛地瘫软下去,跌落在地。

我惊魂未定,捂着心口的手忍不住微微颤抖,再看那蛇,此时已经一命呜呼,乌黑光滑的蛇身上插着三根金针。

我心里"咯噔"一声,抬头向前看去,就见唐墨一抹墨绿色的身影隐在远处的灯火里。

他转动车轮,缓缓地行至我面前,而后稍稍弯腰,如葱般莹白修长的手指将几根金针从蛇身拔起,而后掏出一方白色手帕,轻轻拭擦几下,便把那三根金针装回阔袖中的小锦盒里。

狂乱的心跳终于平复下来,我问:"这么晚了,你出来干什么?"

他抿着唇，面沉如水，那乌黑的瞳仁里是一贯的清冷，不带半点情绪。

"捉蛇。"说完，他墨绿色的袖中伸出一条长长的金丝，轻而易举地将蛇收到一个小小的竹篓里。这一系列的动作优雅自然，如行云流水。

然后，他推了推车轮，率先离开了。

我在原地呆立几秒，他这么晚跑出来，只为捉一条没啥用处的蛇？

我百思不得其解，直到回了小竹屋，三儿看到唐墨身边的小竹篓里躺着的地头蛇，顿时一阵火大，对着唐墨道："公子，你这么晚还出门，别跟我说你这是专程去捉条蛇做药酒！"说着，她又瞅了瞅那条通体乌黑的地头蛇，然后将目光对上我，"地头蛇没有毒，也不能做药。公子你不会是特意去找她的吧？"

"多嘴。"他淡淡地说一句，径直入室。

三儿咬咬牙，端了铜盆去外面的那口井打水。

三儿打了水返回来，我默默地看着她，欲接过她手中的铜盆："我来吧。"

她下巴一扬，神情不屑："不用你来假好心，公子的脚不是你一个外人就随便可以洗的！"

被骂了的我朝她灿烂一笑，她不禁呆愣一下，趁此机会，我一把夺过铜盆，然后甩开她，快步进入里屋。

唐墨回过头来，见到是我，深邃的眸里闪过一丝诧异。

他说："让三儿来……"

还没等他说完，我迅速在他的轮椅前蹲下，伸手握住他黑色的布靴，刚想为他脱去鞋袜，他清冷的声音便从头顶上传来："你出去。"

我仰脸望着他，倔道："你治好我的伤，又收留了我，这么大的恩情我无以为报，现在只是帮你洗一次脚，也不可以吗？"

这时,三儿从门外追了进来,气愤地将我狠骂一顿。

唐墨抬手挥了挥,于是,她带着满肚子怨气出门去了。

我蹲下身,卷起他青色的裤脚,露出一双滑腻白皙的长腿。这时我讶异地发现,他居然不长腿毛!

掩去心中的惊诧,我拿起白色的毛巾,蘸了些热水为他擦拭肌肤。看着他这双毫无知觉的腿,我莫名地感到心酸,忽然问:"你这双腿,究竟是怎么回事?"

他的目光陡然冷了下来,让我有那么一瞬间以为坠入冰窟了。

见他久久不答话,我就是再蠢也知道是戳中他的痛处了,自讨了个没趣,讪讪地垂下头。

今晚是满月,柔和的月光自窗台倾泻下来,我躺在床上翻来覆去睡不着觉,头高枕着,眺望窗外寂静的夜色发呆。

忽然,一阵箫声传来,那旋律隐在如水的月光下,如泣如诉。

我猛地从床上跃起,连鞋也顾不得穿,就跑出小竹屋,循着箫声一路来到竹林。

唐墨坐在轮椅上,一袭墨绿的青衫隐在竹林中,一管碧玉洞箫正被他抵在唇畔,发出清清冷冷凄凄的声音。

我赤着脚,就这么站在他身后的暗处,怔怔地听了一夜。

第二天回到茅厕工作时,我便忍不住打瞌睡,尤其到了中午的时候,困意更盛。我手上抓着拖把,整个人昏昏欲睡,几乎站不住脚,好几次险些一头栽进茅坑。

对此我表示很忧伤,昨晚一夜没睡,精神怎么可能会好?

是以,没过多久,我就丢了饭碗,被茅厕老头给赶了出来。

我摸摸空空如也的锦囊,实在不好意思回去,生怕被他们取笑。

117

于是，我一个人独自走在大街上晃荡，路过卖小笼包的包子铺，我不禁停住脚步，咽了咽口水。

忽然，人群中爆出一声尖叫，随后，一群黑衣人凭空而降，急速向我冲来。

一个侧头，恰好看到那黑衣人腰间挂着专属宫廷的令牌，"轰隆"一声，我脑中一片空白。

再看这些人，身手矫健，不像一般杀手，很明显这些人是宫中的大内侍卫。

那么，他们究竟是谁派来的？我心中惊疑不定，宋洛君绝对是不可能的，那么只剩下我那深藏不露的母后和大权在握的皇叔了。

我一边狂奔，一边回头看他们是否追来，当我终于拐进一个巷子时，却发现尽头是一堵高墙！

我咬牙，气恼地低咒一声。正焦虑不安时，一条金丝突然缠住我的臂弯，我刚想说话，就被那人一个拉扯，跌入他的怀里。

他的声音是一贯的清冷低沉，透露着一股从容不迫的气度。他伸手捂住我的唇，压低嗓音："别出声。"

19. 身世揭晓

安然无事地回到小竹屋，唐墨将一个包袱扔给我，说道："你走吧！"

我瞪大眼睛，有些不敢置信："你这是……赶我走？"是因为我被追捕被追杀，所以他也要对我避之不及了？

他转过身去，背对着我。

过了许久，他才缓缓地开口："我和你一起走。"

闻言，我的心蓦然悸动了一下，望着他清冷的背影，心里是三分惊异，七分窃喜。

当天下午，三儿收拾了好几袋衣物，气呼呼地嚷嚷："公子，明明是她惹的祸，招人追杀，我们好端端的为什么要跟着她逃命？"三儿指着我，气愤难当。

我双手抱胸，倚在门前默默地看着她。

唐墨不应声，见她将小竹屋里的东西都收拾完毕，他将自己的一套金针和名贵的药物装在一个盒子里，然后转动车轮率先出了门。

走了大半天，终于来到一个山崖前。我抬头仰望着高高的崖顶，猛然惊觉，这不是我当初掉下来的那个亡命崖吗？

难道唐墨是想带我上崖顶？若是上去的话，哪里避得过各路人马的追杀？

似看穿我的心思，他转过头来，轻声道："我并不打算带你上崖。"

说完,他继续往南走。

我松了口气,勒紧身后的包袱,紧紧地跟在他身后。

一路往南,越接近目的地,路上的杂草就越多,苦味四溢的药味就越浓郁。我一边紧着肩上的包袱,一边捏着鼻子,皱着脸问道:"我们要去的地方究竟是哪里?怎么越走越古怪?"

他尚未答话,三儿就抢先开口:"没见过世面的乡巴佬!药王谷都不知道,还敢出来混?"

我头上瞬间划下三条黑线。我自小在皇宫长大,身边接触的人无外乎是宋洛君这样的贵公子,其他除了宫女就是太监,连外面的人长什么样都不知道,更别提这些名满江湖的地方了。

听了三儿的解说,我总算了解药王谷就是个名副其实的药谷,那里遍地毒花毒草,还有各种能入药的药草。

进入药王谷,我站在一片草海之中,入眼一片绿意,简直像一个大草原。不远处是一个小村庄,这时,有几人跑了出来。

其中一人道:"唐神医别来无恙啊,不知今日入谷,有何贵干?"

唐墨坐在轮椅上,面色平静,镇定自若:"劳烦各位通报药王一声,唐某求见。"

那几个人面面相觑,哂笑道:"唐神医莫不是犯糊涂了?你也知道药王不轻易面见外人。"

"我知晓梅花烙所在。"唐墨语气淡淡。

他这句话让我浑身一凛,我下意识地摸了摸右边锁骨处,那里长了一块血红色的梅花胎记。

那几个人急忙回去通报。

不一会儿,一个白眉白须的老者携着一名貌美的妇人踏风而来,径直在唐墨面前落定。

老者衣袂飘飘,乍一看倒有几分仙风道骨。他双手负于身后,目光犀利地扫视了我们三人一番,转而看向唐墨,问道:"你真知道梅花烙所在?"

唐墨看了我一眼,不紧不慢地开口:"药王,借一步说话。"

老者踌躇了一下,挥袖将唐墨带到别处谈话。

我心中顿时警铃大作,直觉这事与我有关,正想偷偷跟上去时,那名美妇便拦住了我。我抬头一看,一时怔住,心里霎时惊起千层涟漪!

这美妇与我长得颇为相像!柳叶修眉,芙蓉颜面,细巧朱唇,琉璃月眸。每一处无不精致绝伦,美得惊人。

我想,我与她大概有七分相像。

那妇人指着我,一时震惊得说不出话来。等药王和唐墨回来了,美妇人立即抓住药王的袖袍,激动道:"她一定是我们的篱儿!你看,她与我长得多像!"

药王揽着她的肩膀,安抚道:"不要着急,不管是不是篱儿,我们都能很快找到她的。"说罢,他看向我的目光半是期盼半是探究。

随后,我被人请去一座小房屋。

美妇人坐在我身旁,小心翼翼地对我说道:"姑娘可否先褪下衣裳,让我看下你的右边肩膀?"

我依言照做,露出那边印有梅花胎记的肩膀给她看。

她的目光触及我肩膀上的锁骨,顿时瞪大一双美目,捂住嘴巴惊叫道:"真的是梅花烙!"

她望着我,眼里储着一包泪,颤声道:"篱儿,我是你娘啊……"

我一惊,这是要开启认祖归宗的狗血模式吗?

药王的女儿取名为玉篱，刚出生不久，就被奶娘抱着去寺庙祈福，途中意外遭逢劫持，玉篱便在混乱中被弄丢了，然后这一丢就是十八年。

他们仅凭这一朵梅花胎记，就断定我是他们失踪的女儿，在我看来，未免太过草率。

药王夫人将我按在藤椅上坐下，对着铜镜为我梳妆打扮。她爱怜地抚上我的脸，抿嘴笑道："你可知道，你爹身为江湖毒医，人称药王，正是因为他的肩上有着一块梅花烙，这是他自己种下的药，在这世间独一无二，所以只要是他的孩子，就会在出生那时，长着一个梅花胎记。"

我呵呵干笑两声，我想我的命运还真是坎坷，被劫持之后，就一跃成为太子，接着又成了皇帝，现又变回药王的独女……

十八年未见的生母，突然横空出现，现下要我改口唤娘亲，于我来说真是难以启齿。

这么想着，她忽然一拍后脑勺，笑道："哎哟，我倒忘了，咱们母女能在有生之年得以团圆，唐神医可谓功不可没！篱儿，咱们一起去谢谢他……"

"谢什么谢？人家也是冲着利益来的！"药王夫人刚起身欲走向门外，药王洪亮的嗓音就传了进来，他踏入门槛，捏着白须将方才的话补充完整，"唐墨没那么好心会无缘无故地将篱儿送回来，他打的就是咱们谷中的药材的主意！"

我腾地站起身来，也顾不得什么礼数，反驳道："不可能！他绝对不是贪图利益之人，之前我从亡命崖摔下来，他不但为我治疗，还允许我在长岭山养伤一个多月……"

"那是他一早就知晓你是我药王的女儿，要不然，他怎么可能费心费力地救你，而且还把你完好无损地送回来？"药王皱着眉打断我，"况且，他送你回来时，在门外他就跟我说，要以你换谷中的丁兰草！"

我的脑中仿佛炸开一个晴天霹雳，弄得我措手不及，耳畔嗡嗡作响。

我不能接受唐墨救我，是因为我是药王的女儿的事实！

思及此，我立马甩开药王夫人牵住我的手，甩袖正欲找唐墨去，药王就凉凉地开口了："不用去找了，方才我替他备了马车，估摸这会儿已经上路了。"

我一听，急得宛若一只热锅上的蚂蚁！

我愤愤地剜了药王一眼，而后提起裙裾，向外急急跑去。

跑出小村庄，我正想往马棚的方向跑，就看见唐墨坐在轮椅上，三儿在后面推着。

我大喊了他一声，见他顿在原地，我赶忙上前，拦住他的去路。

"你要去哪儿？"

他默不作声，身后的三儿便替他回答了："当然是回长岭山了！话说，你现在都成了药王谷的小姐了，还巴巴跑来干什么？莫不是还想缠着我家公子不放？"

我自动将她忽略，盯着唐墨的眼睛，鼓足了勇气才说道："留下来住几天吧，那么早回去做什么？"

三儿一听，又想回嘴，唐墨忽地抬手，示意她不要出声，对我轻轻点了头，说："好。"

我喜出望外，望着他冷峻的眉眼笑了。三儿听说他愿意留下，又气又急："公子，我们不是还要……"

"无妨。"他清冷淡漠的一句，就止住了三儿的千言万语。

这时，不远处传来一阵拍掌声，我回头，就见我那生父药王来了。

他爽朗一笑，白须在行走间飘飘扬扬："篱儿的提议不错。留下来住几天,顺便来喝一杯喜酒!"

"喜酒?"我惊异地看向他。

药王将身后的青年男子让出来,抚着白须笑得和蔼可亲,对我道:"这是为父座下最得意的首席弟子,快来叫一声大师哥。"

我看着那名白净瘦弱的男子,见惯绝色美男的我,这个男子在我看来,只算得上五官端正,面貌清秀。

药王见我不吭声,也不气恼,只笑眯眯地说道:"罢了,不叫便不叫,反正明儿就要成亲了,到时就该唤夫君啦!"

旁边的青年男子已面色羞红,一脸窘迫。

我顿时惊得说不出话来,张大嘴巴半天都忘了合上。几乎是下意识地,我转头想看看唐墨的反应,却见他仍沉默地坐在轮椅上,就连面部表情都没有一丝波动。我心间蓦然划过一丝失望。

"我不认识他,所以,无论如何,我绝不会嫁他!"好半晌,我听见自己坚定的声音响起。

那青年男子闻言,眸中的光芒瞬间暗淡下去。

20. 表白遭拒

当晚，药王夫人来到我的房里，压低声音对我说道："你爹也真是的，你才回来不久，就急着把你嫁出去。虽说青华也挺好的，毕竟他是我和你爹从小看着长大的，他品学皆优，倒不失为一个好的夫婿人选。但你若是执意不嫁，那咱就不嫁吧！怕啥？"

我闻言，心中一暖，扯了一个笑容给她。

她摸摸我的头，忽然附在我耳边，神神秘秘地说道："你喜欢那位唐公子吧？我看他也挺好的，倘若你真喜欢他，那便与他表明心意吧。"

我心下一动，望着她美丽的脸庞，犹豫道："可是……我身为女子主动表白，貌似不妥啊，这太不矜持了……"

她抿唇一笑："谁说要直白说出口的？你可以用其他方式表达！"

我一愣，不禁疑惑："其他方式？"

"比如……情诗？"

见她眼里闪动着兴奋与八卦的光芒，我挫败地垮下双肩，要我去写情诗？这也太难了吧……我没忘记以前在国子监的时候，我是被太傅追着打的学渣。

药王夫人瞧我兴致缺缺，不由得拍拍我的肩膀，示意我振作点。

"咱们又没说非要写呀，可以念嘛！"

在唐墨面前念情诗？一想到他冷冰冰地坐在轮椅上，而我站在他面前深情地朗诵情诗,光是这么想着,我的手臂上就爬满了鸡皮疙瘩,简直就是受不了了好吗?

瞧我这副模样,药王夫人鄙夷地瞟了我一眼:"你若不表白的话,等他离开药王谷,就有你后悔的了!"

一听这话,我又来了精神。细细地思索一番,我握紧拳头,决定试一下!

等她离开回房歇息,我来到书房,翻了翻一本诗集,挑挑拣拣许久,眼看蜡烛就要被燃完,我打了个呵欠,最终选定《凤求凰》这篇赋。

第二天,我比以往早起了一个半时辰,一大早就拿着诗集跑到屋檐下背诵《凤求凰》这篇赋。我摇头晃脑,负手而立,等我背诵到第十二遍时,我又试着倒背,却发现我居然还能倒背如流!我想,这估计是背得滚瓜烂熟了!

于是,我满怀信心地来到耳房,原以为唐墨还没起来,却看到他拿着书卷,坐在院落静静地看书。

我咬咬牙,走近他,然后在他面前站定。见他黑黑沉沉的眸子凝视着我,我莫名地感到脸上发热,很没出息地将视线投向别处,不敢看他的眼睛。

半晌,他垂下头继续看书,淡淡地说道:"有事?"

我站在他面前,紧张地绞着手指,好半天才讷讷地开口:"我最近学了一首好诗……呃,我背给你听好不好?"

闻言,他的眉毛微微挑了一下,抬头静静地看我。

未等他作答,我清清嗓子,咳了几声,然后朗声开口:

"有一美人兮,见之不忘。

"一日不见兮,思之如狂。

"凤飞翱翔兮,四海求凰。

"无奈佳人兮,不在东墙……

"哎,下一句是什么来着?"

念到一半,我的脑子突然卡机,一时想不起来下一句。我急得差点没抓耳挠腮了,只在他面前走来走去,试图回忆起下一句的内容。

"将琴代语兮,聊写衷肠。

"何日见许兮,慰我彷徨。

"愿言配德兮,携手相将。

"不得於飞兮,使我沦亡。"

寂静的庭院中,他的声音显得格外清亮。

我呆了一瞬,想不到他居然自己念出来了,这是什么意思?

我两眼晶亮,期待地望着他。

哪知他竟转动车轮,骨碌碌地走了。

我心下一沉,这是表白被拒的节奏?

我冲上去,拦住他的去路。

"你就这么不待见我?"

他的眉头微不可察地皱了皱,默默地看着我。

气氛有些凝重,在我忍不住要打破沉默的时候,他缓缓开口:"你可知道我为何要送你回药王谷?"

我心下一紧,试探性地问:"因为我肩上的梅花烙?"话音刚落,我看见他眼底闪过一丝释然的情绪。

"正是因为你肩上的梅花烙,我才将坠崖的你救下,倘若不是因为你的特殊身份,我可做到见死不救。"他把脸偏向一旁,让人看不清他的神情。

听他这席话,我的胸口好似压了一块千斤大石,沉沉闷闷的,压得我喘不过气来,他救我,单单只是因为我的身份,莫非药王所说的都是真的?

可我仍不死心,不听到他亲口说出事实,我绝不罢休。所以,我又追问道:"那么你带我回谷的目的是什么?"

他默了一瞬,轻声道:"用你本人换取药王谷的丁兰草。"

"你要丁兰草做什么?"我虽不懂得什么草药,但我知道这丁兰草在长岭山必定是没有的。

他的目光直视着前方的景物,嗓音低沉,夹杂着一丝说不清道不明的情绪:"治疗腿疾……"

我心中一震,原来他是为了治愈双腿?顿时,我心里一阵五味杂陈,说不清是什么感觉。他为了自己的身体健康着想,不惜利用我,确实没什么错。况且,人不为己,天诛地灭。

他说完这些,便头也不回地离去。

回到屋里,药王夫人一早候在桌前坐等消息。听扫地的老妈子说,桌上的茶水添了好几次,喝得她频频上茅厕,也等不到我回来。这厢,我刚跨入门槛,她就捏着手帕迎了上来,急巴巴地问道:"怎么样,你说了没有?唐公子可有什么反应?"

我笑笑,冲她摇摇头,屁股刚沾到板凳,一个惊人的消息就传了进来:

"夫人,药王叫您快些给小姐梳妆打扮,等会儿要拜堂呢,耽误了吉时可不好!"说话的人是一名小厮,他语气欢快,似乎因为要急速办喜事,就有得热闹可看,所以显得特别兴奋。

我一听,惊得手一抖,不小心摔了手中握着的茶盅。

"没伤到哪儿吧?"药王夫人一脸担忧地看着我。我扯了一个僵硬的笑容,还想再说几句话时,忽然房顶上"嘭"的一声,瓦片全部塌落。而后,一群蒙面的黑衣人从房顶上跳了下来。正当我考虑着要不要干脆躲在桌底下时,那群刺客迅速地往我的方向飞来,手中的长剑直直地指向我的心口——

剑身闪耀着冰冷的光芒,眼看那尖锐的剑头离我越来越近,听着耳边药王夫人惊恐的尖叫声,我心中苦笑,为什么那么多的人都来追杀我,难道我的命就那么值钱吗?前几次堪堪躲过刺杀,这次恐怕没那么走运了吧?

万千思绪不过是转眼之间,一回眸,那剑尖已然逼近,在距离我的喉咙的五厘米处……

忽然,"铿锵"一声,我周围的杀机霎时消失得无影无踪,我回头一看,恰见一群衣衫破旧的……呃,山贼与黑衣刺客对打。

他们打得难解难分,我在一旁看着有趣,一时竟忘了先逃命。这时,强劲的掌风迎面而来,我瞪大眼睛,那人突然将我扛在肩上,言语轻佻:"美人,跟本大王回山,做我的压寨夫人吧!"

这熟悉的嗓音……低沉磁性,好似金远羽!

我大惊,急忙转脸看他,却见他不知从哪儿摸出了一个青面獠牙的面具戴在脸上,遮住了五官,让人无法探究。

"金远羽?"我试探性地问道。

他的言语风流不羁,语气轻佻狂妄,不是我那皇叔,还能是谁?

哪知,他摇摇头,叹道:"哎,皇上,出了趟宫,你就蠢成这样了,那可如何是好啊……"

他话音刚落,我又被吓到了,不可置信地盯着他的面具。

"你是宋洛君!"

这声音，分明就是那只腹黑的丞相嘛！

他又摇摇头，嗓音忽然转变为醇厚沙哑，冷声道："你闭嘴！"

我又是一呆，这声音不正是侯戈那厮的吗？

我捂住怦怦乱跳的小心脏，结巴道："兄……兄台，你别吓我！快说，你究竟是何方神圣！"

他仰头，爽朗一笑，响亮的声音传遍每个角落："跟本大王回山做压寨夫人，本大王就告诉你我的尊姓大名！"

我嘴角一抽，顿时满头黑线，这人……真是前所未见的酷霸狂帅跩！

21. 番外 庤墨

九年前,我还是云启国年纪最小的皇子。

我有一个容颜倾城的娘亲,她不仅有绝色美貌,还有一身家传医术。曾经,她是名满江湖的玉面神医,后来,她无意间救了云启国皇帝的性命,再接着,便是一见倾心,入宫为妃了。

自从她入宫后,便夺得圣宠,集万千宠爱于一身。以至于人人都知道,云启国的后宫,有一位倾国倾城之貌的妃子。

直到我出生,母妃便把所有的心思和精力都放在我身上,无形中冷落了那位高高在上的帝王。

母妃为了亲自照顾我,多次拒绝侍寝,拒绝外出游玩。起初,父皇是相当理解的,可后来时间久了,他对母妃的感情也就淡了,转身宠幸六宫粉黛。

母妃一时失宠,宫人个个都是见风使舵的好手,不仅对我们的态度从之前的谦卑恭敬,到现在的狗仗人势,落井下石,而且还跑到各个宫里给其他娘娘煽风点火。

是以,那些曾经眼红嫉妒我母妃的妃嫔,便开始给我们使绊子。每日三餐,她们便吩咐厨房给我们准备一餐的粗茶淡饭。冬天的时候,她们便勒令内务府不准给我们添新的棉被和煤炭。

母妃对这些全不在意,在冷宫一样的宫殿里,她将一身医术传给了我。

我就这样长到十一岁。

十一岁那年，云启国被金国的千年辣所算计，迫不得已割让大片领土，外加城池六座。

父皇满身怒气无处可发，便迁怒于众人。后来，那群后宫女人不知从哪儿得来的消息，说金国的千年辣乃是我母妃亲手配制，送给金国的御厨的。

父皇听信逸言，便将母妃抓到牢房，使用各种酷刑折磨她。

那时，我哭着抱住母妃："那千年辣真的是您调配的吗？不管是不是，您可以用毒药毒死他们，不用在这里受苦了啊！"

我记得当时，母妃笑靥如花地对我说："墨儿，你不懂的。你只需记得，往后不要轻信他人，只要专心学好咱们祖传的医术就好……"

之后，我被那几个女人捉住，手脚皆用绳索勒绑，然后亲眼看着母妃的脸被那几个嫉妒发狂的女人用刀片划花。

我吓得哆嗦颤抖，脑海中一片空白。就在这时，我腿上传来一阵钻心的剧痛！那刻骨铭心的痛楚撕心裂肺，痛得我险些晕厥过去。我努力地睁着眼睛，唯恐不小心闭上，就再也醒不来了。

我盯着鲜血淋漓、断了一截的双腿，我用力地咬着唇，拼命地压抑着内心的恐惧，忍住即将夺眶而出的泪水。

半晌，我抬眼，定定地望着那几个面容扭曲的女人，心里莫名地平静了。

她们终究没将我置于死地，只怜悯地看着我摇头："算了，反正你现在也是个残废，翻不了什么风浪，就留你这条狗命活着吧！哈哈哈哈……"

我回去后，一边养伤，一边钻研母妃留给我的医书。差不多一个月的时间,我进步飞快,将所有的医术都学会,并且自个儿秘制了一种毒术。当我学成之后,我将仅剩的银子,贿赂了宫人买来一辆轮椅。

那天夜里,我将毒药散发在各个宫殿,十里之内,闻味即死。

整个皇宫,充满了血腥味,我想,大概是我那药效发挥作用了,然后闻到那腐臭血腥的味道越来越浓,越来越浓……

午夜时分,皇宫一片死寂,一切静悄悄的,了无声息。

最后,我转动轮椅,一把火烧了整座金碧辉煌的宫殿……

皇宫一夜之间被烧毁,顿时引起各国轰动,当他们赶来云启国时,我已经离开云启的境内,来到云启和金国的分界线——长岭山。

长岭山是隐居的最佳地点,这里不但人迹罕至,而且四季如春,草木常绿,很适合种些草药。

穿过一片幽绿的竹林,前方的一块空地上,一座精巧雅致的小竹屋映入眼帘。

我心下疑惑,莫非这里还有人居住?我接近小竹屋,之后便听到一阵阵女娃的啜泣声。

待我进屋后,便发现一个绑着双丫髻的小女娃正窝在床前哭哭啼啼。

我再走近一步,才看清床上躺着一个面色惨白、毫无生气的妇人。因为行医的惯性,我首先瞧了瞧她的眼睛和嘴唇。只见这人唇色发黑,明显是中毒的迹象,又看了看她的手腕,无力地下垂着,肤色发青,显然已经死了。

我转头瞥了啼哭的女娃一眼,此时她满脸泪痕,呆呆地望着我。

之后,我从她口中得知,床上躺着的妇人是她的娘亲,因为误食山上野草,中毒而亡。

女娃名叫三儿,自我帮她一起收拾妇人的遗体后,她便一直赖着我,恳求我在这里留下来。事实上,我接受了她的请求,当晚便将一切东西搬到小竹屋来。

我继续研究着各类医书毒术,一边教导三儿学习一些草木常识,然后她便爬到山上种草药。

我们就这样在长岭山过了九年平淡清静的生活。

直到有一天,三儿饲养的黄牛被人从山崖上活活砸死,我才发现了昏迷不醒的金篱。

若按照以往的惯例,我一般不会无缘无故救人。我冷眼打量金篱,见了她苍白秀美的面容,我微微一怔,这女子是除了我那艳冠天下的母妃外,头一个面容不逊于我母妃的人。

正当我打算转动车轮,离开此地之时,意外地瞥见她微微敞开的领口,露出右肩锁骨上的一朵梅花印记。

看了这个印记,我顿觉眼熟,细细地思索一会儿,我惊觉这是药王谷家传印记梅花烙。

我低头默默地盘算一番,若是救了她,然后将安然无恙的她送回药王谷的话,是否能以一种珍稀药材做交换?

是以,我尽心尽力地救治她,让她在小竹屋里养伤多日,然后早些将她送回药王谷,取来自己想要的丁兰草。

丁兰草,是治疗腿疾的一味药引,此物千金难买,万里难寻,一般人都找不到。我急于治好双腿,便不惜利用她换取药王谷的丁兰草。

她的身体恢复之后,便外出打工赚钱补贴家计,可她每次出门,往往引来各路人马的追杀。

她究竟是什么人,做了什么事,又因为何种原因而坠崖?这些问题时常占据我的脑海。

眼看追杀她的人马越来越多,我只好提前将她送回药王谷。

让我意想不到的是,她竟会向我表白!虽然她把《凤求凰》背得磕磕巴巴不完整,可我忽然觉得她是如此……可爱。

这个想法甫一浮现脑海,便被我强行掐灭,我与她,本该就是毫无交集的陌生人。

再回长岭山的路上,我蓦然想通了——

遇见金篱,是我人生中第二个意外,她是我除了母妃之外,见过的最美丽的女子,她有着美丽的容貌,美丽的性情,她的一切那么美好,我想,我是配不上她的,像我这样的人,一辈子与风月无关,只能孤独终老罢了。

22. 寨主,请多多指教
CHENGXIANG,
NI JINTIAN CHONG WO LE MA?

话说,本人被掳到一个穷不拉叽、鸟不拉屎的落后山寨之后,就被寨主大人扔到床上。

呃,为什么扔到床上?别想歪,寨主大人将我扔下之后,便丢了一套棉被给我,高冷地说道:"先睡好觉,睡饱了才有精神干活!"

一听这话,我卷着被子,瞬间在风中凌乱。

"寨主!这是夫人嘛,真是好看啊!"一个小山贼搓着手掌,笑嘻嘻地凑过来,一个劲儿地盯着我瞧。

寨主大人顿时不高兴了,虽隔着面具,我依旧能想象到他沉下的面色、紧皱的眉头。

他冷声斥道:"看什么看!还不快干活去?"

接下来的几天,我不但没有成为那个劳什子的压寨夫人,反而被训练成了一个端水送茶的丫鬟。

此时,狂霸酷帅跩的寨主大人正窝在披着虎皮的石椅上,跷着二郎腿对我招来唤去:"你,去给我端杯茶来,我渴了!"

我的嘴角抽得不行,一想到要伺候这个恶霸,我心里就窝火,当即抬手一扬,茶盅里滚烫的热水就向他泼去。接着,就听见"啪"的一声,茶盅摔在地上,应声而裂。我斜眼淡淡地瞟了他一瞟,他一身水渍,湿漉漉的,眼看他将要发火,我赶忙弯下腰,投给他一个关切的眼神。

"寨主，您没事儿吧？"

他压抑着怒气，口气生硬："你干的蠢事！"

我一僵，垂下眼帘不敢看他，期期艾艾地道："那个，我以为今天是泼水节……"说这话的时候，我的嘴角是呈上弯的弧度，我有些控制不住地越扯越高，最后连牙齿都露出来了。

他见我拼命地忍着笑，双肩微微抖动，一耸一耸的，他忽然大步走过来，逼近了我，怒极反笑："来，给我更衣。"

我一愣，顿时笑不出来了，抬起头傻傻地看着他。

"怎么，一听到要给我更衣，就高兴傻了？"他深邃幽深的眸子透过面具的两个小孔，饶有兴味地向我看来。

我干咳了一声，弱弱地问："为什么要我更衣？"

闻言，他看向我的眼神多了几分鄙夷，跟看白痴似的。

"你是丫鬟！"说罢，他见我还杵着不动，顿时不耐烦了，自己解了衣裳，脱下上衣，一大片白皙的肌肤就露了出来……

我下意识地转过身去，避开他白得晃眼的胸膛。

他语气轻佻："怎么，你竟然会害羞？"

"不，我怕看到了你的身子，你会要我负责……"

他冷哼一声，一时无语。

一阵窸窸窣窣的衣衫摩擦声结束之后，他换了一件新衣，穿戴整齐地站在我面前。

我看着他穿着一身淡蓝色的长袍，风度翩翩，假若去掉他脸上那个青面獠牙的面具的话，这副身板还真与宋洛君有几分相似。

他体态修长，方才他脱去衣裳，皮肤的白皙程度，简直就不像常年窝在山寨的蛮匪，更不像粗鄙的山贼头儿，那皮肤更像那些没晒过太阳的世家公子!

这么想着,我猛然扑向他,身子前倾,然后抬手以迅雷不及掩耳之势夺下他的面具!

当我看到他的真容时,我顿时倒抽口气!

青面獠牙的面具被揭下,他默然地站在原地,任由我观摩。

我难以置信地望着他,惊心不已!他脸上长着深浅不一的肉坑子,眼睛自鼻尖那一处,一道长长的刀疤斜斜地架在那里,颜色有些乌黑发紫,看着很是吓人。

寻不到半分熟悉之感,我心里微微沉了沉,颇有些不是滋味,不知该喜该忧。

喜的是,他不是宋洛君,也不是金远羽,更不是侯戈,如此一来,我就免去被抓获的危险。

忧的是,他真不是我所认识的熟人,那么想从他手底下逃走怕是难如登天。

"看够了?"见我垂下眼帘,他淡淡地开口,便重新将面具戴上,动作从容不迫。

我扯开一抹笑容,干笑道:"那啥,你皮肤保养得真好。"

他深邃的眸子掠过一丝诧异,而后用满不在乎的口吻说道:"你不用同情我,我自小就长这个样子,那道刀疤,也是我十六岁时就留下的。"看到我惊惧的模样,他嗤笑一声,"怎么,吓到你了?"

我连连摆手,说不敢。这个节骨眼上,我哪敢乱说话,是不要命了吗?若是他恼羞成怒,一生气就把我给砍了那可如何是好?

吃午饭的时候,我坐在他身边战战兢兢小心翼翼地扒着米饭,一干贼匪都围在桌边站着,一个两个时不时地向我瞟上一眼,那眼神意味不明,暧昧不清。

我有些忐忑地问道:"寨主啊,你看……"

"叫我大王!"他淡淡地睨了我一眼,然后继续夹菜。

我额上瞬间划下三条黑线,为了更好地与这厮沟通,我只好道:"大……大王啊,那啥,我看我还是站着吃饭比较好。"

"为何?"

"呃,我是丫鬟嘛,哈哈。"我险些咬断舌头,心里暗自腹诽,说自己是丫鬟,实在是迫于目前处境糟糕。

他搁下筷子,取了白净的布帕擦嘴,然后留下我一人吃饭。

你见过蛮匪吃饭还擦嘴的吗?而且还见过擦嘴的动作行云流水,优雅自然的吗?

肯定没有!

我盯着他颀长的背影发愣,他方才擦嘴的动作很是自然流畅,就跟演练过千百遍,或者自小培养的习性一样,一个大老粗的山大王,不可能有这样标准的习性。

我拉过旁边站着的小姑娘,问道:"见过你们寨主的真容没有?"

那姑娘一身灰色的布衣,打扮土里土气的,听我问话,面色顿时古怪起来,小声道:"新寨主是刚来不久的,我自然没见过。"

新寨主?我捕捉到关键词,不由得拧眉再问:"来多久了?"

"我们本来在寨里生活得好好的,半个月前,老寨主就忽然带了一个戴着面具的人来继位,况且他当了寨主之后,一直没摘掉面具,没机会看到真容啊!"

这时,站在一旁的女子忍不住插嘴道:"我听西苑的七姑娘说,寨主长得可俊了,说是江南第一美男也不为过!"女子穿着同样灰不溜丢的衣衫,浓眉大眼的,说这话时神采飞扬。

"七姑娘是谁?"我问道,感觉这女子定然是不简单,或许和那个身份神秘的寨主有关联。

那女子待要开口,这时,一小厮提着水桶往东苑走去。那女子见状,连忙扯了扯我的袖口,压低声音急声道:"你要是真想看到寨主的真容,你就跟着那位小哥去东苑,此时他正要提水去给寨主沐浴呢!"

我一窘:"你要我去偷窥他洗澡?"

她笑嘻嘻的,两只眼睛瞪得贼亮贼亮的,充满了八卦的兴奋。

"无事!反正你迟早是寨主的人,去看看又咋的?"

我的嘴角抽了抽,谁说我是那货的人了?

"若被发现了呢?"

"哈!被发现了好啊,寨主顺带把你给办了,然后提早准备婚事呗!"

我扶额,实在无力吐槽,这娃儿太不矜持了好吗?但为了逃出这个穷不拉叽的山寨,首先就要打探他的底细!方才听这丫头说,这个寨主面貌俊美,那么我中午那会儿看到他的丑陋面容,就是假的喽?我忽然想到,这江湖有一种绝技,叫作易容术!

这个山寨很大,像旧时的村野部落,这里分为东西南三苑,每一个苑的分隔区域也不算宽敞,所以,我从南苑来到寨主的东苑不用花多少工夫。

傍晚,天色逐渐暗淡下来,我趁着大伙儿吃晚饭的空隙,偷偷溜到东苑来,然后猫着腰躲在浴房门口,左右观察周围是否有人走动,偷偷摸摸,活像做贼似的。

听着里头哗啦啦的水声,我的脸颊有些发热,于是再趴低身子,将耳朵贴在门板上,仔细地倾听里头的声音。

过了会儿，里头哗啦啦的水声更响了些，然后听到寨主在里面发出一声舒缓的喟叹。

听到这里，我不仅脸上发热，就连耳朵也开始散发热度，我有那么一瞬想要就此离开，可为了逃路着想，我只能硬着头皮继续听下去。

听了半响，除了水声和时不时传来的喟叹声，几乎全无动静，于是，我忍不住站起来，整个脸干脆贴到窗纸上去，透过薄薄的窗纸，隐约看到一个人影在一个大水桶里面晃动。想了想，我伸手沾了点儿唾液，轻轻涂在米白色的窗纸上。

等捅破了窗纸，露出一个小洞口，我赶忙伏下身子，眼睛对准洞口往里头望着。

他半散着一头黑发，整个人懒懒散散地靠坐在水桶里，双手捧着水，一遍遍地清洗身子，发出哗啦啦的响声。

我的眼睛拼命地往屋里来回搜寻，可奈何一只眼睛功能不大实用，我真恨不得把窗纸再捅大些，然后两只眼睛就能一起搜寻了。

来来回回搜寻了许久，当我终于发现一层肉皮颜色的东西就晾在桶壁旁的一只木椅上时，我惊喜不已，这厮早上果然是用人皮面具来蒙我！

高兴之余，我再接再厉，将窗纸的洞口再捅大了些许，祈盼能看到他的正面真容。就在这时，我看到他快速捞起晾在木椅上的人皮面具，麻利地粘在脸上，然后一个转身，屏风后面的白色衣衫就自动披在他身上。

觉察到他的动机，我立时慌神，转身拔腿就跑！然而脚步还没挪动，忽然一股强大的风力自我背后袭来，将我整个人向后吸去，然后一阵天旋地转，我落入他的怀里，腰被他铜铁般硬实有力的手环住！

23. 霸王硬上弓
CHENGXIANG,
NI JINTIAN CHONG WO LE MA?

他身上的白色里衣松松垮垮地披在身上，肩头自胸膛一路敞开着，露出一片白皙精壮的胸膛。

我望着他脸上的"刀疤"，已知这只是他的假面具，可此时他眼中波光澄亮，像被雨水清洗过的黑曜石，使得他这张丑陋吓人的脸平添了几分邪气魅惑。

"偷窥本大王洗澡，你说，我该如何处置你？"他嗓音低沉带磁性，在这夜色里，听起来格外悦耳。

我面上一红，窘迫得不行，真后悔没学个遁地术遁走！

他的脸凑近了我，在我的衣领上轻嗅了一番，低声笑道："既然你还没洗，不如我们来个鸳鸯浴如何？"

我一听，惊得瞪大了眼睛，惶恐道："寨主，咱别乱来啊……"

他不再言语，二话不说就扯下我的腰带。我这回是真的被吓到了，伸手制住他抽我衣带的手，大喊道："救命啊——"

他笑得更欢了："每逢夜色降临，东苑的大门便会禁闭，所以你今晚非得在我这儿睡不可了。"

也就是说，不管我闹出多大动静，都不会有人来东苑？我现在真是悔得肠子都青了，为什么要来偷看他洗澡啊？为什么？

在我神游太空之际，他修长的手指一勾，三两下便将我的衣带尽数褪去。

衣裳如雪，纷纷落下。

我惊得说不出话来，只死死地捂住胸口。我一低头，天啊！现在脱得只剩一件粉色的兜肚了好吗！

他的脸越凑越近，近到可以数清他眼睑上的睫毛有几根。就在这时，我突然抬手，掠向他的脸颊，意图掀开他的人皮面具！

然而，我的手指头还没碰到他的半寸肌肤，他立马握住我的手，顺势将我按倒在墙壁上，然后低头封住我的唇。

唇上的触感，似曾相识……

我的脑海瞬间浮现两个光影，一个是和宋洛君亲吻，一个是被金远羽强吻，那种微凉温软的感觉如海水般席卷而来，使我有片刻的恍惚。

等他一吻完毕，他靠在我的肩上，薄唇有意无意地轻轻摩挲着我的耳垂，轻声呢喃道："篱儿……"

我浑身一震，霎时抬头看他。我几乎可以断定，他必定是金远羽和宋洛君中的一个！

我喘了口气，盯着他的眼睛一字一句地质问："你究竟是谁？"

他的手指在我光裸的肩上游移，滑滑痒痒的，我禁不住皱眉瞪他。就在我以为他不会回答之时，他说："你何必知道我是谁？你只需知道过了今夜你就是我的……"话音刚落，我腰间骤然被勒紧，我仰头待要相问，他便将我打横抱起，然后闪身出房。

我吓了一跳，双手紧紧环住仅穿兜肚的身子。

夜风很凉，在肌肤上拂过，带着些微凉的冷意。他白衣翻飞，一个拐弯，他将我带进另一间干净的房屋，我扫视了一眼，屋里除了一桌一椅，一张大床便摆在中央，我心中警铃大作，顿时惊慌不已，抬头看他，惊道：

"你要……"还未等我说完,他便缠了上来,将我压到床上。

我手脚并用,使劲踢打,奈何力气相差悬殊,这点力道于他来说根本不算什么。

雨点般的吻在我耳侧直至下巴到锁骨落下,我整颗心跳得飞快,身子惊惧地颤抖,用力地咬住唇瓣,瞪大眼睛看着身上的男子。自出了皇宫,我身边便危机不断,追杀不绝,我不曾想过,竟沦落至此。我曾想着,要把我的第一次献给与我共度一生的男子,可如今若是真给了这么一个熟悉的陌生人……万千思绪,不过转瞬之间,不知不觉间,我嘴里尝到咸咸的味道,我眨了眨眼眸,才知道忍不住流了泪。

觉察到我不再抗拒,他蓦然停住动作,那双熟悉的幽深眼眸定定地望着我。

我眼睁睁地看着他打开门走了出去,夜色中他形单影只,我心中莫名泛酸,好似被一只无形的手揪住。

他就这么放过了我。

一夜无眠,第二天,我顶着两个深黑的眼圈,拖着疲惫的身子走回自己的南苑。

一路所遇到的几个人,个个对我报以意味深长的笑,我愣了愣,摸不着头脑。

直到我回到南苑,正要跨入门槛时,就听到几个在苑外捣衣的丫头叽叽喳喳地讨论着:

"嘿!你们昨儿也知道吧?南苑那位新来的,昨晚没回来歇息!"

"对啊对啊,昨晚她房里的灯都亮了一宿,她肯定跑到别的地方过夜了!"

"啊,她不会去了寨主的东苑吧?天哪!要是她真的和寨主生米煮

成熟饭的话,那西苑的七姑娘可怎么办啊?"

"寨主刚来咱们这儿的时候,七姑娘便找人一起寻上山来了,我听说寨主是七姑娘的未婚夫来着!"

听着她们七嘴八舌地议论着,我摇头一笑,迈开步子就准备入门时,一个肤白胜雪、弱柳扶风的貌美女子,便被两个打扮得体的丫鬟扶着走出来,她袅袅婷婷地走到我面前,没什么表情地看着我。

我心下纳闷,不由得上下打量她。只见她身穿碎花对襟的织锦彩缎,乌发如云,几支流苏斜斜地插在鬓角,端的是柔美可人。在这满寨的山贼匪窝里,她这明显的大家闺秀的打扮实在与这个地方格格不入。

我猜,她就是那个七姑娘了。

"喂!"一个尖锐的娇斥声冲入我的耳膜。

我抠了抠耳朵,转头看向那个冲我大呼大叫的丫鬟。她道:"哪来的野丫头!见到我家小姐还不快行礼?"

我眼角一抽,而后轻飘飘地睨了她一眼,道:"哦,我不会行礼……"

那丫鬟待要发作,那位七姑娘便开口了:"你就是寨主在外带来的姑娘?"

啧啧,听听这语气,太藐视人了好吗?这话说的,活脱脱就是一个正室夫人高贵冷艳地审问一个妾室嘛!

我呵呵两声,干笑道:"姑娘,你就是卖豆腐的王家大婆的女儿吧?"然后我一拍大腿,笑得见牙不见眼,"你家果然是卖豆腐的!怪不得我看你这么眼熟!"

她的脸色红白交替,久久维持的温婉端庄险些破功。

"你胡说什么!我家小姐可是当朝官居三品的礼部尚书的嫡女!你个不长眼的贱蹄子,还不快下跪?"

我手一抖，礼部尚书？不正是宋洛君的表舅吗？在皇宫那会儿，我可听说过他要将女儿许配给宋洛君的。

我正思索着，那丫鬟的娇斥声滔滔不绝地传来："你也不瞧瞧自己是什么身份，仗着自己还有几分姿色，就想勾引寨主！告诉你，我们小姐和寨主可是订了婚的准夫妻！"

我的脑子里"嗡"的一声，脑中似有一个声音在大喊，那个百思不得其解的答案呼之欲出！

刘七七一个千金小姐，特意跑上山来寻夫，可见这位新寨主，必定是京城权贵，那么他究竟是谁，为何好好的权势地位不要，偏偏跑来当山贼头领？

还有他如何会模仿宋洛君和金远羽的言行举止？

我记得刘尚书和宋家的表亲关系，没记错的话，宋洛君与刘家似乎订过婚的……

我惊愕地发现，莫非寨主就是宋洛君？

24. 不见庐山真面目

我想,这个神秘的寨主,定然是宋洛君!于是,我风急火燎地赶到东苑,恰逢这时,他正埋头在简陋的书案上写着什么。

日光淡淡,自窗口倾泻在他身上,他骨节分明的手握着一管羊毫毛笔,坐姿端正,在案上提笔唰唰。

我站在门口,看着他的侧脸,虽然他脸上罩着一个面具,可我还是能想象到他舒展的眉宇,全神贯注的神情。

我蓦然想起我当皇上的那段日子,几乎是每一个晚上,他都陪我坐在御书房,认真专注地为我批改奏折。

我心中一动,大步走向前,一手拍在书案上,"嘭"的一声巨响,他缓缓地搁下笔,抬头看我。

这回,我不再想着要扯下他的面具,只站在他面前,冷冷地看着他,笑道:"宋洛君,既然是你,就不要再装神弄鬼!"

他轻笑出声,抬手挑起我的下巴,语气轻佻如花花公子:"你确定?"

我气恼地拍掉他的手,瞪着他。明明,他是那般温文尔雅的人,偏偏装出这副恶俗的模样。我反手揪住他的衣领,咬牙切齿:"你就继续装吧!别以为换了声音改了容貌,我就不认识你!想不到你这厮还真是厉害啊,居然追到药王谷,还把我拐到山寨来了,我……"

话还未说完,唇蓦然被人覆盖……

大脑宕机了一瞬，我便回过神来，急忙退后几步，指着他惊骇得说不出话来！这人真的是宋洛君吗？我忽然不敢确定了。如果是他的话，他怎有那个胆子这么对我？

"金篱，再来吗？"他谈笑晏晏，问出口的话是那样毫无顾及。乍一见他又要靠近，我一惊，腿上已有所动作，很没出息地逃跑了……

出了东苑，我满心愤慨无处发泄，走了一段路，忽然听到一阵叮叮咚咚的琴声从不远处传来。

我驻足聆听了一会儿，便往声源处行去。

这满山满寨的粗人，还有谁晓得弹琴听曲？显然是那位大家闺秀七姑娘。想到这一号人物，我不由得仔细思忖，心里反复默念她的名字，倘若，她真的是刘尚书的千金刘七七的话，那么……寨主的身份就有了答案。

她皱着弯弯的柳眉，静默地看着我。此时，她身边的婢女已经被遣退。

"有什么话，你就直说吧！"

我在她面前坐下，很不客气地为自己倒了一杯茶水，扭头扫视着这间小房屋的布置，只见墙头上贴了好几幅书画，窗前摆了几个兰花盆栽，看起来倒是雅致。

我玩弄着茶杯，垂眸问道："你爹真是当朝礼部尚书？"

"那还能有假？"她说这话的时候，傲娇地抬高了下巴。

我握着茶盏的手有些抖，抬眼盯着她："那么，你放着好好的千金小姐不做，巴巴跑到这个破山寨做什么？"

刘七七的脸色顿时红了起来，支吾不言。我心中了然："寨主是你未婚夫？"

提起这茬，她的眼神顿时冷了下来："他不久将是有妇之夫，你对

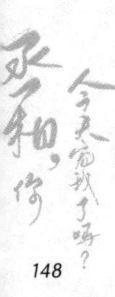

他还有什么心思,可给我收敛起来!"

我嗤笑出声,讥讽道:"刘小姐不是在八年前就与宋家公子定亲了吗,这会儿口口声声说山匪的寨主是你的未婚夫,又是什么意思?"

其实我也知道,所谓的"定亲",不过是两家大人口头玩笑罢了,若真有契书羁束定了亲,那么之前,太后逼着我为宋洛君和表姐指婚的时候,宋家早就会以定亲为由拒绝。

不过,即使刘小姐没有跟宋洛君有什么契书羁束,但我却是知道的,宋洛君名满京城,多少闺阁少女暗恋着他。

而他的表妹刘七七,更是对他死心塌地,非他不嫁。京城公子哥儿们都羡慕宋洛君有个痴心不改的表妹,这事传遍京城,我自然也是知道的。

她的脸色红白交替,我施施然地睨她一眼,缓缓开口:"还是说,寨主就是宋家公子宋洛君?"

她猛然抬头,惊愕地望着我。似想起什么,她冷声道:"你了解的事情还真不少,但是你错了,寨主便只是寨主,怎可能是宋洛君?"

我似笑非笑:"难不成刘小姐这是想红杏出墙?"

她顿时气得将我推出门,而后重重地将门关上!三个丫鬟把我攥走,站在门槛前对我呵斥道:"寨主带你进山,不代表就看上你了!警告你,离寨主远点!"

我抬头,以四十五的角度仰望天空,眼底流露着浓浓的……呃,不对,明媚的忧伤。

生命诚可贵,爱情价更高。若为自由故,两者皆可抛!

没错,皇上我再不纠结这个神秘寨主是不是宋洛君的问题了,出山重获自由才是真理!

于是,我满怀一腔热血,兴冲冲地跑出院落,直奔山口!

天气炎热,日光炽烈。当看到一群守在山口的山匪马贼时,我就像个原本鼓囊囊,但被针扎破瞬间蔫了下去的气球。

这么多人守着山门,就算是插翅也难飞啊!

瞧着他们孔武有力的粗大手臂,整个儿跟柱子似的,我忍不住想,倘若我现在就这么硬闯出去,会不会被他们群殴,然后当场揍死?

我咽了咽口水……

"你在这里干什么?"一声洪亮的嗓音传来。

我腿一抖,回头见是一个长相粗犷威猛的中年男子,我正欲答话,他身边一个长得矮小机灵点儿的小厮便低头下来,小声道:"二当家!你可留个心眼儿,这位姑娘是寨主从外带回来的,很可能会成为夫人,咱得客气点……"

那人腮帮子长满了胡子,一双三角眼看人的时候很是锐利,无形之中给人一种压迫感。他盯着我,忽然笑了:"真是长得不错!他倒是懂得找个美娇娘来享受!"

我一听,顿时不爽了,什么叫作找个美娇娘来享受?

我双手抱胸,斜睨着他:"谢谢夸奖啊,不过大叔你长得这么丑,整天跑出来吓人真的好吗?"

闻言,那人面部一僵。小厮站在中间,有些惊悚地瞪着我,提醒道:"姑娘,就算你日后真成了寨主夫人,也不该这样对二当家无礼!"

"哈哈哈哈……我喜欢!这丫头够辣!"他盯着我,那热切的眼神就像捕获到新鲜猎物般,让我格外不自在。

然而,他又说:"哼!他算个什么东西!一个外来的,要不是大哥看上他,岂会让他继承寨主之位?"

得,这年头连山寨版的宫斗都有了!

他笑得狂傲,扭头看向我的目光带着势在必得的决心:"我老朱三十九岁了还未成婚!那小子,年纪轻轻的,凭什么比我老朱早些成亲?"

老猪?我掏掏耳朵,疑问道:"你是老猪?"

他拍拍胸脯,抬头挺胸:"哈哈哈……山寨二当家老朱便是我!"

我眼角一抽,前阵子我遇到一个猴哥,这回倒认识了一只"老猪"!难道唐僧都将他俩放生了吗?

我深深望了禁闭的栏栅门一眼,握紧拳头,不管如何,誓要逃出这个大门!我正抬脚要走,那人便在身后喊住我——

"大爷我看上你了!等会儿我便去跟那毛小子将你讨来!"

这只猪果然是太目中无人了好吗?我摇摇头,径直离去。

傍晚,寨里点满了灯笼火把,宽敞的牧野地架着烧烤器具。我眨了眨眼,这是要来一个篝火晚会?

平时那些穿得邋里邋遢的匪贼,此时皆换上喜庆的新衣裳,色彩斑斓的,手拉手并排成一个圆圈,围着篝火跳舞。

有人编织了一个花篮,走过来欲往我的头上套,我嫌弃地瞥了一眼,便躲到一旁,避开了。

寨主青面獠牙的面具在火光下泛着柔和的光芒,莫名没有平时那种冰冷疏离。我心中一跳,盯着面具的两个小洞口,那双眼睛像大海般深邃神秘,给人一种似曾相识的感觉。

我有那么一瞬希望他是宋洛君。

"怎么,看呆了?"他凑近我,嗮然一笑,"本大王的面具都没摘下来,你就痴迷成这样,那可如何是好啊?"

我翻了个白眼,暗自骂自己猪脑袋,眼前人这副德行,怎可能是谦谦君子般的宋洛君？

似看透我的心思，他扳正我的肩膀，逼我面对他，嗓音压得低低的："在我面前，不准想其他人。"

这时，刘七七从远处袅袅婷婷地行来，见到我与寨主此刻的举止，她便顿住脚步，凄楚地望着他，那哀怨的眼神不言而喻。

我下意识地挣开他禁锢的手，将脸转向一旁，不看这对揪心的主儿。

眼看这边上演着难得一见的三角恋，围着篝火跳舞的大伙不约而同地停了下来，纷纷将目光往这边投来，充满了兴味与八卦。

我脸上一热，拍拍裙袂站起身，正想离开这个是非之地，不料，身后竟有人起哄：

"大王会娶金姑娘为妻吗？"

"大王应该娶刘小姐才对！人家都从繁华的京都跋山涉水来到咱们这个鸟不拉屎的地方了……"

"两位姑娘同样貌美，寨主要不听小的建议吧？干脆把两个姑娘都娶了，一大一小正好嘛！哈哈……"

我听得火冒三丈，倏地转过身，眼刀子全往他们身上飞去。正当我考虑着要不要冲上去开骂时，二当家老朱又出现了。

老朱摸摸满腮的大胡子，笑眯眯地对寨主道："老大真是懂得享受，不过这样可不妥，伤到美人儿的心可就罪过了！"他浓眉大眼，直勾勾地盯着我，大笑道，"反正你都有另一个美娇娘了！金姑娘就归我吧！"

寨主脸上戴着面具，看不出任何表情。不知怎的，我总感觉他身上压抑着强烈的怒气。

反观刘七七，她被两个丫鬟搀扶着，一脸期盼地望着寨主。

寨主转身，面对众人，展开双臂，对他们高喊道："本大王十日后正式迎娶金篱，拜堂成亲！"

话音刚落，掌声如雷贯耳，噼里啪啦的，在夜空中显得特别响亮。

我整个人呆住，瞬间石化。

十日后，便是成亲之日，而新娘竟是我？

这绝对是惊吓！我真不想一辈子待在这个破山寨！

老朱摸摸下巴，指着脸色煞白的刘七七，笑得有些猥琐："听说刘小姐是老大的未婚妻，眼下你又扬言要娶金姑娘……老朱能认为寨主是想把娇妻拱手让人吗？"说这话的时候，他两眼对着身后的刘七七从头到尾扫描一遍。

刘七七顿觉受辱，脸色一阵红一阵白。忽然，她推开丫鬟的搀扶，提着裙摆向寨主急奔而去。

寨主一袭淡蓝色的长袍加身，漠然地站在原地，脸上骇人的面具丝毫不影响他华贵的气度。

"你说过会娶我的……"

她哽咽开口，然而还未等她说完，寨主便淡淡地打断："我和你未曾有过婚约，也从无对你有过任何承诺。"

我清楚地看到，刘七七因这一句话，姣好的面容上血色尽褪……

然而，他似还说不够，抬眼望着对面的熊熊篝火，声音冷得毫无温度："我希望从明日开始，不再听到你是我未婚妻的流言！"

25. 鸡飞狗跳的山寨

CHENGXIANG,
NI JINTIAN CHONG WO LE MA?

"我要出山!"我揪住寨主的衣领,对着他怒吼道。

"少女,请淡定……"寨主试图挥掉我紧抓不放的手,温声劝解道,"我知道你很想嫁给我,但是,不要这么激动好吗?"

我一听,火气噌噌往上冒。此时我就是不照镜子,也知晓我现在的面目是何等扭曲何等狰狞。

"嫁给你?"我冷笑一声,而后俯低身子,啐了他一口,"我呸!"这厮的脸皮实在过厚,简直是刀枪不入!

我的力道骤然加大,他惊呼一声:"娘子可要冷静!冷静啊!我俩都还没洞房花烛,要是一不小心把为夫勒死了,你可要守寡了!"

冷静?婚事莫名其妙就定下来了,不仅摊上这么一个不靠谱的恶霸相公,而且还要一辈子活在这个破山寨里,这叫我怎能冷静?

"不!我要出山——"

听到我歇斯底里的一声呐喊,他蓦然站定,那双幽深的眼冷芒闪烁,他缓缓道:"没有我的允许,你这辈子都别想出去。"说完,他甩袖离去。

我愣在当场,从来没有人敢这么嚣张地对我说话!

是以,他走后,我气得捶胸顿足,真是恨不得一头撞墙归天算了!

第二天,我很早就起床,趁着蒙蒙亮的天色,寨里一片清静,我什么都不用带,只从兵器库里偷了一把斧头出来,然后一身轻便地跑出南苑。

远远瞧着前方的栅栏大门，果然无一人把守！我心中大喜，暗赞自己不愧是机智聪明的美少女！于是，我扛着斧头兴高采烈地走近栅栏门。

这门的木材坚硬厚实，是用桐木做的，是人都无法破开它出了山，倘若有利器作为辅助的话，那么想出这个门，定是不费吹灰之力！

于是，我将斧头高高举起，对准桐木栅栏，使出吃奶的力气，猛地砸了下去。

只听见"哐当"一声，大门被砸出一个洞，我喜上眉梢，正打算再接再厉，就听到身后咚咚的脚步声传来，我吓了一跳，斧头瞬间从手上滑落，"咚"的一声掉在地上。

一群匪贼紧跟在我的身后，个个手持兵器，或木棍或狼牙棒，一脸凶神恶煞！

然而，当他们看到我的面容时，顿时松了口气，脸色比翻书还快，立马换上一副讨好的嘴脸。

"原来是金姑娘！哎，真是吓死俺了，一大早就听见山门被砸的声音，兄弟们都吓得出来捉贼！"

我无力抚额，摆手道："我不要紧，害你们受惊了……"

此刻，我在心中哀号不已。为什么，老天偏要和我作对？这一路遇到的波折还少吗！好不容易逃出皇宫，然后又意外坠崖；好不容易找到亲爹娘，然后又被人掳到山寨！

好命苦的娃哟……我都忍不住感叹自己的坎坷命运了。

还没等我感叹完毕，那匪贼摸着后脑勺，对我疑问道："天还这么早，你不睡觉，跑到山门来干啥？"

我正欲答话，有人抢白道："姑娘你不会是想逃跑吧？大伙儿瞧瞧，她还带着一把斧头呢！"

这话说得太过犀利,我背脊一阵发凉,心肝儿颤巍巍的。

眼见大伙儿都眼巴巴地望着我,等我的解释,无奈之下,我拾起地上的斧头,垂下眼帘叹了口气,凄楚道:"我爹是个打造铁具的工匠,每每看到这把斧头,我便禁不住想起我那八十高龄的老爹……"

大伙一听,同情心顿起,正要安慰我,一个丫鬟模样的妹子便又追问道:"那么,这把斧头和这座山门有什么联系吗?一大早出现在这里,你还敢说不是要逃跑!"

这丫头咄咄逼人,当真是不讨喜!我认得她是刘七七的三大丫鬟之一。

我仰头望天,装出一副忧伤的模样:"昨晚,我爹跑到我梦里来了,哭着说想念我,于是我在半夜中惊醒,抱着斧头劈开山门想让他进来……"

说完,我回头一看,乍一见到他们黯然神伤的模样,他们擦了擦脸上毫不存在的泪痕,上来拍拍我的肩膀:"好姑娘,你真是个有孝心的,咱大伙儿都错怪你了……这样吧,这把斧头,俺就送给你好了。"

我手上拎着斧头,窘得不行。

我走在南苑的小路上,刚踏入门槛,就听到屋里飘来一句:

"你爹是个打造铁具的工匠,我怎么不知道?"

我抬头,寨主躺在里屋的一只卧椅上,双腿大刺刺地敞开。

听他这云淡风轻的语气,我心里"咯噔"一声,这厮究竟在我身边安插了多少耳目?竟连我说了什么话都一清二楚!看来,想在他眼皮底下逃走,怕是不可能了的。

我硬着头皮上前,冷声道:"我爹是做什么活儿的,还得向你报告不成?"

他不在意我的顶撞,爽朗一笑:"你这戏演得不错,梦见你爹来寻你了!哈哈哈……若是药王知晓你把他的江湖第一毒医的身份,说成打造铁具的工匠,你说,他会不会气得喷出一口老血?"

我心下大惊,这人究竟对我还了解多少,居然如此了如指掌!

我瞥他一眼,嘲讽道:"想不到堂堂山匪大王,竟对江湖之事如此了解!"

他笑得很是谦虚:"未来岳父嘛,本大王不了解清楚情况可怎么行?"

听着他这熟悉又陌生的语调,我莫名地感到气闷烦躁,偏偏这人无一刻不在我面前显露他对我的各种了解,而我这么久了却从未知晓他的底细,这种情况下,我就像一只玩偶,任其摆布……

想到九天之后便要与他成亲,我心头火气更甚,忍无可忍地捶打一下桌子。

"你不用想着要出山,我说过,有我在的一天,你就永远出不了。"他语气淡淡,不冷不热的表情让我多毛!

我握紧斧头,一个箭步冲了上去:"那么我杀了你总可以了吧!"

锋利的斧刀闪耀着冷冽的光芒,当刀口即将在他的肩膀砍落的时候,他不躲不避,双眼轻轻合上,似一种束手就擒,等待命运判决的样子……

斧头在空气中凌厉划过,"咻"的一声,硬生生地转了方向,一刀砍在桌面上。

"啪!"梨木圆桌应声而裂,瞬间被劈成两半。

他睁开眼,定定地凝视着我,渐渐地,他眼底漫起了笑意,那笑意太浓,好像汇聚了星星太阳月亮,那一瞬间的光芒万丈,好像能照亮世间每一个黑暗的角落。

他坚信且笃定地说:"你心里有我。"

我整个人顿时不好了,忍不住爆了粗口:"谁脑子不好才心里有你啊,

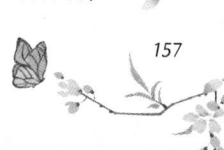

你别自作多情,这次我就砍死你,有种继续站着别躲!"说着,我重新抓起斧柄,作势向他挥去。

然而这次,他不再傻站着不动,只见他身形一闪,淡蓝色的衣袂在半空中划过一道优美的弧线。眨眼间,他已经跃到几十米之外,站在远处对我大喊道:"你就是舍不得杀本大王——"

我气极,看了手中握着的斧头一眼,而后使出全身力气,猛地对着他的方向抛去!他吃了一惊,连忙施展轻功逃之夭夭……

等他的身影消失之后,我挫败地垮下双肩,心中郁闷不已,方才为什么就不敢对他下狠手!他若死了,我便能离开这个鬼地方,奈何啊,本姑娘实在太过心慈手软!

听着屋顶上鸟雀叽叽喳喳的叫声,我内心又充满希望!既然出不了山,那就来毁山!我不快活,大伙儿也别想痛快!

自那日过后,我就再也没见到寨主,与此同时,我除了一日三餐的时间点,其他时间都把自己关在小黑屋里。我找来了许多工具,并且特意偷了菜园的老伯伯的一把铲子,整日躲在床底下挖坑。

我试图挖一个通往寨外的地道,等到地道挖好了,便能神不知鬼不觉地溜出去。

我美滋滋地想着。

然而,我挖的坑差不多跟茅坑一般大小之时,就被人发现了……

面对大伙儿的质问,我心里早已泪流满面,唉!又一次逃跑未遂!

我在床底下挖地道的事,连刘七七那个两耳不闻窗外事的大家闺秀都惊动了。

那日,她率领身后一群八卦大军,来到我的南苑,下巴微抬,眯着眼质问道:"距离婚期还有三日的时间,金姑娘在此关键时刻挖地道,是想逃婚吗?"

我暗中鄙视她,其实最巴不得我逃婚的,怕是只有她了吧!

我回头一看,他们个个紧盯着我,那模样别提有多骇人了,就好像在说:你敢逃婚试试,俺们一定替寨主扒了你的皮!

我着实有些心虚,眼角瞄了瞄那个跟茅坑差不多大的地道,干巴巴地讪笑道:"其实吧……婚期将至,我一连几夜睡不着觉,晚上又频频上厕所,所以……我只好挖个坑儿,解一时之急了,呵呵……"

这些山匪,没一个有文化,说话简单直白。这不,有一小伙子开口了:"你挖这坑,是专门用来晚上撒尿的吗?"

我左脸一抽:"是呀,方便嘛……"我迫不得已承认这个没节操的理由了,大家就别再黑我了好吗?

我这个理由一说出来,众人面色各异,对我同情有之,鄙视有之,嫌恶有之。唯有刘七七,高贵冷艳地说了一句"龌龊",便傲娇地转身离开了。

又一次逃跑失败,我整颗心啊,拔凉拔凉的,既然真的逃不掉,那便不再白费力气。

可是,我绝对不会让他们这么好过的!屡次破坏我的逃跑计划,就跟没事人似的,拍拍屁股就想走吗?

不行,我要报复社会……呃,不对,报复山寨!

夏季的天气一贯炎热,中午的时候,寨里人都窝在屋里午休。我双手叉腰,抬头仰望着晴空万里的蓝天,火热的太阳悬挂中央,我心想,这天气是最适合杀人放火的了!

我鬼鬼祟祟地来到厨房,环视了乱七八糟的厨具一眼,从怀中掏出一支火折子,点了火就甩手扔到灶台下面的稻草上。

干枯的稻草沾上火星子,便噼里啪啦地燃烧起来,不到片刻,星星之火就演变成燎原大火!

火势越来越大,我急忙拔腿而逃。然而,当我出了门之后,一群救火大军便蜂拥而来!

瞥见他们手上提着的木桶,水花四溢,我当场傻眼!

这……这究竟是闹哪样!为什么我前脚刚出来,他们后脚就踏进去了,莫非是未卜先知?

似看出我的疑惑,一救火人便对我解释道:"寨主半刻钟前,便叫俺们提着水桶守在厨房门口!"说罢,他仰天长叹一声,"寨主果然是英明威武,料事如神啊……"

"还磨磨蹭蹭干什么!快救火!"

"啊,老兄,我刚刚会运用四字成语了耶!"

"哇,真的吗!哪个哪个?"

"英明威武,料事如神!"

我:"……"

我心中愤慨难当,特想来个仰天长啸,这老天就是故意跟我作对!逃跑不成,报复也不成,我到底还能做什么人?

一回头,恰好看见几日不见踪影的寨主正卧在树梢上,嘴里含着一根狗尾巴草。

他笑着开口:"放火的感觉很爽吧?"

我简直怒不可遏:"你从何得知我的动机!"

他将嘴里咬着的狗尾巴草抽出来随手扔掉,笑眯眯地对我说:"因为夫关注你很久了……"

我气得咬牙:"你别嚣张!"

"我就是小张。"

他看似心情很好,不管我怎么骂,他都笑眯眯的,好像没有任何事能影响到他的好心情。

最后,他丢下一句:"别费心思了,乖乖准备成亲吧!"

对于束手就擒,逆来顺受,我向来鄙视之,于是,我继续把"报复"行为发扬光大!

比如,夜幕降临的时候,我趁着四下无人,悄悄摸到西苑,踮起脚把寨主晾在竹竿上的衣裳全部扒拉下来,然后放轻脚步走出西苑,再抱着他所有的换洗衣裳,一股脑儿扔到茅坑里浸泡,而后……我拔腿狂奔!

即使被发现了,他只是双手抱胸,施施然地对我道:"再任你胡闹两天,两天后你我结为夫妻,你若再这般胡闹的话……"

我撇撇嘴:"不爽你就来咬我啊!"

他低头闷笑一声,随即严肃道,"咬你何用?本大王直接将你就地正法!"

我冷哼一声,不以为然,刚想吐槽,忽然脑海中哗啦啦地划过四个大字:就地正法!

我脸色瞬间爆红……

婚期越来越近,寨里的匪贼们便越来越忙,为了张罗寨主的婚事,他们可谓是鞠躬尽瘁、死而后已了!瞧着他们勤快利索、严谨认真的态度,真不知道成亲的人是他们,还是寨主。

大伙儿这两天忙碌着筹备婚事,便松懈了对我的看管。与此同时,山门那边的桐木栅栏,也疏于管理了,大家纷纷聚拢在一起商议婚礼的各项事宜。

眼下这种情况,倒给了我机会混出山!

我掐准时间点，搬出准备已久的竹梯，拖着脚步来到山门。

我将竹梯架在围墙上，慢慢往上攀爬，大约六米高的墙，我愣是爬了将近一炷香的时间。

费力了许久，我终于爬上顶端，一屁股坐在高墙上，望着寨外广阔的田野，我捂住剧烈跳动的心脏，自由的小鸟在内心激动地呐喊！

我终于出来了，我终于出来了！哈哈哈……

望着高高的地面，我又发愁了，摔下去若是骨折残废了可如何是好？

我双腿忍不住发抖，可为了出山，我豁出去了！

正当我提起裙摆，准备要跳下去时，身后一阵强风袭来，我愣了愣，还来不及做出其他反应，衣领就被人从后面拎起……

双脚瞬间脱离地面，腾空而起，我低头一看，顿时吓得不轻！我的娘哟，我咋又在半空中飞翔了？听着耳畔呼呼的风声，抬头撞见拎着我衣领的黑衣人，我简直是欲哭无泪，肝肠寸断！

这次又逃不成了，老天你果然一直都在逗我！

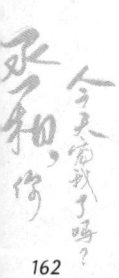

26. 各种坑蒙拐骗

CHENGXIANG,
NI JINTIAN CHONG WO LE MA?

我被人打晕,丢在麻袋里。等我醒来时,赫然发现手脚都被粗硬的绳索捆绑着,我环视周围,是在一个漆黑的小房屋里。

我第一个反应就是,被绑架了!

没等我思忖太久,便有人打开房门。满室黑暗,门被打开的那瞬间涌入的光线,强烈得我睁不开眼。

那人端着一碗清粥,精致的白瓷碟子上面摆放着一个烤得黑乎乎的番薯。

我吞了吞口水,这么黑的番薯,放在这么白亮的瓷盘上真的好吗?

那人穿着黑色夜行衣,蒙着面,冷冰冰地对我道:"快吃!"

我一愣,要我吃这个黑得跟煤炭似的东西,实在叫人难为情!我抬眼看着他,干笑道:"兄台,我肚子不饿,那啥……番薯就给你吃了吧,我不要紧,你每天还要工作,累坏了身体,得吃点番薯补补,你……"

我话还没说完,忽然"噌"的一声,一把明晃晃的匕首架在我的脖颈上。

我整个人僵掉了。

"废话少说!吃了之后立刻来干活!"他冷声警告完,便撤掉匕首。

我吓得不行,摸摸脖子,感觉冰凉的触感还徘徊在肌肤上久久不散。

在他瘆人的目光下,我颤颤巍巍地伸出手,摸向盘子上的黑番薯,当着他的面咬下一口……

烧焦，酸臭，馊硬，三种味道一同涌入喉咙，我的眉头皱得死紧，终于忍受不住，"哇"的一声全吐了出来！

那人见状，气急败坏地命令我："居然敢吐？不要命了！"说着，他走过来，抓起滚落在地上的黑番薯，抬手就往我的嘴里塞！

喂喂喂，大哥，你家家长没告诉你，掉在地上脏了的东西不可以吃吗？

显然这位兄台是个没教养的，见到我这般弱女子也如此强势，太不怜香惜玉了好吗！

我嘴里被塞得满满的，眼泪汪汪地望着眼前这个浑蛋。

他满意了，拍拍屁股就走了……顺带还把门给关上了。

我被关在伸手不见五指的小黑屋里，痛苦得想挠墙！奈何此时黑灯瞎火的，别说挠墙，就是连墙都看不见。

…………

夜里蚊子特别多，我一整晚都睡不好，到了五更天，我才迷迷糊糊地睡了过去。

半睡半醒中，一盆凉水"啪"地泼了下来，我惊得一个鲫鱼打挺弹跳起来，愣愣地看着眼前人，混沌的脑子彻底清醒。

房门又被打开，这次进来的是几个长相尖酸刻薄的老婆子，她们手持各种刑具，凶狠地盯着我。

我惊呆了，落在这几个老婆子手里，我恐怕不死也得残废！

此时我只想悲愤地感慨一声，天要亡我也——

"死丫头，来到这儿还想舒服睡好觉？"老婆子抬腿踢了踢我，"还愣着干什么，快跟我出去干活！"

我站着不动，大脑急速运转，我想着是乖乖跟着出去呢，还是特有个性地反抗？

结果,没等我思索,忽然腿上一疼,我一惊,忙低头一看,只见裙子边上,划过一道口子,露出肿起的肌肤。

我倒抽口气,猛地抬头,恰见恶婆子手上持着一条细软的皮鞭,挑衅地瞪着我。

瞥见我破裂的裙子,腿上的鞭痕,恶婆子身后那几个"老跟班"便嚣张得意地笑了起来。

见状,我心头鬼火乱窜,脑中一热,便冲上去,伸手欲去扯那恶婆子皱巴巴的脸皮!

哪知,我双手尚未触碰到她的半片衣角,胳膊就被她身边的几个老跟班抓住了!我奋力挣扎,双腿用力踢打,一时没注意,那恶婆子已走近我跟前,一巴掌甩在我的右脸上——

清脆的巴掌声在沉寂的小黑屋里,格外响亮。

我整个人都蒙了。

从小到大,我一贯养尊处优,人人对我谦恭低顺,几时受过这样的轻蔑羞辱?

那几人见我怔住了,不禁面面相觑,不知是我眼花还是出现幻觉,我竟看到她们眼底一闪而过的懊悔。

懊悔?懊悔!

我顾不得火辣辣疼痛着的脸颊,趁着她们此刻的松懈,我一个反手挣脱了她们的桎梏,退后几步冷声问道:"你们无缘无故为何囚禁我?"

那几人顿时警惕起来,立刻收敛起愣怔纠结的表情,又恢复到原先的嚣张跋扈。

"哼,少啰唆!我看你还是乖乖听话的好,如若不然,免不了一顿皮肉之苦!"

为首的恶婆子傲慢地抬高下巴,端的是高贵冷艳,虽然我从头到尾没瞧见她哪里高贵,哪里冷艳。

听到"皮肉之苦"四个字,我摸摸右脸,忽然感觉到火烧般的痛楚蓦地又加深了几分。

恶婆子领着我走在前头,而我身后则守着方才那几个老跟班,这队列,好像在防备我偷溜似的。

出了小黑屋,映入眼帘的是一片空旷辽阔的沙地。拐个弯再继续前行,密密麻麻的绿色便闯入视线……

一群憔悴疲惫的民工正窝在那片绿色藤蔓中……种番薯!

他们穿着粗劣灰旧的麻布衫,挽着衣袖,肩头上扛着锈迹斑斑的锄头,带着一脸疲倦,在烈日下挥洒着汗水种植。

而他们身旁,都站着一个彪形大汉,手里握着一根粗粝硬实的绳索。我站在远处看着,见那人的嘴巴张来合去,好似骂骂咧咧的,接着,便看见他抡起绳索,狠狠地抽在那民工身上。

再看那民工的穿衣打扮,像极了奴隶。

奴隶?我垂眸细细地咀嚼这个字眼,而后,我惊悚地发现,原来这个地方是奴役劳工区!

天天忙活,辛苦劳累就罢了,居然没有半点报酬,而且还要被抽打虐骂!

听着周围越来越大的怒骂声夹杂着哀号声,我心里发冷,仿佛一瞬间坠入寒窖。

这时,背后被人推了一把,我一个踉跄,跌倒在满是泥土的地上。

"新来的还傻站在这里干什么!立马干活,给我把番薯统统从土里挖出来,今早挖不完,三餐没得吃!"

我回头一看,正是方才那个恶霸彪形大汉!我刚想对他翻个白眼,顺便吐槽几句,他就突然大步走近我,一脚踹上我的腹部,露出一副狰狞的面孔,狠声咒骂道:"没用的东西!别以为长着一张狐媚脸就想来混饭吃?长得再漂亮不干活,老子照样踹死你!"

我揉揉闷痛的腹间,方一抬头,就见他准备又来一脚,我惊得忘了动弹,在我以为他又一脚下来的时候,一个黑衣人从外边飞跃而来,高声喝止了他。好在这一声喝止喊得够及时,要不然我又该受上一脚。

黑衣人看了我一眼,黑色面巾下露出的一双冷沉的眼划过一丝复杂与愧疚。

我心下一个激灵,难道这人是我之前所熟悉的?

他收回看我的视线,转而附在彪形大汉耳边低语。随后,我瞧见那人的脸色唰地变得煞白,然后看向我的目光带着点顾忌。

干了一整天的活,险些没把我累趴!我饭也没吃,便直接回了小黑屋,飞奔向硬邦邦的木床。

我躺在床上,闭目休眠,早上才睡了不到两个时辰,就被人用冷水泼醒,现下有时间不好好睡觉实在太对不起自己!

我掖好被子,正准备睡觉时,突然"砰"的一声巨响,房门被人粗鲁踹开!我面色一黑,刚想回头看看是哪个天杀的,那人便扑了过来,用力地将我压在床板上。

他带着醺人的酒气喷在我的肌肤上,嘴里呢喃道:"好不容易来了个美人儿,想不到……想不到竟然是上头派来的……嗝!"

我停止了挣扎,竖耳倾听他接下来的秘密!然而这厮喝得醉醺醺的,不停地打嗝。我握紧拳头,忍着一拳把他揍晕的冲动,不带这样吊人胃口的!

我越是想知道，就越是紧张。

然而等着等着，非但没有等到他说出的秘密，反而压我压得更紧了！

"嘿嘿，美人儿，甭管你是谁，老子今晚就要睡了你！"说话间，他猛地出手，就要扯去我的裙带。我顿时慌了，再也顾不得听什么秘密，开始极力挣脱！

他这般粗壮的人，我怎会是对手？他轻易将我制伏，长满粗厚老茧的手伸入我的衣领，向下探去……

萦绕在鼻尖久不散去的酒气，熏得我眩晕，耳边是那人淫邪的笑声……

我终于失控地尖叫，双腿急蹬，然而却是徒劳。

"敢动她？找死……"低沉冷冽的熟悉嗓音自门外传来。

我猛地回头，那人一袭淡蓝色的长衫在半空中飘飞，如此姗姗来迟。

望着他脸上青面獠牙的面具，我蓦然红了眼眶，眼泪不受控制地滑了下来。

泪水盈眶，眼前一片模糊，我隐约听见骨骼咔咔地被折断的声音，而后，喊痛声响起，再过了一会儿，一切重归平静。

他在我身前蹲下，大手揉揉我的发顶："我来晚了，让你受委屈了……"

他说完这句，看到我脸上汹涌而出的泪，疑惑道："怎么哭得越发凶了？"

此刻，我已忘记他是那个穷不拉叽的破旧山寨的寨主，也忘记他这次前来救我，是另有目的。

我就这么扑进他的怀里，号啕大哭。想起这两天来非人的折磨，我掐着他腰上的肉，控诉着："为什么等到现在才来！为什么等到现在才来！我差一点就……就……"

他见我不说话，探过头来，深邃乌黑的眸子似笑非笑："就怎么了？"

我面上一红，从他的怀里挣脱出来，不由得岔开话题："我要杀了他！"盯着地上晕死过去的壮汉，我恨得龇牙咧嘴。

他伸手过来，捏捏我的脸："咱们要做个好姑娘，不可随便把杀杀杀放在嘴边。"

我擦掉脸上残留的泪痕，冷哼一声："既然不让杀，那给我把他打残了总可以吧？"

"唔……"他稍稍沉吟，瞥了那半死不活的壮汉一眼，"他即使醒来了，手脚也不能用了。"他说这话的时候，眸中掠过一丝阴沉。

见我呆呆地看着他，他不由得笑了，问道："还有谁曾打骂过你？我帮你出口气。"

我摆摆手："不用劳烦你出手，不就是那几个丫鬟婆子昨儿打了我一巴掌，我要亲自讨回来！"

找到那几个恶婆子的时候，她们正优哉游哉地坐在石桌前，一边嗑瓜子，一边扯淡。

当她们看见我带着一个青面獠牙面具的男子进来时，不由得摸着下巴哈哈地笑了："哟，带了个新伙伴来干活吗？"

又一人嘲讽道："怎的，还戴面具，莫不是太丑不敢见人？"

话音刚落，只见眼前光影一闪，不过眨眼之间，几人的长发就被割了一大截下来，整齐划一地掉落在地上。

他手持一柄长剑，漫不经心地擦拭着刀口。

看着瞬间割断的黑头发，我和那几个恶婆子都惊呆了……

我以为几个恶婆子会发飙，哪知她们以肉眼看不见的神速抱作一团，互相挨靠着,瑟瑟发抖地说:"大侠饶命!放过我等吧,我家上有八十老爹,下有八岁小孙,我……"

还未等她说完,我便走上去,甩了恶婆子一个耳光!

见她们一副咬牙切齿,明明怒火中烧,却又极力隐忍不敢发作的模样,我心里着实暗爽了一把。这几日的憋屈气闷,终于烟消云散。

我想我真是个心怀慈悲的好人,最终也没对她们做出什么伤害的举动,就这样放过她们,和寨主回山了。

走在绿意盎然的田野间,我的心情格外好。这次,算是我心甘情愿回山寨的。

寨主对此表示很欣慰,他摸摸我的头,笑道:"你能心甘情愿跟我回去,看来我没白救你!"

然而,回到山寨之后,隐匿在心底的自由细胞就苏醒了!

眼看他们重新把栅栏门慢慢关上,我心下一紧,一句"放我出去"就脱口而出……

大伙儿傻眼了望着我,我有点不好意思,我如此出尔反尔,言而无信的行为必是他人所不齿的。果然,寨主顿时沉下声,冷冰冰地对我道:"你既然又进来了,就别想出去!乖乖准备一下,明日成亲!"

明日……成亲?我有点失神,傻傻地念着这几个字,等他走远了,我才反应过来。

他刚刚说什么来着,明日成亲啊!

节奏这么快,是要我死吗?于是,我提起裙摆,追在他身后,大声喊道:"我不要成亲!我现在反悔了想出山还来得及吗?"

他脚步很快,一下子就跑得没影儿。我累得跑不动,停在原地气喘吁吁,歇息了一会儿,我便跑遍整个山寨,一家挨着一家寻找他。可他就像人间蒸发了一样，怎么也找不到。

今晚的月亮很圆，我窝在被褥里，瞅着窗纱外的明月，心里愁得直叹气。

糊里糊涂活了十几年，我想我也是够悲催的。四年前刚及笄的时候，成天看到大臣们的女儿十五岁便定亲成礼，有时我登门私访，不止两次地看到那些大家闺秀躲在自家后院与男人幽会……

啧，眉目传情，暗送秋波，你侬我侬……看得我那个羡慕啊。后来吧，大臣的女儿出嫁了，作为皇帝要御赐点薄礼讨个吉祥喜气，然而我大手一挥，便赐了他们一只特别有纪念价值的夜壶——

我想我果然是被嫉妒心蒙蔽了双眼！

当年怀揣着一颗少女心，对爱情婚姻充满憧憬，可如今即将体验，我却犹豫不决。

一整宿我难以入眠，望着对面窗台的月亮发呆。

翌日，天光破晓，我就被几个丫鬟模样的姑娘拉扯着起床。我一边打着瞌睡，一边半死不活地任由她们折腾。

昨晚一夜没睡，我实在是困得不行，我半合着眼皮，慢腾腾地被她们搀扶着，幸好我头顶上披着一块红盖头，外人看不到我昏昏欲睡、惺忪怔忡的面容。

婚事就在寨里举行，是以，没有八人抬的花轿，没有骑着马的新郎，我就这样被他牵着走进布置得吉祥喜气的大堂。

十指相扣那时，我那飘忽不定的心，终于尘埃落定，就好像在天涯流浪，终于找到安定的归宿。

我想，那就这样吧。明年，我就要双十了，这么晚还没嫁出去，始终不妥。况且，若放我出山，离开了山寨，天地广阔，我也不晓得我还

能去哪里。

这么想着，忽然听到周围人的叹气声响起——

"原来寨主是如此俊俏！真是深藏不露啊……"

"俺们成天看他戴面具，一直以来，都以为他是个容貌长得丑的家伙！"

"我好后悔！早知道大王是如此俊美的儿郎，我就该对他下手！"

我心中惊疑不定，他揭面具，露真容了？我的脚步有片刻的迟缓，真想扯下盖头，看看他是何等面目。

手指刚碰到红盖头，我又缩回去了。见了又能怎么样，都嫁给他了，早晚都能见到。况且，我早见识过天下第一绝艳的金远羽，世间还有哪个男子及得上他的俊美？

当他半扶着我的腰，正欲跪拜天地之时，我终于支撑不住，双眼一闭，身子蓦然软了下去，触及他的胸怀，我便安心地打起呼噜来。

大堂内顿时一片鸦雀无声……

司仪半张着嘴，显然是"一拜天地"还没念完。

原本还在敲锣打鼓的乐队，霎时都止了声。

喧闹的厅口，恭贺声络绎不绝的人群，顿时全安静了。

在这样诡异的气氛下，我熟睡的鼾声如雷贯耳……

当我再次睁眼的时候，入眼的是红色喜气的床帐，身下是柔软的蚕丝被。我愣了愣，不禁翻身起床，扫视了整个房屋一眼，除了增添点儿红色的装饰，其他仍是熟悉的摆设。

这是寨主的东苑。

有了这个认知，我心下一紧，抬脚刚想往木门走去，然而双脚还没跨出一步，就被长长的裙子给绊住了。当身体开始倾倒的时候，忽然一双大手绕了过来,将我一把抱住。

熟悉的冷梅清香扑鼻而来,我瞬间失了神……

"怎么,吓呆了?"那人低沉淡雅的嗓音在我耳畔响起,我脑中顿时炸响了一个晴天霹雳!

我猛地抬头,恰好撞入他深邃乌沉的眼。

白皙光洁的脸,黛色的浓眉,英挺的鼻,薄厚适中的唇,总是似笑非笑的眸子……

"原来一直都是你……"唰地,我眼泪纷纷滑落。

宋洛君抬手拭去我不停滚落的泪珠,眉头微皱:"怎么变得这么爱哭鼻子了?以前你可不会这样的……"

"别再给我提以前!"我打断他还未说完的话,抬起袖子随意擦了擦脸上的泪痕,冷笑着对他道,"以前尽心尽力助我打理江山,接着,便和金远羽联手,将我逼下皇位。我逃出皇宫,你却派了各路人马来追捕我!然而我好不容易知晓了自己的身世,找到了亲爹娘,你便又将我掳来这个地方!这么耍我真的有意思吗?"

他静默地听着我的控诉,半晌才缓缓启口:"假如,我做的一切,都是为了你呢?我和南阳王联手设计于你,只不过是……"

"只不过是为了得到权势和皇位,你敢说不是?"

他有些愕然,无奈地叹了口气:"你若执意如此认为,我也无话可说。"

我斜睨了他一眼:"恐怕你是找不到理由来辩驳吧?"

想起被掳到这个破山寨以来,被他戏耍得像猴子似的,我就来气!我习惯性地冲上前揪住他的衣领,咬牙切齿地说:"耍我耍得跟蠢蛋一样,你心里挺爽吧?那么怎不继续耍下去,还来玩成亲这一套呢,寨主大人?"

一听这话,他却严肃起来了,面上退去了笑容,慎重且认真地对我道:"之前装出其他模样,只是想让你认识不一样的宋洛君,然后植入你的心里而已。至于与你成亲,那是我一直以来的心愿,我……"

"停!"我迅速喊停,脸色却慢腾腾地红了起来,这……什么跟什么?进行得很好的质问台词,突然间转换为告白模式,这让我接受不了。

意识到他接下来即将要说出的煽情言辞,我的手臂上顿时爬满了鸡皮疙瘩。表达情情爱爱的言辞,无非就是"我爱你""我喜欢你""我暗恋你很久了"……

思及此,我浑身一抖,双手松开他的衣领,转身正欲逃离,衣带就被人拽住,然后用力一拉,我整个身体就好像不听使唤一般,不由自主地往后倒退。

他顺势抽去我的腰带,随后身子一倾,被他压在桌子上。

他俯下身,轻啄了我的唇,附在我耳边轻轻道:"等了这么多年,终于娶到你,我好欢喜。"

看到我一脸呆滞,他笑出了声,凑近我的耳朵,用牙齿轻咬了一下耳垂,半是认真半是戏谑地说了一句:"我心悦你……"

我心悦你?我顿时傻眼,为什么他的表白词句和我所想的不一样?

盯着他线条柔和的侧脸,我有些恍惚,像他这般温雅睿智的人,怎会看上我?虽说早在我十五岁那年就认识了,可是在皇宫,我是君,他是臣,彼此除了朝政上,几乎没有什么交集。是以,当他说他对我有意时,我是真的震惊。

"春宵一刻值千金,咱们先歇息吧……"说着,他从我身上起来。

我以为他就这么离开了,刚想松口气,他便以迅雷不及掩耳之势,抓住我的肩膀,弯腰将我打横抱起!

晚风从窗户里吹了进来，红色的床帐轻轻飘飞，眼看他抱着我往雕花木床的方向越走越近，我心中警铃大作，剧烈地挣扎起来。

他摁住我的双脚，将我整个人送进花床，随手往后一拉，红色的纱帐如水般飘落，瞬间遮住了里头一双人影，叫人看不真切。

后背刚触及身下软绵绵的床垫，我顿时惊慌失措，当他的整个身子压下来时，我心急如焚，张嘴就往他白皙瘦削的脸上狠狠咬了下去，他顿觉吃痛，稍稍退开了些许。我逮住机会，抬腿对他的胯下一顶！成功看到他疼得眉头紧皱，俊脸微微扭曲，我立即弹跳起来，拼了命蹿出去。

我一路跑出东苑，累得直喘气。双腿软得跑不动，我便在一旁的梧桐树旁坐下，恰巧这时，一个声音从头顶上响起："金姑娘，跑累了吧？小的给您准备了一杯凉茶，您要不……"

他话还没说完，我便迅速从他手里夺过，咕噜咕噜地灌入喉咙。

我跑久了，累得不行，这茶倒是送得及时，我抬头，正想看看是哪个善良的人如此乐于助人，一张特别眼熟的大圆脸便映入眼帘——

他……他不就是宋洛君的贴身小厮小丁子？

他瞧着我，笑得一脸诡异："少夫人，新婚之夜玩逃跑是不对的，你是想让我送你回去呢，还是少爷亲自来请你呢？"

我刚想反驳，可一张口，声音就发不出来，有些干哑，未等我想出个所以然来，头脑便发昏，脚下一软，躺倒下来。

我气得咬碎一口银牙，什么蒙汗药药效这么快啊！

迷糊中，我似听见小丁子欣喜地说了声："少爷，您可终于来了！"

接着，我被拥入一个宽阔的怀抱……

他抱着我踏月而去，夜风拂过我的脸颊，可惜这时，我已经彻底昏死过去……

第二天醒来的时候，赫然发现自己被塞在被窝里，一扭头，果然就见他一张清俊的脸庞，酣睡在我身侧！

我第一反应是痛悔不已，我难道已经被生米煮成熟饭了？

我又气又急，翻过身来伸出双手，欲扯破他的脸皮，可转念一想，若是把他弄醒了，又该如何面对他？

想到这里，我恨不得拿个瓷盆把自己砸晕算了！

正悔得肠子发青，忽然注意到了什么……我猛然一低头，啊，衣服还在！

分明就是拜堂的那身红色嫁衣！

我立刻从床上起来，摆动身体，亦没发觉有任何的不适。我后知后觉地意识到，原来并没有发生那件事……

我心中的痛悔霎时烟消云散，心情好了许多。

再看宋洛君睡得死猪似的，我叹了口气，从后门出去。

路过寨里的小水沟时，就见到几个年纪一般大小的丫头在那儿捣衣搓洗。她们小手儿白嫩灵巧，握着木棒娴熟而有节奏地敲打着水盆里的衣裳。

我走近些许，便听见那几人七嘴八舌地议论着：

"要不是昨儿头一次看见大王摘下面具，估计我这辈子都不知道他长这个模样！"

"是呀是呀，寨主长得这么好看，倒是便宜了那个姓金的了。"

"哎，人家就是那个好命哟！可怜七姑娘昨晚一个人不吃不喝地躲在房里偷偷地哭……"

闻言，我脸色发僵。那个刘七七，我一时把她给忘了。

我记得当年，刘尚书家和宋家本是表亲关系，虽然有过口头婚约，

但据我所知,宋家人对刘七七还是喜欢的,大概也确有结为亲家的意思。

然而昨天,宋洛君贸然娶我,难道他就不怕日后遭到家里人的斥责?

"少夫人,早上好呀!"一个声音打断我的思绪,我一回头,见是小丁子,猛然想起昨晚他在凉茶里下了蒙汗药,我顿时火冒三丈!

见我脸色不善,他赔着笑脸,赶紧说道:"小的这是为您好呀,嘿嘿,少爷这些年来一直对您挂念着,这会儿终于成亲了,您却想着逃跑,这不是太让人寒心了嘛!"

这时,不远处忽然一阵骚动。我抬眼看去,就见宋洛君牵着一匹马,身后跟着一辆马车缓缓行来,身边围满了众多山匪。

他面如冠玉,衣带飘扬,含笑望着众人,拱手道:"宋某今日就要回城了,感谢寨里的兄弟姐妹对宋某的关照。"

此话一出,一片哗然——

"那……那你走了,谁来当头儿啊?"

"就是就是,咱们寨里,你也管理得好好儿的,干什么要走呀!"

"反正你也没什么正当事儿要做,干脆就留下来吧!"

他笑容清浅:"在下回城有事要办,所以是不能再回来了,从今以后,寨主之位便由你们的二当家老朱来继任吧!"他转头,对上老朱复杂的眸光,"二当家比宋某更能胜任寨主之位。"

平日里盛气凌人的老朱,此刻倒别扭了:"啰里啰唆,你们城里人就是这么矫情!"

我"扑哧"一声,不禁笑出声来。

哪知,宋洛君瞬间便把矛头指向我,笑道:"当然,宋某也将携带爱妻一同离开……"他看着我,话却是对别人说的。

"爱妻"两字被他念出口,我一阵恶寒,宋洛君这话,实在是叫人不敢恭维。

人群中不知是谁喊了一句"七姑娘来了"。我回头,就看到刘七七身边跟着三个大丫鬟,肩上手里拿着大包小包的,火急火燎地赶来。

刘七七来到宋洛君跟前,明显无视了我这个正牌夫人。她脸色苍白憔悴,好像大病了一场似的,有气无力地对他道:"表哥,你会带我一起走的对吗?"

她唤他作表哥,我丝毫不觉得意外。宋洛君揭了面具,露出真容,身份自然也无须再作任何遮掩。反倒是不知情的众人,个个一脸疑惑。

其中有人问道:"俺看你们都不像是什么寻常人,临走前,就告诉俺们大伙儿你们是什么来头吧!"

宋洛君笑而不语,只顾着和马夫交代路程。小丁子便走出一步,腰杆挺得笔直,对众人高喝道:"我家公子,正是当朝内阁第一首辅大臣,百官之首的丞相宋洛君!"

话音刚落,众人沸腾了!

如愿看到众人眼里的崇敬膜拜,小丁子的背脊挺得更直了,理所当然地接受大伙儿的敬仰之情。

对于小丁子这种傲娇的奴才,我表示万分鄙夷!还好,我家小桶子不会这样。这个念头刚在脑海中闪过,我心里微微泛酸,都过去这么久了,我还是记得那个机灵得跟憨包子似的小太监。

京城,那个繁华的地方,我离开不过半年的时间,如今却连某些人和事都忘记了。我忍不住想,若是我真的跟宋洛君回去的话,那么又该是怎样的一番情景呢?

"表哥⋯⋯"刘七七软软地轻唤道。

我眉头一皱,这姑娘咋又出来刷存在感了?

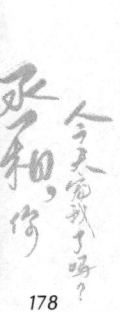

宋洛君摸摸小红马的颈毛，淡淡地回应道："你也一起上车吧。"

闻言，她面上一喜，扬起笑容正想说些什么，宋洛君便又出声了："到了太平镇，我顺路送你回府吧，你出来这么久了，你爹娘怕是担心得紧。"

一听到是要送她回家，刘七七顿时委屈地撇撇嘴，指着我不甘心地问道："那她回城后，要去哪里？"

我对她翻了个白眼，我还能去哪儿？皇宫，我是去不得的；药王谷，现在又不认得回去的路。是以，我也很想知道，他会如何回答。

宋洛君翻身上马，背对着我，可说出口的话又是那么理所当然："如今她嫁了我，不跟我回府，又能去哪儿？"

我心下一跳，这含蓄的腹黑君，何时变得如此直白了？

我莫名有些别扭，冷声道："谁嫁给你了！谁要跟你一起回去！"

他转过头来，炽烈的阳光洒在他清俊的脸庞上："你若是对昨日的婚事不满意，那么等我们回府了，再隆重地举办一次！"

我的脸颊微微发热，将头扭向一边，不去看他这张万人厌的脸。

刘七七发现自己又被忽略了，不由得幽怨地叹了口气，不再废话，撩起车帘钻进马车。

眼见她身边的三个丫鬟也爬上车了，我没来由地感觉气闷，就站在原地，愣是不肯上车。

马夫也等得不耐烦，却碍于我是宋家少夫人的身份不敢随意吐槽，只得拐弯抹角地说道："小的第一眼看见少夫人的时候，就觉得少夫人是那种品德优良、善解人意的贤淑女子。咱们这会儿要赶路早点抵达京城，少夫人一定会配合的吧？"

我嘴角抽了抽，我这个样子也算贤淑？然而我更是不买账，扭头就往山寨的半山腰走去。

马夫见我如此任性，实在无计可施，只得对前头领路的宋洛君高喊道："少爷！少夫人跑啦！"

我走不到十步远，一只枣红蹄子的马腿便立在我眼前，挡住我的去路。我心中躁闷，抬头随意扫视一眼，果然见到宋洛君骑着小红马停在我面前。

我愣了大约三秒的时间，顿时反应过来，转身就往偏僻的山路奔去。至于为何选择偏僻的山路行走，我想，满是土坑碎石的路，马儿定是走不了！

哪知，身后响起马儿刨蹄的嘶吼声，我一惊，不禁回头一看，就见宋洛君施展着轻功乘风而来，就在我还来不及惊呼一声时，已被他扛在肩上，寒风在耳边呼啸而过。他纵身一跃，顿时翻上马背，迅速将我安放在身前。

我惊呆了，愣愣地直视前方。他一手环住我的腰，另一只手牵着缰绳。他俯下头，嘴角贴在我的耳朵上，声线温润，轻声呢喃道："你都是我的人了，还想逃跑？"

我冷哼一声，这人要不要这么自恋？然而他又继续说："是不是对你不够好？唔……"他沉吟了一下，"那我往后的日子一定对你更好一些……"

我嘴角将要上扬，又瞬间拉下来，恶声恶气地说："我不会和你在一起的！"

他轻笑一声，贴在我背后的胸膛轻轻震了震，微微有些痒。他把手伸下来，抚上我平扁的小腹，半是感叹半是企盼："倘若你这里有了我的孩儿那该多好？这样你就安定了，不再想着离开我了……"

他话语中的暧昧让我红了脸，可同时，让我有些心酸。

其实，他对我的喜欢，我并不觉得有多难以接受，况且，在皇宫那些年的朝夕相处，我对他还是有好感的。现下对他这般态度，只不过是恼恨他太过独来独往，什么事都擅自做主，单单欺瞒着我。

于是，我说道："跟你回京可以，但我不回你家！"

他悠悠地驾着马，凉凉地说道："这可由不得你，如今你已嫁了我……"他顿了一下，虽然最后一步并没有坐实，"无论如何，你已经是我宋家的媳妇，为夫带你回去拜见公婆，不是天经地义吗？"

我张嘴正要反驳，他忽然探过头来，快速往我的脸上亲了一口。

我一窘，抬手狠狠掐了他的大腿，他哈哈大笑几声，便一甩皮鞭，策马而去……

我坐在马车里，睁大眼睛向对面主仆四人瞪去。

瞧着这四人，我特别闹心。回个老家还得精心打扮，这不，都在马车里照镜子，描眉涂腮了。

我百无聊赖，随手掀开车帘，探头望望外面的风景，往前一看时，就见他一身淡蓝长袍，高坐在马背上，为马车引领方向。

不知是心有灵犀还是怎的，他忽地回过头来，恰好与我的目光相对，他乌黑的眸子，神色沉沉，有些意味不明。我不解地拧眉，正想再看仔细些，他忽然一笑，这回我更摸不着头脑了，只得讪讪地放下车帘。

缓了片刻，我再回想他方才的眼神，蓦然想起昨晚被戏耍的憋屈！

我气鼓鼓的，而对面的刘七七自我掀开窗帘，与宋洛君对望后，便一直憎怨地盯着我瞧。

不知她联想到什么，忽然掩面而泣，嘤嘤嘤地哭出声。

三大丫鬟见状，腾地站起来，对我怒目而视。

我摸摸头，实在不知道她们又在玩什么。我掏出一方手帕，刚要递给她擦泪，那丫鬟便大喊停车，而那刘七七还抽个不停……呃，哭个不停。这时，马车停了，马夫大叔站在车厢门口，将要问话，刘七七身边的大丫鬟便尖声叫道："有贱人害我家小姐！"

我嘴角一抽，怎么感觉我好像身在马戏团里？

马夫大叔凑近一点，从他那个角度来看，正好窥见刘七七哭得"肝肠寸断"的表情。

马夫大叔顿时扭头看向我，脸色黑了大半，满是指责和鄙夷，完全没了之前的恭敬和奉承。

"枉我老林尊你一声少夫人，哪知你竟是这般鸡肠小肚！虽说表小姐之前与少爷有过婚约，可他现在娶的也是你呀！为何还要刁难表小姐？就不能息事宁人，宽容大度点吗？"

等等，又在说什么婚约？宋洛君这一路来申明了多少次，没有婚约这回事，怎么这里的每个人，常把婚约挂在嘴边，看我的眼神都像是抢了别人的夫婿似的。

我心情很不美丽，慵懒地躺回软卧上，看在马夫大叔吐槽了这么多字眼出来的份儿上，我要是不来个神回复慰问慰问他的话，岂不是太对不起他教导了我这么多？

是以，我干脆利落地说道："表小姐是哪个'表'？"

我没忍住，以谐音回敬。

马车内诡异地静了一瞬，而后，那姑娘哭得更凶了。

"你！真是欺人太甚！"马夫大叔瞬间正义感爆棚，他深吸口气，猛地拔高音量，对我这些时日的种种劣迹愤声批判道，"真不晓得少爷究竟看上你这个野丫头哪里了！是美貌吗？我想少爷绝对不是那种肤浅的好色之徒！哼，要我老林说，你除了长着一副狐媚皮相，便是一无是处！

拿什么跟表小姐比?人家要身份有身份,要德行有德行,要容貌有容貌!你看看你自己,穿的粗布麻衫,一看就是个穷人家出生的,整天吃这个喝那个,跟没见过世面的乡巴佬似的!家教礼仪更是粗鄙至极,毫无我们表小姐的半分大家闺秀的模样!告诉你!等回了宋家,甭管你和少爷成亲没成亲,洞房没洞房,全是老爷和老夫人说了算!"

他连珠炮似的,轰个不停,说到动情之处,忍不住扯开嗓子,大号道:"我的少爷哟!咋会看上你这种没教养的……"

"林叔的嗓子可真好,我允许你从今以后,去山上唱山歌。"

宋洛君温和的插话,却不显得突兀。车厢内的几个人顿时一惊。我微微怔了一下,回头却见他不知何时已经立在马夫大叔的身后了。

那人手脚慌乱,这会儿说话都不利索了,结巴道:"少少……少爷你说啥?"

宋洛君双手负于身后,脸色淡淡的,和平时一般无二。

小丁子从外面探过头来,对马夫大叔招招手,吹了一声口哨儿,欢快地吆喝道:"老林快随我一起走嘞,我带你去唱山歌啦!"

我一口气喷了出来,这狗奴才,成天只会仗势"气人"。

马夫大叔望着绿油油跟帽子似的山野,脸上浮现一种对渺茫前途的绝望和无奈。

其实我认为,唱山歌也挺有前途的,马夫大叔这一大把年纪还没成家,说不定和山上的妹子们对唱一句,这终身大事就定了呢。

所以,我对宋洛君这个明智之举大为赞赏。

马夫大叔颓丧地走下车门,跟在小丁子身后。小丁子笑得很欠抽,一路摇头晃脑地走在前头,风声有点大,我隐约听见他说了这么一句——

"哎,老林啊,你得罪谁不好,偏偏得罪少夫人,要知道哟,少爷是个宠妻如命的人，得罪了她，就等于得罪了少爷，啧啧啧……"

宋洛君一步跨入车厢，与我并排坐在一起。

刘七七自打他一出现，就眼巴巴地瞧着他。她脸上泪痕未干，不但没有影响她的颜值，反而更显得楚楚可怜，梨花带雨。

见宋洛君不语，她咬着唇瓣，怯怯地唤了声："表哥……"

宋洛君抬眸瞥了她一眼，点头"嗯"了一声。

闻言，她垂下头，音若蚊蚋："我……表哥会不会怪我？"

他双手放在膝盖上，颇有些大哥哥教导小妹妹的口吻说道："怪你什么？你毕竟还小，不懂事，只要不是涉及你表嫂的事，我自然不会介怀。"

他这话说得很有技巧，一语双关，不愧是腹黑丞相。

之后，换了小丁子来驾车，充当马夫。那小子的脑瓜子倒是机灵聪明，选了几个岔道，眼光独到挑了小路走。

两天的急赶，除了夜间歇息，白天就一直赶路，没有停顿下来，也没有转路去哪里游玩。

如此行驶，约莫行了三天半的路程，就抵达京城。

宋洛君一向雷厉风行，进了城之后，就命小丁子转路去往太平镇，先把刘七七送回尚书府，再回宋府。

然而到了太平镇的西街口，却见尚书家的府邸成了一片废墟。看着地上炭黑一样的颜色，不难看出这是被火烧的迹象。

刘七七被丫鬟搀扶着下车，乍一见这烧得黑乎乎的墙壁屋檐，顿时惊吓得忘了反应，只是眼泪争先恐后地滑落下来。

她身边的丫鬟不停地安抚着她，却见她无语流泪。

27、假媳妇也要见公婆

宋洛君没有上前安慰她,只是站在原地皱眉思索。

过了片刻,他从袖中掏出一锭银子走进一家酒楼。我跟着他一同过去,他将银子放在柜台上,温和有礼地问道:"这位大哥可否告诉我,西街口的尚书府被烧毁是怎么一回事儿?"

那掌柜乍一见到那么大的一锭银子,顿时两眼放光,而后毫不犹豫地收入囊中,对着宋洛君上下一阵打量,再看了看我,小声问道:"你们夫妻二人,是刘尚书家的远房亲戚?跟你们说,这好端端的一座府邸,就平白无故被人烧毁,也不知是哪个恶棍敢这么烧了朝廷命官的御赐府邸,哎……事情都过了十几天了,官府愣是没抓到放火的恶棍!"

我和宋洛君面面相觑,心中同样起疑。他想了想,继续问道:"那你可知,刘尚书一家……是否无恙?"

掌柜捏了捏嘴角边的八字胡:"我怎么知道!不过我倒是听说,刘尚书一家在事发当天,就迁移了,据说是投靠京城宋家去了!"

我心中"咯噔"一声,不会是住在宋家了吧……

宋洛君看了那座废墟一眼,对刘七七道:"方才打听了一下,你爹娘此时在京城,你且跟我一起回去吧。"

刘七七猛地抬头,眼底是四分惊异,六分惊喜。

马车掉头往皇城的方向行去。

车厢内气氛静默,没有人打破这样的氛围。一整个下午都是如此,我实在坐不住,几次忍不住想要跳起来活动筋骨。

终于,我听到人群喧闹的声音,听到大街小巷各路小贩的吆喝声,甚至,我还闻到东门路的烧烤摊的鱿鱼味儿……

我整颗心仿佛一瞬间就沸腾起来!当下掀起车帘,把整个头伸到外头去,重温这座属于皇城的繁华。

去年我恨不得彻底离开皇城,然而如今,我却又以另一种心态回到这里。我摇头,心里暗叹,人果然是不靠谱的,彼时和此时,想法不一定相同。

马车行到城门之时,有士兵前来拦车。那人一身小兵的模样,对驾车的小丁子喝道:"什么人,都给我下车瞧瞧!"

我心下疑惑,城门守卫何时如此森严了?

小丁子觍着脸笑问:"京城啥时候下令,进城的人都要面见呀?"

其中有士兵插嘴道:"少废话!都快下来,否则别怪小爷不放行!"说着,他一边抬手擦擦汗,"这鬼天气,真是热死小爷了!你们要进城都赶紧下来,要不然别想进城!真是的……"

小丁子懒懒地打了个呵欠,随后从腰上摸出一个令牌,伸长了手,让几个守门的士兵清楚看到令牌上刻的字。

那几个士兵,一瞧见那块令牌,顿时吓得腿软,"扑通"一声,直直跪下:"丞……丞相大人!小的有眼不识泰山,您大人有大量,别给我等这无名小辈记仇!"

我听了,下意识地看向宋洛君。

此时他半靠在软卧上,闭着眼对外头跪着的士兵淡淡问道:"本官出城不过半年时间,这段日子,城里可发生什么事了?"

跪在地上的士兵冷汗涔涔，把头埋得低低的："近来有不少敌国人士，扮作商旅贸易之客混入皇城。前几日摄政王发现后，便下令严查每个进城的外来客……今日卑职冒犯了丞相大人，请大人恕罪！"

宋洛君垂下眼帘，不知在想些什么。

丞相府建立在皇宫的背后通道，宋洛君的府邸，我是识得路的。然而，马车的方向却偏了，我不禁疑惑道："这是要去哪儿？"

这回，未等宋洛君答话，一直缄口不言的刘七七便开口了："往这条路一直走，就到了宋家老宅，舅母舅父的祖屋。"

她说完，觍着脸巴巴地望着宋洛君，好似等待表扬夸奖的小狗。

宋洛君看也没看她，兀自沉思着。

倒是她身边的三大丫鬟搭腔了，那话儿，说得阴阳怪气的。

"小姐自年幼时，奴婢便陪您来宋府住过一段时间，如今过去七八年了，难得小姐还认得路……不像某些人，自持着宋家媳妇的名号，却连公婆家的路都不认得！"

我斜睨了她们几个一眼，讽道："你们姑娘三人，都认得宋府的路，这么说来，你们便是宋家媳妇，二老便是你们的公婆了？"

那几人顿时噎住，脸色涨得通红，恨恨地瞪了我一眼，便识趣地闭上嘴巴。

马车驶入一条修饰清贵的青石街，然后缓缓停车。

宋洛君首先跳下车，刘七七便赶在我跟前，成了第二个下车的人。她提着裙摆，小脸儿微红，轻声道："表哥扶我一下可好？车太高，我怕……"

我瞟了不高不低的地面一眼，这也算高？

宋洛君淡笑着看她，而后微微沉声道："丫鬟都在哪儿？还不快来

扶小姐下车！真是……磨磨蹭蹭的，要你们何用？"

刘七七一听这话，眼中的神色不由得暗淡下去，只好任由三大丫鬟扶着。

我是最后一个下车的，我望了眼低矮的地面，心中暗暗估算一下，这样的高度跳下去，定安然无恙，打定主意，我弯腰卷起裤脚，正准备跳下去时，忽然身体腾空……

我蓦地抬头，恰好对上他低垂的视线。

我呆了一瞬，而后意识到此刻被他抱着，我脸上发热，急着要下来。他双臂微一用力，便抱得更紧了。

这时，大院门一阵高呼，我扭头看去，就见一群男女老少一窝蜂地拥出来。

"少爷哟，你终于回来了！走了大半年，终于肯回来了！我……我立马去通知老夫人！"说话人是宋洛君的奶娘，她抬步将要去佛堂请老夫人，一转眼，就见我被宋洛君抱着。

"少爷，光天化日之下，搂搂抱抱，可不妥啊？"她细小的绿豆眼微眯，语气意味深长。

宋洛君轻笑一声，把我放下来。我气恼地瞪了他一眼，就听见他说："烦请奶妈跟我娘说一声，孩儿已带媳妇儿来拜见她了。"

那个中年妇人这才会心一笑，疾步离去。

一干家丁奴仆像动物园看猴子似的打量着我，我瞥了他们一眼，也不理会。

"表哥……"刘七七苍白着脸，又出来刷存在感。

这时，大伙儿的目光终于转向她，大呼道："表小姐！你可终于和少爷回来了，尚书府被歹徒烧毁，刘老爷刘夫人都住在咱们宋府的西院，我带你去见他们吧?"

她眉宇笼上清愁,微微摇头,这时,恰巧宋老夫人被奶娘搀扶着来了。

我抬眼一看,那是一名身材消瘦、慈眉善目的中年美妇,她眼角刻着皱纹,一双乌沉的眸子,与宋洛君颇有几分相似。

还没等她发话,宋洛君便上前,躬身请罪:"孩儿不顾您老的劝阻,擅自离家,如今归来,请娘亲降罪。"

宋老夫人一听,顿时眼眶泛红:"真是……不孝子!"

她口上说着训斥的话,而手上的动作却不缓片刻,只将他半扶起来,嘴上碎碎念:"回来就好,平安回来就好……"

而后,她眼角余光瞥见我,不由得走近向我看来:"这位姑娘是谁?"

宋洛君笑笑:"孩儿这次离家,便是特意给您寻个儿媳妇回来的,她就是……"

"舅母!"刘七七适时截断他的话,企图引起宋老夫人的注意。

"哎,七七也来了!"宋老夫人听见刘七七的声音,不禁惊喜地扭过头来,转身上前拉住她的手,"好好好……都回来就好!这会儿你爹娘也在府里留宿,趁着两家长辈都在,你和君儿的婚事,就一起办了吧!哎,这小时候定下的亲事,拖到这么久才办,可怜我要等到猴年马月才能抱个大胖孙子哟……"

刘七七喜上眉梢,连连应是。

我的脸色不用照镜子也知道要多僵就有多僵,这算什么?

我回头以眼神冷冷注视宋洛君,他凑近我,悄悄咬了一下我的耳垂,低声道:"你这副要吃人的模样,可会吓到我娘。"

我斜睨着他,就回了两字:"呵呵。"

"孩儿已经成亲,娘亲让我与表妹成婚,莫非是想让孩儿二婚?"

"二婚？"宋老夫人一时愣神，摸不着头脑，随即，她又不可置信地瞪大眼睛，"你已经成亲了？"

宋洛君一把揽过我的腰，对着大院上下的家丁奴仆道："她，金篱，便是我宋洛君倾尽一生，唯一想娶的人。"

我抬抬胳膊，捅了他一下，这家伙，这么煽情是想闹哪样？然而，我心里却不知为何，好像塞了一块棉花糖，在心尖处慢慢融化，带着点儿甜蜜。

"胡闹！"宋老夫人双唇哆嗦，紧紧盯着宋洛君，连我这个拜过堂的媳妇儿也懒得看上一眼，"婚姻大事皆由父母之命，媒妁之言，你这般擅自成婚，是不把高堂放在眼里了吗！"

"孩儿不敢。"他的身板直挺如青松，语气风轻云淡。

宋老夫人被奶娘扶着坐在石椅子上，她抚摸着起伏不定的胸口，喘了口气，冷声道："我谅你也不敢！"

刘七七立时来了精神劲儿，殷勤地倒了杯茶水给老夫人解渴，那动作干脆利落，哪有平时半点弱柳扶风之态？

宋老夫人赞许地对她颔首，随后意味不明地瞥了我一眼，对宋洛君道："没有我的认可，这婚事算不得数！"

闻言，在场的家丁奴仆个个目瞪口呆。我分明瞧见，刘七七主仆四人皆是一副胜券在握的模样。

宋洛君并没有做出什么激烈的反驳，依旧是笑容清浅，继续语不惊人死不休：

"哦，孩儿忘了告诉您老，阿篱有喜了……"

此话一出，我当场血都要喷了出来！

"怎么可能！您和金篱成亲不过五日，怎会这么快便怀有身孕？"

刘七七身边的大丫鬟急切地反驳道。

我点头，暗道这丫头倒是机灵着呢，正坐等宋洛君会如何瞎编，就听见他口中蹦出一个几乎让我羞愤欲死的理由！

"我与阿篱两情相悦，早在婚前，便有过肌肤之亲，后来，我发现她有了身孕，才趁早把婚事办了。"

我恨不得上前撕烂他的嘴，然而他修长的手指，在我的手心里轻轻地画了几个字。我傻傻地等他画完，才知道他写的是：若不想让我再娶，便乖乖配合。

刘七七的脸色一刹那煞白。

她身边的小伙伴也惊呆了。

一直不清楚事态的观众们雷倒了。

然而，宋老夫人顿时喜极而泣。

她挥开奶娘的搀扶，一口气奔到我面前来，激动地按住我的肩膀："孩子几个月了？肚子有时候是不是很疼？恶心干呕有没有？"

我施施然地瞅了她一眼，我能说我啥也没有吗？

然后，宋洛君淡笑着牵住我的手，脸不红气不喘地继续鬼话连篇："阿篱她怀孕，什么也不懂。幸好我读过些医理常识，对害喜腹痛之事，倒也略知一二。前阵子她吐得厉害，我亲手熬了点鱼汤给她滋补，然而她一闻到鱼腥味，便又吐了，唉……孕妇可难伺候了。"

我的手笼在袖中，拳头握得咔咔响。你何时亲手熬鱼汤了？我几时吐了？你啥时候伺候过我了？

宋洛君你还能再无耻点吗？

宋老夫人此时明显忘了方才她对我的恶劣态度。这脸翻得比书还快好吗？

"篱儿还不快进屋歇着！这外面天气热，万一中暑了怎么办！"宋老夫人顺手给我拢了拢衣领，牵着我慢腾腾地入屋。

我低头看了看她小碎步似的脚程，活像走铁索那般小心翼翼。我嫌她走路太慢，这样走进屋，都不知道要等到什么时候。

于是，我加大步伐，她就一惊一乍："慢点儿慢点儿！当心肚子！"

我嘴角抽抽，实在无言以对，转眸看向宋洛君，用狠厉的眼刀子将他凌迟。

都是这厮搞出的幺蛾子！

宋老夫人的态度转变，全因我有了"身孕"。是以，宋府上下奴仆都认定我是这府中的女主人了，毕竟没有正式的成亲流程，没有双方长辈的见证，如此倒显得有些名不正言不顺了。

然而眼下怀了身孕，倘若生出来的是宋家长孙的话，这宋家的正室夫人的位置，便是坐实了的。

刘七七整日郁郁寡欢，她身边的三大丫鬟整日碎碎念，小嘴片刻不消停，无一不是在诅咒我生不出孩子，或流产或滑胎，要不然就是生出一个四肢不全的丑八怪……

这话有一回不经意传到宋老夫人耳朵里了，之后，那三大丫鬟被狠罚了一顿，老夫人还不解气，硬是要把她们赶出府。

刘七七与那三人本就情同姐妹，见她们被赶，死活要陪同出府。

再然后，刘尚书和刘夫人便不依了，两家的关系闹得很僵。

"我说大嫂，你们是不是仗着家里出了个当丞相的儿子，就了不起啊？看我们刘家落魄了，就当我们好欺负，随便找了个乡野丫头就来挤掉我家七七！"刘夫人一手挽着刘老爷的手臂，另一手扯着闺女的袖子，冷哼一声，目光落在我的平扁的腹间，阴阳怪气道，"乡野山村来的丫头，手段儿可高超了,就不知道这肚子里是不是真有孩子……"

宋老夫人一听,转眸定定地瞧着我。我被她瞧了许久,颇有几分心虚,就听见她说:"你就先在府中安心住着吧。"她抬抬手,吩咐奶娘,"派人去皇宫请孙御医过来,就说丞相夫人怀孕了。"

"丞相夫人"这四个字,我听得出来她是刻意加重了音调。她这半讽半刺的话语,我听得心里憋屈!然而如今我寄人篱下,不得不忍着。假若出了府,按现在整个京城的局势,如此森严的把守下,想走也是无路可去。

刘尚书一家这么留了下来,三大丫鬟也是安分守己,不敢再胡言乱语。

过了半刻钟,宫里的孙太医提着药箱子,风风火火地随着家丁迈入宋府大门。

恰在这时,宋洛君下朝回来了。

孙太医看见他,扶须笑眯眯地说道:"丞相大人如此低调地成亲,搞得神神秘秘的,无人知晓!等到贵夫人有喜了,老夫才因此得知,哎!成亲为何不摆个酒席,请老夫来喝杯喜酒呢!"

宋洛君笑笑:"我夫人不喜热闹,便隐秘些把婚事办了。"他伸手做了一个请的姿势,与他一起走进偏院。

他俩之间的对话,我与宋老夫人在屋里头听得很是清楚。

我心中忐忑不安,在红木椅上碾来转去,如坐针毡。

宋老夫人斜睨了我一眼,淡淡道:"要想成为我宋家的媳妇,可要学好各式礼仪,要坐有坐姿,站有站姿。懂了吗?"

我暗自撇嘴,对她的话不以为然。我从小在皇宫长大,身为皇位唯一的继承者,多少人监督着我的一举一动,多少人对我的身份虎视眈眈,整天儿活在低气压的环境中,勤俭和善、知书达理是必要的!那些言行举止,诗书礼仪我能学不会吗?恐怕我学的比他们还多,更严格呢。

当我看到孙太医时,我惊得眼珠快要掉下来!

这……这人不就是先前我在皇宫时,专属的贴身御医吗!

见他抬眼向我看来,我心里一个激灵,忙低下头去。是以,我没看见他眼底快速掠过的震惊。

"孙太医啊,真是麻烦你专门跑这一趟为我儿媳诊脉了……"宋老夫人说着,便叫下人去沏茶。

孙太医说话有些不利索了:"不……不客气,为皇……为少夫人诊脉,老臣荣幸之至。"

接着,一只布满褐斑的手就向我伸来,我一惊,几乎是下意识地想躲开。女扮男装这么多年,不管是身体不适还是心里有病,我都寻出各种理由拒绝让御医诊脉。自小,母后就对我千叮万嘱,无论何时何地,绝对不能让医者诊脉,否则身份就会暴露!

这么多年了,不让御医看病,已成习惯。只要一看见御医,我都会多留个心眼儿,避免与他们接触。

就在我想缩回双手的时候,宋洛君展臂揽过我,低声附在我耳边道:"莫慌。"

他的声音温雅清润,如轻风般温柔。紧绷的神经蓦然一松,于是我放心地伸出手,任由孙太医把脉。

在宋洛君淡漠又冷凝的目光下,孙太医战战兢兢地诊断。

他有些愣愣地看着我,白花花的胡须抖啊抖的,我也跟着抖着,心里紧张不安,不会被揭穿了吧?

老夫人在一旁,看了孙太医的神情,不由得起疑了:"太医,我这儿媳腹中的胎儿,是怎么一回事啊?"

宋洛君眸光微冷，一眨不眨地盯着孙太医。我瞧着宋老夫人审视的目光，孙太医闪躲的眼神，我下意识揪紧宋洛君的袖口。

忽地，手上一暖，我微微低头，就见自己的手背，覆上一只修长白皙的大手，温热的暖气包裹着我的手心。

"少夫人身子无恙，倒是……倒是面色发红，怕是肝肺上火了。"孙太医如是说道。

宋老夫人瞟了我一眼，意味深长地缓缓说道："孙太医，老身方才问的，可是她腹中的胎儿！"

"这个……呃……"孙太医擦擦额角的汗，支支吾吾。

就在我以为他要揭穿我并没有怀孕的事实的时候，他忽然道："少夫人生性好动，稍一不注意，便影响到胎儿。方才老夫诊脉时，赫然发现少夫人腹中胎位不正！"

胎位不正？我一听，顿时满头黑线，这么扯淡的理由，孙太医你也好意思说出来？

宋老夫人激动得弹跳起来："什么？胎位不正！"

"呃，是这样的，少夫人生性好动，估计是平时做了什么剧烈的运动，才导致胎位不正，老夫以为，少夫人该静心养胎，多吃点有营养的东西……"

宋老夫人责怪地看了我一眼，而后附和着点头。

孙太医说谎，我诧异至极，不由得将疑惑的目光看向宋洛君。还未等宋洛君开口，孙太医便躬身道："既为少夫人诊完脉，老夫就先行离开了，宫里还有事要忙。"说着，他拂了拂袖袍，正打算转身向大门走去，宋洛君的声音便响起了。

他微微一笑："劳烦孙太医特意跑了这么一趟，这样空手而归，反倒显得我们宋府招待不周,毫无敬意了。"

宋老夫人自孙太医口中听到我肚子里有"存货"后,脸色霎时如雨后彩虹般明媚,她和气地笑笑:"君儿说得对,咱们该好好儿答谢孙太医!"她抬头对厅口充当木头人的管家大声道,"老杨,去账房取一百两白银,作为孙太医的诊费!"

"慢着——"宋洛君扬手阻拦,见管家不明所以地看着他,他垂头轻笑一声,对老夫人道,"孙太医在宫里当差已久,什么金银珠宝没见过?而这些东西,倒把清正廉明、宅心仁厚的孙太医给俗化了。"

宋老夫人愣了一愣,摸摸下巴,道:"也是,只是……除了银两,还能以什么东西代为诊费?"

"听说孙太医写得一手好字,尤其对名贵的文房四宝钟爱有加,恰巧前段时间,我外出游历时,偶然得到一套沉香木制成的笔杆砚台……所以,把这物什送与孙太医,不知孙太医可愿笑纳?"

孙太医一听是世间难得一见的沉香木,两眼顿时放光!他搓搓手,瞧着书房的方向,巴巴道:"这不太好意思吧……"

宋洛君笑得像只狐狸:"那有何妨?孙太医随我去书房拿吧。"

之后,孙太医欢喜地与宋洛君一路说说笑笑往书房走去,我看着他们远去的身影,怎么看怎么觉得有阴谋?

我正迈开步伐想跟上去一探究竟,就被宋老夫人叫住了:"别乱跑了,你现在有孕在身,还是先回到房里歇着吧,等会儿我便让丫鬟去给你送饭。"宋老夫人一脸和蔼可亲,言笑晏晏。

我望着她,忍不住想,倘若我告诉她,我并没有怀孕,不知她是否会气得吐血?

我很听话地出了大厅,然后躲在一旁的假山后,等着老夫人出来,接着我便又闪身进入大厅,直奔宋洛君的书房。

我扶着墙,努力把耳朵凑在墙壁上,整个人跟壁虎似的,贴在墙上紧紧的。

里头的谈话声很小,不凝神细听压根听不到。我隐约听到"皇太后被囚德宁宫""摄政王独揽政权""五十万禁卫军已归入摄政王麾下"等让我惊心的重大消息。

我魂不守舍地傻站在书房门口,直到宋洛君和孙太医从里面出来,我仍处在呆愣状态。

孙太医一开门,乍一见到我杵在门口,不由得吓了一跳:"皇……少夫人!"

宋洛君走过来牵住我的手,不由得皱眉问道:"手怎么这般冰凉?"

"皇上她可能是……"

"孙太医!"宋洛君骤然打断他的话,眸光深沉,"方才我已跟你说过,望你好生牢记。这世上再也没有一个叫金篱的皇帝,只有丞相府的少夫人金篱!"

孙太医被他一呵斥,不禁缩缩脖子,连连应是,便欠身告辞了。

宋洛君伸手牵着我,正欲走出大厅,我忽地问:"母……太后被囚禁了?"这一声太后,出口时艰涩至极,喊了十八年的母后,怎是一朝一夕就能改得了口的?

他也不隐瞒,索性全说了:"她一边暗通敌国云启,暗中割让了领土给了云启国,只为求得敌国的支持;另一边又在朝中培养自己的势力,前阵子偷了兵符占为己有,那形势可看出太后的目的……"他说着,便停顿下来,见我的脸色有些白,于是他握着我的手紧了又紧,"她的目的是什么,不用我说,想必你也清楚——她企图夺权朝政,登基为帝。"

虽然早就知道是这个答案,然而听他这么直白地说出来,我的心还是忍不住颤抖了一下。

我从未想过,随性洒脱又亲和的母后,竟有如此的狼子野心。与此同时,我突然想起,既然我不是她亲生的女儿,那当初她收养我,又是抱着什么目的?

我拉住宋洛君的衣襟,急道:"我要进宫!"

他的神色变了变,半晌才道:"即使你进宫了,也无法接近德宁宫,那儿有重兵把守,戒备森严,更别说去救她出来。"他看着我,目光意味不明。

我扶额,叹了口气:"你想多了,我只是想见她一面……"

"我不会让你进宫。"他的声音有些沉。

我惊愕地望着他,他双手按住我的肩膀,轻声道:"我怕你进宫后,就出不来了。"

我愣了愣,一时竟无言以对。

28. 好一个腹黑郎君

CHENGXIANG,
NI JINTIAN CHONG WO LE MA?

回到房里,我瞧着眼前空荡荡的雕花大床,忽然之间有了种长夜漫漫、无限寂寥的感慨。

如今我与宋洛君已是结发夫妻,本该同房共寝。然而我利用"身怀有孕"一事,拒绝同房。如此一来,倒也免去不少尴尬,只是越发显得清冷。

回头望了望窗外的夜色,月明风清,我打算出去走一走。

宋府的宅院面积很大,一路柳暗花明,溪水潺潺,虽没有皇宫王府那种金碧辉煌,可那种古色古香的韵味,小巧精致的布局,也是一般大家宅院比不上的。

入了夜的宅院,景物增添了几分朦胧柔和的美感,我兴致很好一路观赏。

走着走着,我便来到前庭的一座荷心桥。桥身镶着精美漂亮的石子,桥下满池荷花。

我抬眸,目光上移,落在那人颀长高挑的身姿上。

月光洒在他淡蓝的衣袍上,有风微微拂起他素白的衣带,他清润儒雅的面容,有几分不食人间烟火的缥缈。

我实在没想到出个门散个步还能遇见他。

四周静谧,池蛙潜在水里,偶尔低鸣几声,非但没有打破寂静的气氛,反而让夜晚更加寂寥清静了。

他站在桥上与我对望着,我闻着空气中淡淡的荷花香气,扯了扯嘴角:"那啥,那荷花开得挺好的,你慢慢欣赏啊,我困了,先回房……"正待要转身,手腕蓦然被人握住,我心下一紧,将要挣扎,就被人从身后一拉,转而撞入他的胸怀。

清淡的冷梅香气扑面而来,宋洛君将我拥在怀里,下巴抵在我的头顶上,叹息道:"都这么久了,你一直没正视我对你的感情。"

我心里一个激灵,又来了!面对这样的深情模式,我表示很无力。

"哎,现在这样,不是挺好的吗!"生活平静,吃穿不愁,多好?非要什么情情爱爱、甜甜蜜蜜干什么?

他抬手轻抚我的脸,默了一会儿,哑着嗓音道:"我这个人,比较贪心。我不仅想得到你的人,还想得到你的心……"

说完,他俯身吻了下来。

他的亲吻有力、急促。

我脑中"轰"的一声,爆炸开来,睁着眼睛呆呆地望着眼前忘情拥吻的男子。

这个人,从第一眼见到我,便知我是一只假凤虚凰。

这个人,从初遇到如今,一直欺我、瞒我、算计我。他的每一件事、每一个计划,都含着算计。他是那般精明却内敛的人,做的每一件事,从来没有不合理,只有符合心意不损利益。

那么,他喜欢我,对我的感情,其中到底包含了几分真实的情意?

想通这一点,我不禁使了点力气,将他推开。

他的眸中光彩流动,迷离朦胧,就像荷花池里的水波。

"你说,你是否也像我喜欢你这般喜欢我?"

听着他绕口令似的语句，我茫然地眨了眨眼，有点反应不过来。他把我的神情收入眼底。接着，他后退几步，苦笑一声，呢喃道："夏天的池水，真凉啊……"

说罢，他身子后仰，就要往荷心桥下面的池塘栽下去。

"你……"我大惊，手疾眼快地揪住他的衣领，在我惶恐焦虑之时，他忽然纵身一跃，瞬间将我抱起！我一愣，猛地抬头，就撞进他星光璀璨的眼眸里。

"我知道了，你喜欢我！"他如此笃信，眉宇间神采飞扬，哪有方才的半点黯然神伤？

待反应过来，才知道被他耍了！

"你居然骗我！"

对我的怒目而视，他轻笑一声，缓缓说道："不如此哪能知晓你对我的心意？"

说到这个节骨眼上，我的脸一阵发红，抬手摸摸滚烫的双颊，我深深觉得，我的脸皮在这厮堪比城墙的厚脸皮上，已逐渐被削薄，闹得我现下这么容易脸红。

思及此，我眉毛倒竖，狠狠地掐住他的腰！夏季的衣裳较为单薄，是以，我能准确地掐住他腰间的肉。他疼得倒抽口气，直呼"娘子饶命"。

我勾起嘴角，禁不住笑了。就在这时，他以迅雷不及掩耳之势，将我打横抱起！在我的惊呼声中，他抱着我直奔主屋，而后重重地甩上门，发出"嘭"的一声巨响。

隔了大半座院子的小丁子顿时被吓醒了，兴冲冲地跑来，直接把门踹开了。当他看到飘落的床帐时，顿时愣在当场。

他顶着乱糟糟的头发，站在门口，有些傻眼。

我吓了一跳，下意识地躲进被窝。

宋洛君一脸阴沉，将要开口，就听见小丁子打着舌根说道："少少……少爷你们继继继续……"说着，又"嘭"的一声巨响，门又被关上……

我呆了呆，口中的话还未说出，就被一个温软微凉的东西堵住。他温热的气息扑面而来，带着热切的渴望，好似久旱逢甘雨，失去了以往的自持和冷静，急切降临。

我亦缠上他，与他一同滚入红得闪光的床被。

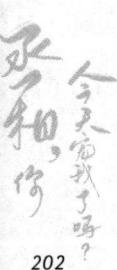

29. 番外 宋洛君

宋家,世代书香。每一代嫡子,都入朝为官。

到了我爹这一代,家族更加光耀,在官场上,更是平步青云,步步高升。

我爹是宋家世代为官的所有人当中,官职最大的——内阁大学士。

身为朝中学识最渊博的内阁大学士的儿子,我自小所受的教育,其苛刻程度,是一般大户人家的五倍。

举手投足,言语谈吐,十分严谨且标准,堪比皇室中人。

到了十六岁那年,我便金榜题名,成了当朝年纪最小的状元。由于当时的朝政较为松懈,是以,皇上将我请入宫,当作太子的伴读书童。

早听闻皇室人丁稀少,尤其是皇子,竟只有一人!那便是皇后唯一的儿子,金篱。

然而我进宫半个月之久,每次到达国子监,都没见过那个荣宠集于一身的太子,听其他大臣的公子小姐说,太子时常逃课,不知跑哪儿玩去了。

碍于"他"是皇上膝下唯一的儿子,大金皇朝唯一的继承人,太傅都不敢如何惩罚"他",便只得天天叹气,哀号"太子顽皮至此,江山社稷堪忧啊"。

后来有一次,我在路上落下了重要的东西,于是我中途请假,赶着出宫回家寻找。

当我路过御花园的时候，⸺一阵哭哭啼啼的声音。我绕过一座假山，便看见一个粉雕玉琢、精致漂亮⸺蹲在角落里抽泣。

"他"黑白分明的大眼含着水雾⸺愣地望着我。

之后，我看到"他"身后的衣袍上，⸺斑驳的血迹。

"他"告诉我，虽流血了，却没有丝毫⸺。接着，我便送"他"回德宁宫，到了宫门口，我才幡然醒悟，原来⸺便是太傅口中那个时常逃课、不写作业、上课打瞌睡的顽劣太子。

回去后，我一头扎进书房，翻遍所有医书，强烈地⸺想知道，流血却不疼痛的原因。

后来，我在一本生理的医书上得知了答案——女子来癸水。

这个答案让我失去了以往的冷静，当朝太子居然是个姑娘！

自那日之后，我便告病在家，平复着内心的惊慌。

我也知晓这件事的重要性，事关国政，必会引起朝堂动乱。

是以，太子是个姑娘这件事，成了我年少时最大的秘密。

自从知道她是个姑娘家，我在她身边做伴读的时候，言行更加谨慎，如此与她隔了一道无形的墙壁，我始终记得，男女有别。

她确实顽劣，爱捣乱，却不嚣张。

有时，她上课打盹儿，有时偷偷画着花鸟鱼虫，有时会悄悄溜到后门逃课去玩，也有时威胁着大臣家的千金小姐带她出宫溜达……

时常的关注，逐渐演变成了习惯，甚至，我觉得她这种不良行为当真是可爱得紧。

又过了一年，我年方十七，而她十五。正是民间少女及笄的日子，这意味着到了婚嫁的年纪。

这一天，她比平时安分了许多，穿的衣裳也比平时华贵漂亮了些，我看到皇上对她说话时，眉宇间隐藏的忧愁。

忽然之间，我为她的女儿身，却要扮作男儿装感到怜惜。

难道，这辈子，她就要一直假扮下去吗？那时，我在心里暗暗发誓，有朝一日，我必定帮她恢复女儿身。

有了目标，所以我更加努力，不到两年的时间，我便继任我爹的官职——内阁大学士。

我爹满意欣喜的目光，皇上赞赏却又别有深意的眼神，让我的眼前豁然开朗，我想，我又离目标前进了一大步。

只有自己变得足够强大，才有资本保护她、协助她。

皇上越来越看重我，交给我的事务也越来越多，他赞赏又别有深意的眼神残留在我的脑海里，挥之不去。

他临终前，颁发了一道圣旨，将我提为内阁第一首辅，百官之首的丞相，辅助新帝登基。

金篱成了高高在上的皇帝，而我，心甘情愿对她俯首称臣。

我一边帮她处理一切繁杂的政务，一边不动声色地清除对她的皇位有威胁的障碍。

这样风平浪静，平静到我以为一辈子就这样为她鞠躬尽瘁的时候，南阳王金远羽便从南阳赶来了。

他手上有着八万精兵强将，若是他意图谋反，豁出去拼命围剿的话，多半会成功。

是以，金篱整日提心吊胆，生怕金远羽会篡位。

其实，我客观地认为，金远羽有能力，有魄力，且杀伐果断，有勇有谋，他若坐上这个皇位的话，定然比金篱更适合。

一开始，金远羽对金篱各种针锋相对，到后来敌意淡化，金远羽对

她的情意逐渐显山露水。

我在宫中安插了众多眼线,即使我不在现场,我也能第一时间得知他们的进展情况。

当我得知金远羽对金篱有意时,我惊疑不定!他们是有着血缘关系的叔侄,金远羽如此,岂不是乱伦?

就在这时,金远羽找我谈话来了。

他毫不隐瞒自己对皇位的觊觎之心,对我道:"我需要你的协助,扳倒太后,并助我登上皇位。"

我向来不做无谓之争,王孙贵胄,我也不会为了他们违背自己的原则。

他脸上浮起淡漠却又笃定的笑意,慵懒地说道:"她女扮男装多年,想必丞相大人比本王更希望金篱退位。"

接着,他又说起金篱的身世,直到这时,我才知晓,金篱不是皇室血脉,目前最大的对手,不是太后娘家的党羽,而是太后本人。

如此深藏不露,说明她的能力不容小觑。

自那日起,我便和金远羽密谋,他明里打压各方势力,我则暗中布局设计,里外联合,消除了朝中的一颗最大的毒瘤——岳家。顺利收回兵权,加强防范之后,太后终于按捺不住,露出马脚。

我引领着金篱上清冰镇避暑,顺带邀请几名近臣一同前往,如此可掩人耳目。

我原本计划着,等大伙都到达目的地的时候,便找人将金篱劫走,带离皇城,等我回到皇宫后,再将金篱被截杀的消息公布于众。国不可一日无君,皇位悬虚,身为皇室正统血脉的金远羽即可顺势上位。

然而计划赶不上变化。在入夜之时，一大群蒙面杀手便从屋顶上跳下来，来势汹汹。我认出那些杀手，是皇宫暗卫，并非江湖那些专业的杀手组织。

然而就在两方激烈厮杀之时，金篱竟和侯戈、小桶子一起飞跃离开了。

待到我追上他们时，他们已坐进一艘黑色的篷舫。

江水滔滔，风声萧萧。她一身锦衣绣袍，恣意飘然，那一刻的她，就像一只火凤，终于冲破禁锢的牢笼，展翅高飞。

她得意地对我大喊："宋洛君、金远羽，青山绿水，后会无期啦！"

身后的暗卫与刺客一阵长久的厮杀，始终不分胜负，万般无奈之下，我只好放弃追赶金篱的念头，折身投入那场厮杀。

那时，金远羽也急匆匆赶来了，解决了这些暗卫之后，即刻回宫。

我回到宫里后，一切静无声息，并没有预料之中的动乱。然而神经还是紧绷着，半刻都不敢松懈。

第二天上朝的时候，金远羽站在大殿上，正要公布金篱被贼人所杀害，现下尸骨无存的消息时，太后一身繁复的正装便逶逶迤迤地步入大殿。

后宫不可参政，这是千百年来不变的常规。今日她堂而皇之地上殿，文武百官皆是瞠目结舌。

直到她爆出金远羽设计金篱上清冰镇避暑，雇百名杀手蓄意杀害金篱，谋反篡位时，台下顿时乱成一团。

太后掩面而泣，一边凄楚地喊着"皇儿死得不明不白"，一边自圆其说地编造这个谎言，怂恿众臣反叛。

207

之后，金远羽便搬出八万铁骑兵团镇住众人，严守皇宫的每一处地方。

众臣碍于他手下的一支铁骑兵团，眼下金篱又下落不明，如今整个大金皇室，就只有他一个正统血脉，大伙儿实在不敢对金远羽做出任何处罚。

于是，金远羽便以摄政王的身份，代行国事，行使皇权。而金篱遇刺，生死不明这件事，在金远羽的铁腕手段、雷厉风行的处事作风中，逐渐被众臣淡忘。

他确实是个当帝王的好料，不过两个月的时间，他便能准确无误地揪住乱臣贼子，一举歼灭意图反叛的党羽，集中皇权，瓦解各大势力。

他掌同叫得水泄不断，散了两个月后，他便轻松了些，临宫城我闲游闲聊。

于是，我自然而然地提出要辞官一事，然后遭到意料之中的反对。

我瞧着眼前冷魅的男子，不由得笑道："之前，我答应助你得皇位、赢天下，你也应承我登基后，给金篱换身份，隐居他乡。而如今你功成名就，却阻拦着我的脚步，敢问摄政王，你是想反悔不成？"

他斜睨我一眼，散漫地说道："本王言而有信，答应你的，自然不会耍赖。然而——你看我现在是登基为帝了吗？"

我朝他躬身，微微行了一礼，淡淡地说道："此时你已手握重权。除兵权还分散在外，其他所有的内政，已全部汇集于你。坐上那个位置，只是时间早晚的问题罢了。"说完，我便毫不犹豫地转身离开。

对于我提出辞官一事，他不置可否。是以，我回了宋府之后，便留书告知家人，当夜从马棚牵了马，决然离开皇城，踏上寻找金篱之路。

一路追踪，我不曾料到她竟会坠下山崖。

得知她坠崖的消息，已是一个月后，那时我一心想要找到她，然后与她携手归隐山林。

然而当我在长岭山寻到她时,她却已心系他人,而那个人,便是清冷如月的江湖神医唐墨。

她的眼眸,曾几时露出过这般既羞涩、又惊慌忙乱的神色!

而我有的是耐心,我愿意等。

过了段时间,我又上了长岭山,这次并不是为了金篱而来。

我悄悄摸进后门,来到唐墨屋里。唐墨仍坐在轮椅上,闭着眼睛好像在假寐。然而我刚跨入门槛,他便陡然睁开一双冷冽冰寒的眸子。

"你又来干什么?"他的嗓音冰冷如斯,是一贯的没有丝毫温度。

认识他许久,虽谈不上交情多好,但彼此还是有些往来的。

"我想在你这儿拿点能改变音色的转铃丸和一套易容面具。"

他冷冷地瞥我一眼:"这两样东西,来之不易,岂是你随便能拿到手的。"

"价格多少?"转铃丸与易容面具,正是我此时所需,无论如何,我都必须得到。

他转动车轮,出了门口,随后吐出四个字:"千金不换。"

我心下一沉,这两样东西,何时变得如此珍稀,竟到了千金不换的地步?眼看他就要出门,我唤住他,对他的背影道:"当年你欠下我一个人情,如今我用它来抵换这两样东西,可好?"

他身形一僵,声音越发冷了,毫不迟疑地应了声"好"。我看着他从黑檀木制成的柜子里拿出包装厚实的东西递给我,从始至终,他都没再看我一眼。我知道,他这是要与我决裂的意思。

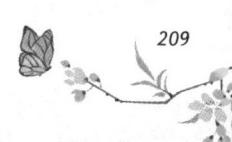

他欠下的人情，是两年前的事了。当时他急着救人，所配的药方在紧要关头缺少了一味珍稀药物，恰逢那时，我首次来到长岭山，因此结识了他。因为身居高位，见多识广，什么珍稀之物没瞧过，所以他当时急缺的那味药物，我正好拥有。

将那药物拱手让人，于我来说，不过小事一桩，是以，我不曾把这事放在心上。

受了我的恩惠，他并没有感激涕零，也没有承诺过什么，他只是说："我欠你一个人情。"

而今，我不惜把他这个人情，换做转铃丸和易容的面具。

眼下，金篱整颗心都吊在唐墨身上，只要她留在长岭山一日，那么她时时刻刻都有危险……只有……她以为唐墨死了，她……才会离开此地，她也才能真正离开……此地……

于是，我上山求得唐墨的转铃丸和易容面具，计划着拿到这两样东西之后，便化身为另一个人，将金篱掳走，从此归隐深山老林。

我握着包在布包里的瓷瓶和软和的面具，转身正欲离开，唐墨清冷的声音在身后响起：

"明日，我要带她回药王谷。"

我怔住，摸不清他突然带她回药王谷的原因所在，也不晓得他竟会把行踪透露给我。想了想，我回身，对他郑重地深鞠一躬。

这不仅仅是感谢他的让步，更是感谢他救了坠崖的金篱，若不是有他妙手回春的医术救治，她只怕早已丧命。

待我整装成另一副模样，急急赶到药王谷时，才得知金篱的身份——药王失踪多年的女儿。

然而就在他们即将为金篱筹备婚事时，一群黑衣蒙面的刺客便追杀而来。

眼看金篱就要被拿下，我心急如焚，立马打了一个烟花弹，通知山寨里的弟兄们前来营救。

将金篱掳走，带回山寨之后，贴身小厮小丁子常常对我说："少爷，你这么腹黑真的好吗？整天戴着山贼欺骗金篱姐姐，怕就不怕吓坏她岂眉，

可我不在意，我也必须承认，我确实是居心叵测，对每个人，不是利用，便是欺骗，我从来，不做亏本的事。

而为了金篱，我宁愿辞官，放弃一切唾手可得的荣华富贵，千里迢迢来追寻她，可不是单纯地痴恋她。

我为她做这么多，她也需要付出代价！而那个代价就是，她今生今世，只能与我一同白头。

我食了转铃丸，在她面前模拟各种不同的音色。

我知道她对侯戈，有一种异于常人的感情，是以，我想试探。

她对金远羽有着复杂的情感，是否关于情爱，我也想知晓。

是以我不停地转换各种言行举止，混淆她的认知。

她不止两次地对我的身份起疑，也是百般试探，甚至，为了知晓我的真实身份，竟偷偷跟来东苑，偷窥我沐浴。

平日里，我戴着青面獠牙的半边铜制面具，是以，即使她揭下我的面具，看到的，也只是我脸上丑陋伤疤的人皮面具罢了。

然而她仍不死心，亲自跑到我的表妹刘七七那儿套话。

好在表妹守口如瓶，从无泄露。去年我擅自离家，出城追寻金篱，

后来为了伪造一个假身份，我便出钱收买这座山寨，接任寨主之位。然而在我继位那天，刘七七便跋山涉水来寻我了。

无论是好言相劝，还是强硬手段，她都赖着不肯走。我自然知道她这是因何而来，小时候，刘宋两家便定下了口头婚约，到了刘七七十七岁时，便成亲拜堂，结为夫妻。估算一下，今年她似乎已经到了婚嫁的年龄。

但这始终是两家父母的玩笑话罢了，我未当真过，不想有人会当真。

我想，等金篱回来的时候，我便与刘七七说清楚。所以，她现在既然想留下，那就随她吧。

在金篱来山寨之前，我便叮嘱刘七七，万不能在外人面前，提起我的真实姓名。

是以，当我得知金篱逼问刘七七时，我丝毫不担心她会把我的身份抖出来。金篱吃了闭门羹，也是意料之中。

与金篱独处的这段日子，让我发现了各个方面不同的她。出了皇宫，重获自由的她，就像一只欢乐的百灵鸟，与她在一起，她身上欢乐的气息会传染。

心越发沦陷，我越发期待与她的未来生活。然而她却无动于衷，坚守阵地，她为了逃跑，可谓是绞尽脑汁，花招百出。

回想这几年来，一直默默地计划着一切，等她等了许久，拖到目前，她一丝反应也无。我想，她今年已经十九了，这终身大事不能再耽误下去了。

为了让她心甘情愿与我成婚，于是我设了一个计。

我派小丁子出了山寨，花钱雇了几个市井无赖，假意劫走金篱，然后对她实施"虐待"行为。

我本意是想让她吃点苦头，明白外界的人心险恶，好让她心生怯意，不再想着逃离山寨，安心地留在我身边。

是以，我让小丁子对那几个人特别强调：千万别伤她一根毫毛，对她实行精神虐待即可！

原想着让她待在那个地方，继续受几天苦，然后再来个英雄救美，接着，她便感激涕零，再然后就是以身相许，顺利成婚……

[illegible]

身的机会。

生平第一次，我如此怒不可遏，恨不得手刃狂徒！

碍于金篱在场，我仅扭断那人的筋骨，一掌将他劈晕。

看着她发丝凌乱，衣衫半解，我心中顿时升起了浓浓的歉疚。这是我亲自谋划的昏招儿，却害得她险些失去清白。虽然她此时平安无事，然而我仍是心有余悸！假如我慢了一步来救她的话……

这事过后，她果然变乖了，认命了些，不但没想要逃跑，反而主动与我回到山寨。

终于达到目的，可此刻我却没有丝毫喜悦的心情。

成亲那日，我褪下脸上的面具，在这个重要的日子里，我想展示自己最真实的一面。

等了这么多年，她终于成了我的妻。

新婚之夜，她见了我的面容，顿时震惊到无以言语。

她句句质疑，字字问难。她眼里满是不可置信，嘴角的笑容凉薄。她冷笑着说：“以前尽心尽力助我打理江山，接着，便和金远羽联手，

将我逼下皇位。我逃出皇宫，你却还派了各路人马来追捕我！正当我好不容易知晓了自己的身世，找到了亲爹娘，你便又将我掳来这个地方！这么要我真的有意思吗？"

无论如何解释，在她看来，都是谎言，都是借口。

如愿与她成了婚，现下就该回城了，毕竟在外逗留的时间已经太久。第二日我便雇来了马车和搬运工，告别山寨，与金篱一同回城。

令我意料不到的是，母亲并不同意我和金篱的婚事，一心认定刘七七是宋家的儿媳。

瞧着身旁的她，她虽满面笑容，然而眼底却是晦暗不明，令人看不清，摸不透。我心里发冷，突然害怕她受不了我娘的碎碎念，而转身离去。当下，我站了出来，手扶上她的肩膀，对府上所有人宣誓，她金篱，是我今生唯一想娶的人。

我看到她眼底的动容，却唯独没有倾慕。

这么久了，莫非她对我一丝好感都没有？我自然不信的。

那夜，我站在荷心桥上，假意要跳河，原想试探她对此是何等反应⋯⋯

幸好，她拉住了我。

瞧着她惊慌失措的神色，我终于嘘出一口气，这些年花费的努力，总算没有白费，原来她心里，也藏着一个我。

眼下，为了让母亲承认金篱是宋家儿媳，我说了谎，欺骗了母亲关于金篱怀孕的事。

那日经人一提点，母亲便派人去宫里请了孙太医来把脉，想来她多多少少也是听了刘家那几个丫鬟的闲言碎语吧。

好在我那时正好入宫办事，在回府的路上，恰好与孙太医路遇。

我当下便请孙太医上马车，顺道给他说了"假孕"一事，好让他配合一番。

我并没有对他全盘托出,只草草地交代一下。是以,在他看到金篱的第一眼时,震惊到无以复加。

因为我先前对他的授意,所以再怎么震惊,他还是不露丝毫。

为金篱号脉之后,我以"诊费"的名义,与孙太医到书房议事。

在他的口述中,我总算摸清了京城的大致局势。

如今是金远羽摄政,独揽皇权。太后暗中勾结敌国云启,开通密道,竟利用大权,割让大片领土与云启国。

金远羽搜到了关于太后谋反通敌的罪证。

之后,便是太后被囚禁,金远羽准备登基的事了。

现在看来,我出城不过半年的时间,原来这短短的半年里,所有的人和事,都是瞬息万变。

我与孙太医在书房议事,没想到的是,金篱竟偷听墙脚。

既然被发现,那么就无须隐瞒了。

听她的语气,似乎是想进宫解救太后,毕竟太后养她十八年,即使没有生身之恩,也有养育之恩。

其实,我最担心的,并不是她要救身败名裂的太后,而是怕她进了宫,被金远羽强行挽留,那就再也没法将她带出来了。

金远羽爱慕她,已不是一朝一夕的事了,倘若他顺利登基,那么他想如何安置金篱,都不过是一句话的事,甚至是将她封为皇后,再多的人反对,也奈何不了他。

是以，在孙太医离开宋府之时，我很是郑重地对他道："这世间，再也没有一个叫金篱的皇帝，只有丞相府的少夫人金篱！"

自从知晓了她的心意之后，我便整日窝在家中，不再进宫料理那些繁复琐事，就陪着她在自家后院赏花看景，夜间就在锦被里翻云覆雨。对此，金篱表示抗议："别忘了，现下我可是'孕妇'！孕期不可同房，你不知道吗？"

我笑："你也没怀孕，这事自然当不得真。况且……你假孕一事，迟早会败露，与其到时被挨骂，还不如趁现在好好'努力'……"

日子过得平淡却有生趣，丝毫不觉得乏味。

终于有一天，小丁子带着消息打破了这宁静的境况。

他风风火火地跑进我的书房，我皱眉，静默地看着他，等他喘匀了气，便问他正事。

"少爷！牛头村的几个老家伙又来敲诈钱财了！"

我头也不抬，继续提笔蘸墨，只淡淡问道："哪个牛头村？"这地名听着耳熟，在脑海中搜索一遍，仍是没印象。

小丁子不知从哪儿摸来一块手绢，一个劲地往额角擦汗，急声道："就是上回，您要小的去寨外寻几个市井之徒来充当劫匪，假意绑架少夫人，对其施虐的那几个人！"

我想了起来，于是搁下笔，问道："当时不是给他们赏金了吗？怎么，嫌不够，还想勒索？"

"不不不……"小丁子的头摇得跟拨浪鼓似的，"他们不是嫌少！主要是让我来问您一声，还需不需要他们来充当劫匪，做个生意……"小丁子还没说完，就听见瓷盘落地的清脆之声。

我眼皮子一跳，下意识地望向门外，只见敞开的大门外，站着一位花容月貌的紫裳女子。

小丁子吓得弹跳起来,结结巴巴地大喊了声:"少少少……少夫人!"

我一听,霎时扶额苦叹,好吧,计谋败露了……

30. 夫人,请冷静

CHENGXIANG,
NI JINTIAN CHONG WO LE MA?

我一把摔下手上捧着的瓷盘,眼看着嫩黄可口的糕点在地面上摔成粉碎,心中仍是气愤难平。

方才想起他中午没吃过饭,我便端了厨房大娘刚出炉的玉米糕过来给他尝尝。可谁知,竟会听到这等真相!

原来半个月前,我被那几个贼匪绑架,是因为宋洛君的授意,他花钱雇用了那几个人来虐待我。

想起那段苦不堪言、不忍回首的苦日子,让我平白无故受了这么多委屈,到头来是他渔翁得利,我更是火冒三丈!

于是,我随手抄起摆在门槛石上的扫把,冲上前就往宋洛君身上招呼。小丁子急得抓耳挠腮,连连喊着:"少夫人,请冷静!冷静啊!"

我手上的动作如行云流水般自然流畅,没有丝毫的停顿,我回头朝小丁子森然一笑:"我确实该冷静冷静,待会儿好知道如何收拾你!"

真是……有什么主就有什么仆,小丁子长期和宋洛君处在一块,怕也不是什么好鸟,整日儿唯恐天下不乱似的!

是以,我抡起扫把,就着华山剑派那种优雅如风的动作,把这主仆二人打得灰头土脸的。

他俩绕着圆桌跑着,我便抡着扫把在后面追着,一个两个喊着饶命!

场面乱成一锅粥，椅子书桌等家具都倒塌，发出噼里啪啦的响声。

就在这时，一个颇有威严的苍老声音在门口响起：

"青天白日打打闹闹，成何体统！"

我呆了一下，机械地转头望向门口，老妇人拄着龙头杖，一脸严厉地盯着我们三人。

宋洛君抬手拂了拂沾满灰尘的衣袖，似乎对这一身邋遢的形象毫不在意。他发丝有些许凌乱，发冠歪斜，他却依旧如清风般温润淡雅，举止言谈从容不迫。他望着宋老夫人，温声道："娘亲既然来了，怎么不通知一声，好让我准备些茶水？"

宋老夫人冷哼一声，低头瞧了眼满地碎成渣的玉米糕，讥讽道："若是让人通知了，我可见不到你们如此荒唐粗鄙的一面！"

我听了，顿时双颊发热。好吧，身为一个女儿家，几次三番被人家指骂"粗鄙"，看来我实在是做得不够好，没把多年来养成的皇家修养尽数发挥出来。

正想来个完美应答时，陪同在宋老夫人身边的刘夫人便凉凉地开口了："有孕之身，这般胡闹，伤到腹中胎儿可就危险了……"她斜着眼睛盯着我瞧，高深莫测地说了一句，"看你这般无所顾忌地玩闹，莫非——你没怀孕？"

一石激起千层浪！

在场的家丁奴仆个个瞪大眼睛，惊疑地望着我。

我心里一跳，这么快就被发现了？

宋老夫人压抑着怒气，对宋洛君问道："你……是不是为了她，故意欺骗我？"

宋洛君上前拉过宋老夫人的手，放在手心握着，好笑道："孩儿怎敢骗您？咱们宋家，世代都是一脉单传，知道您老渴盼孙子已久，孩儿自当努力让阿篱怀上，也好让您早些抱上孙子。所以，孩儿如何会骗您？"

宋老夫人的脸色稍稍缓了缓，又恢复之前那张慈爱的面孔，对我道："既然怀着我宋家的骨肉，你就该安安分分地待在屋里，不要四处乱跑，也不要像方才那般玩闹，要小心点，懂了吗？"

我嘴角抽抽，只得在她面前垂下头，乖巧地应下。

"呵。"刘夫人又出来刷存在感了，捏着嗓音，阴阳怪气地说，"宋少爷倒是知道疼媳妇儿，不停地给她找借口寻理由。就不知道……方才你那番话，是不是为了哄你娘开心，编出来的谎话！"

我抬眼瞥了她一眼，果然见她生了一张尖酸刻薄的嘴脸。哎，为了挤掉我，将自家女儿推上位，刘夫人也算是费尽心思，用心良苦啊。

听她这么一说，宋老夫人又沉下脸色，对老管家吩咐道："去外间寻个大夫来！"

"啊，宋家嫂子，别去寻那些庸医了。我倒是知道东街巷口仁宝堂有个妙手回春的老郎中，医术高明。让他来给金姑娘把脉，再准确不过了！"

宋老夫人瞧着刘夫人欢腾的模样儿，不禁皱了眉，半晌才道："老林，去东街巷口……"

"用不着这么麻烦！"刘夫人立马跳了起来，老脸笑成一朵菊花，绿豆般大小的眼睛闪烁着精明的光芒，"我已经让仁宝堂的郎中在宋府门口等候了！只要你一句话，我马上让他进来！"

这是早就预谋好的！一想到待会儿就要被揭发真相，我心里很是忐忑。

一双手搭上我的肩膀，我微微侧头，就见宋洛君的下巴抵在我的肩膀上，柔声道："不用担心，一切有我。"

这句话忽然给了我安定的力量，于是，我便不怕假孕一事败露，反正有他这只腹黑君在，一切问题都会迎刃而解。

老管家出了门去请那位郎中进来，然而他出去半晌，进来之后满头大汗。接着，他身后缓步走来一名身穿暗红官袍的老太监。

见来人是太监，屋里众人顿时愣住。我一见太监这种生物，不禁缩缩身子，下意识地躲在宋洛君身后。

在皇宫生活了十八年，接触最多的，便是太监。这种生物遍地皆是，每个角落都有他们的身影。他们整日顶着一张谄媚的嘴脸，暗地里却做着阴损害人的事，着实不靠谱。是以，我对他们一向反感厌憎，就如同憨厚、机灵可爱的小桶子，我们看到的，往往总是表面的，并不知他们的底细深浅。

然而眼前的老太监身穿绛红三品官服，显然是御前近侍，皇帝身边的大红人。我眯着眼睛细细打量他，不知为何，好像有些眼熟，似在哪儿见过。

他尖利老辣的眼睛倏地扫向我，忽然绽开一抹笑容，捏着又尖又细地嗓音对我道："姑娘，咱家找你找得好苦啊……"

众人反应过来，不由得擦擦额角的冷汗。宋老夫人倒是个有眼力的，笑着让家丁去沏茶招待。

"今日什么风把安公公给吹来了？来来来，快坐下，老身亲自招待安公公！"

安公公皮笑肉不笑地睨了宋老夫人一眼，弹了弹云纹袖上不存在的灰尘，挥挥手道："不用了，咱家只是来公布一道圣旨，说完就走。"

一听是圣旨,我心里"咯噔"一声,突然升起一股不好的预感。

在宣读旨意之前,安公公环视众人,肃然道:"摄政王今日初登大宝,登基大典一律从简,参加大典的官员只有几位首辅大臣。"说着,他目光转向宋洛君,微嘲,"丞相大人身为百官之首,不但没出席典礼,反倒窝在家中陪伴娇妻,当真是有闲情逸致啊……"

金远羽,居然坐上龙椅了?我惊讶至极。再看宋洛君的表情,他却微微一笑:"皇上身边,多是功臣名将,并不缺宋某一人,如此……宋某还是隐退罢了,将更多的机会,让与其他人。"

"是呀,丞相大人通情达理,果不负民众期待!"说罢,安公公清了清嗓子,咳了一声,便大声宣读圣旨。

圣旨念完之后,我愣在当场足足有半刻钟的时间!

宋老夫人脸色很不好看,皱着眉半是质问,半是气愤:"金篱可是我宋家过门的儿媳!何时变成了当今皇上的义妹玉篱郡主了?"

宋洛君的脸色也好看不到哪里去,虽是平时那副温雅的模样,可眸光却更加冷了。

"金篱是宋某的结发妻子,且身怀我宋家的骨肉,而皇上堂而皇之地想接吾妻入宫,不知是什么意思?"

我捂住额头,装出一副虚弱的模样,依偎在宋洛君怀里。他垂眸望了我一眼,不禁揽得更紧了,就好像稍一松手,我就会消失不见。

我的鼻子蓦然一酸,靠着他温热的胸口,听着他平稳有力的心跳,我立马能体会到,这些年他等我,是何等的难熬。

我压低声音,轻轻道:"我不会进宫的。"

安公面对大伙儿的质问,并无一丝慌乱,稍带点高傲的语气回复道:"这可是皇上的旨意。有何疑问,请亲口问皇上!"

这件事的结果，最有利的自然非刘夫人莫属。

她拍着手掌，语气中难掩欣喜："哎——宋家嫂子，既然是皇上点名要人，你就把人放了吧。再说了，金篱……呃，玉篱姑娘不是还没有正式入门嘛，这样也好，入了宫，直接当个郡主贵妃什么的，岂不是比丞相夫人更来得金贵呀？哈哈哈……"刘夫人笑着，愣是没人附和她，听这欢喜的语气，就差点没点火放鞭炮庆祝了。

眼下这种情形，明眼人都知道，皇上是拐弯抹角想要抢人家的老婆，什么义妹，什么玉篱郡主，不过是掩人耳目罢了。

我站起身，来到安公公面前。

这厮，我想起来了。他原本是陪在金远羽身边的贴身太监，如今主子上位了，他也就鸡犬升天，跟着青云直上了。

我一手托着腰，斜视他一眼，散漫道："倘若我不进宫呢？"

安公公笑得很和气，可那嘴巴就跟刀子似的，太锋利："莫非您想抗旨不成？"

我叹了口气，摸摸肚皮，愁着脸说道："想不到皇上如此宽宏大度，竟喜欢大肚子的孕妇……这让我情何以堪啊。"

安公公高扬的嘴角有一瞬的僵硬，随后抬手一挥，气沉丹田大吼一声："御医何在——"

"来了来了……"一阵咚咚咚的脚步声由远及近，御医气喘吁吁赶来，然后扶正歪歪斜斜的乌纱帽，抬头对宋洛君行了一礼，再对安公公问道，"安总管有何事吩咐？"

"给这位姑娘把个脉！"他不耐烦地命令。

于是，我不得已伸出手。

"呃，姑娘身体健康，万事如意，身子无碍，肝通肺清……"

"停停停!"安公公高喊着打断御医的话,瞥了我一眼,又问,"她——可有喜脉?"

"呃,什么?"御医一头雾水,纳闷道,"姑娘身子很好,哪儿来的喜脉?"

闻言,安公公的脸色好些了,摆摆手道:"你退下吧,顺便叫门口那几个小侍卫进来,请玉篱郡主上轿!"

那御医退下后,安公公便客客气气地对我道:"姑娘,随咱家回宫吧。"

我听了,整颗心高悬着,手指紧紧地揪住宋洛君的衣摆。

宋洛君顺势握住我的手,十指相扣,待要开口,宋老夫人便站起来,面无表情地说道:"既然是皇上指名要的人,那么即刻就进宫吧。"她的目光落在我和宋洛君交握的手上,严肃道,"君儿,还不快松手?"

宋老夫人自听说我没怀孕,便不再看我一眼,现下,她便毫不挽留地赶我走了。

宋洛君闻言并未松手,只是黑沉的眸子越发冷凝了。

"哎哟,瞧咱家这记性!丞相大人,皇上让咱家给您带句话——私藏皇室中人,就等于绑票,追究起来的话,这,可是要杀头……哦不对,是要株连九族的。"他老辣的眼睛轮番扫了屋内每个人一眼,"我想,像丞相大人这般聪慧的人,必然是不愿意宋府上下几百号人,因为你的一时私心,而命丧黄泉吧?"

我心下一个哆嗦,金远羽许久不见,真是越来越狠了!

宋洛君面色不变,只淡淡道:"那又如何?"

那又如何?宋洛君你是不要命了吗?

我正要骂他没脑子,宋老夫人气息不顺地盯着他,脸色涨得时青时红,

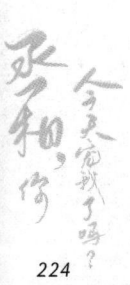

估计是气得不轻。她恨恨骂了一句："不孝子！"

这时，一旁的刘夫人听到宋家要株连九族，顿时吓得牙关打战，喃喃道："还好，还好我家七七没嫁进宋家！"说完，拔腿往外跑了。

安公公瞧了瞧屋子里的家丁奴仆，听到要灭族，无一不是缩在墙角，瑟瑟发抖。

再看宋洛君云淡风轻、毫不在乎的表情，安公公愣了愣，接着又道："哦，皇上还让咱家再转告您一句——你爹还在巴蜀那边游历对吧？"

这么一句没头没脑的话，却让宋洛君变了脸色。

宋老夫人直接暴怒了，拄着龙头拐杖就挥了过来。安公公身子灵敏一闪，堪堪避了过去。

我在一旁听得惊心，宋洛君的老爹在北方游历，记录各地风俗，而今离开京城已经有两年多了。

现下，金远羽道出宋老爷在巴蜀一带，可知他曾派人四处打探，一路追踪。

这是以宋老爷的性命，来威胁宋洛君的节奏？

宋老夫人的胸口起伏不定，狠狠地怒骂道："你个狗奴才！你若敢让我家老头子出事，我……我就是拼了这条老命……"话还未说完，她便晕厥过去，倒在丫鬟婆子的怀里。

我瞧了老夫人晕过去时，面颊通红，想必是气晕了吧？再看宋洛君，他的眉头时松时皱的，似在纠结什么。

我大步走出厅门，扬声道："不是要回宫嘛，还不快走！"既然他无法决定，那么就由我为他决定好了。

况且，进宫也不是什么大不了的事，至少这次进去，我绝不会丢了性命。

"好嘞！回宫，启程——"安公公笑笑，眼底闪过一丝赞许。

我回头一看，宋洛君仍站在原地，目光不离我。出乎意料的是，他并没有任何的挽留。

可我相信他。

31. 再见皇叔
CHENGXIANG,
NI JINTIAN CHONG WO LE MA?

抵达皇宫时,已经是午后。

我坐在骄阳宫里,望着这熟悉入骨的一切家具摆设。

这骄阳宫,曾是我处理政务、批改奏折的地方,同时,也是寝宫。

离开皇宫不过是半年多的时间而已,可现在看来,熟悉的环境,却透露着一股子陌生。我走进内殿,里头只有一张象牙大床,除了桌前摆放整齐的各类书籍,便什么也没有。眼睛四处张望着,最终落在象牙床前的一个凤凰紫金面具上。

我拿着它,不禁失了神。这不就是去年元宵节,我扮作女孩游逛民间,在当地买的面具?我正纳闷它怎么会留在这里时,外头便响起珠帘被人撩动时,发出的清脆声响。

我握着面具左右翻看,听着身后轻微的脚步声,以为是哪个宫女进来打扫换洗了,是以,我并没回头。

当一双结实有力的大手自身后将我的腰抱住时,我呆若木鸡!

做这个动作,经常背后偷袭的,只有宋洛君。我嘴角上扬,将要喊他的名字,忽然就闻到一股熟悉却又陌生的香气。

接着,眼睛就被人轻轻捂住。那人从身后探过头来,温热的气息喷洒在我脖颈的肌肤上。

他缓缓开口,声音如以往那般低沉磁性,喑哑魅感:"金篱,你可让我好找……"

我脑中"嘣"的一声,有一根弦绷断了。

"怎么不说话?来,猜猜我是谁。"他屈指缠绕着我背后的长发,悦耳的嗓音带着毫不掩饰的欣喜。

我平复心绪,淡淡地喊了句:"金远羽。"然后试图抽掉他遮在我眼前的手。

他并没坚持,很快就松了手。他站在我面前,垂眸打量着我,默了一会儿,他才道:"真怀念你叫我皇叔的那个时候。"

我看着他,当年那风流不羁的紫色绝艳早已褪去,如今他一身明黄龙袍加身,威严冷厉,尊贵如斯。他身材极好,宽肩窄腰,身形颀长,这龙袍穿在他身上,格外赏心悦目,相对我之前穿这身衣服的时候,好看多了。

这么想着,蓦然想起先前,他说我穿这龙袍的颜色,跟那啥似的。于是,我拉下脸,冷声问道:"你大费周章地要我进宫干什么?"

他托着下巴将我看着,并不答话。我被他看得心里发毛,扯了扯嘴角,待要发问,他便说:"那你赖在宋家不肯走又是干什么?"

像是听到什么笑话一般,我哂笑一声:"干什么?身为宋家儿媳,我不留在那里,还能去哪里?"

话音刚落,腰间忽然被人揽住,一个天旋地转,就被他压在墙角。

"你和他,真的成亲了?"他薄唇轻抿,一双勾魂摄魄的桃花眸紧紧地盯着我。这喜怒难辨的神色,好似只要我说"是",他就会一口咬死我。

我不禁摸摸脖子,然而他竟会错意,猛地低头,唇就往我的脖子袭来。我不由得害怕地闭上眼,哪知,预料中的疼痛并没有传来,反倒是肌肤开始酥麻发烫。反应过来，我急忙推开他，然而他此时就像强力胶，粘在我身上不肯退离。

他的唇从脖子一路往下，来到锁骨，接着便是锁骨以下的肌肤……

我脑中警铃大作，俯首毫不犹豫地咬住他的耳朵。起初他仍不肯离开，我便铆足了力气，发狠地往死里咬去——

他吃痛地低吟一声，便退了开来。

"金远羽，你这是干什么！"我眉毛倒竖，想到方才那样的暧昧亲吻，我不禁打了个寒噤。

他的脸色有些苍白，张口欲言，忽然，就这么倒了下去。

他身子后倾，头部与地面相撞，发出"嘭"的一声巨响。我捂着眼，实在不忍直视，这么大的声响，定然摔得不轻，只是不知道，会不会把头摔失忆了？

这时，殿外珠帘撩动，哗哗啦啦的，紧跟着，一个妙龄女子便闯了进来。

眼见金远羽倒在地上，她脸上满是心疼，赶紧俯低身子将他抱在怀里，转头对我怒斥道："看到皇上晕倒，你不会过来扶一把吗？"

这姑娘的语气满满都是火药味，看我的眼神充满了敌意。

哎，敌意？

我再仔细打量她一会儿，只见她身穿粉红色的婢女宫装，小巧玲珑，鹅蛋脸，杏花眼，娇俏可人。

虽然她穿着低廉的宫女衣装，可她身上那股子贵族小姐的气质，是无论如何，也掩盖不了的。

垂眼再瞟了她怀里昏迷不醒的金远羽一眼，我瞬间了然。哦，又是一个为情所困，不惜抛却荣华富贵，甘愿入宫为婢的女子。

那姑娘恨恨地剜了我一眼，便努力地将金远羽拖拉起来，试图拽到

229

床上。奈何她人小力弱，那点单薄的力气根本无法挪动金远羽半分，更别说将金远羽拖到床上去了。

那姑娘走后，便有年纪小的宫女巴巴地跟我八卦，从她口中，我知晓了方才那个姑娘的身份。

"她本是潘侯爷的掌上明珠潘蓉蓉。自从皇上铲除了太后的势力，登基为帝之后，潘侯爷就意图起兵谋反，之后自然谋反失败，被皇上囚于大牢……"

"等等！"我皱着眉打断她，"潘侯爷怎可能会谋反！且不说他这个头衔所任的不过是个闲职，在朝中并无势力可汇聚，如何谋反？"在我还是皇帝时，印象中的潘侯爷是个散漫闲致、淡泊名利的贵族，是以，我实在想不到他会"起兵谋反"。

小宫女望着我喃喃道："姑娘你了解得好透彻……"她探头探脑，瞧了瞧殿外四下无人，压低声音对我道，"你有所不知，这潘侯爷，其实是太后的人，虽然没啥实权，但他时常进宫，暗地里透露隐秘的消息……还有，一个月前，他假意外出游玩，暗自跑到边疆，偷取了兵马大将军的兵符……"

接下来的，不用多说，我也知晓了。先前，就听宋洛君说过，太后拿到兵权意图控制皇宫，围剿金远羽。看来，她能拿到兵符，是潘侯爷暗中协助。想不到平日里一副闲云野鹤、视名利为粪土的潘侯爷，城府竟是这般深！

我叹了口气，知人知面不知心。我又问："潘侯爷被囚于大牢，按理说，潘蓉蓉应该恨皇上入骨的，怎么还扮作宫女，死心塌地地跟在他身边？"

小宫女为自己的消息灵通感到得意："她之前冒充宫女入宫，其实是想刺杀皇上来着！可不知咋的，倒对皇上心生爱慕了。哎，也对啦，皇上那般天人之姿，天下哪个女子不动心哪？"说着，她就自顾自地陶醉起来。

我撇撇嘴，天下哪个女子不动心？哼哼，我就不动心。

方才那潘蓉蓉对金远羽紧张关切的模样，实在不像装出来的，所以……若说她是想留在他身边，得到他的信任和依赖之后，背后玩捅刀这一招，怕是不太可能。

我甩甩头，将脑中乱七八糟的想法甩去，现下可不是操心别人事儿的时候，该好好想想怎么出宫才是王道。

一路闲逛，望着对我哈腰点头、阿谀奉承的宫女太监，我这才发现，原来宫里都注入新鲜血液了，一个两个都是陌生面孔，我说呢，怎么我出来晃荡这么久了，都没人认出我来。

是以，我总在不经意间听到这批新来的宫人们躲在角落里议论：

"新皇即位，似乎和先帝驾崩的原因有着非比寻常的关系啊……"

"听说先帝驾崩前，不过十八九岁，还是个漂亮的美男子呢，这么死了，真是可惜！"

"可不是？现在的皇帝，有几个是长命的。"

"哎，别说了别说了，小心隔墙有耳！"

…………

我听着僻静的角落里传出的说话声，谈论着"驾崩"的自己。于是，我跨前一步，装出一脸天真烂漫的表情，歪着头问道："先帝，是怎么死的？"

我的突然出现，让躲在里头的几个小太监多少吓了一跳，听到我的问话，忐忑回道："据说，先帝去年游玩清冰镇，被刺客劫杀，听说……

还被五马分尸了呢,搞到最后,连尸体都没见到。"

我呆了一下,心想是哪个天杀的居然这么恶毒,五马分尸啊……这也想得出来!

逛遍整个皇宫,所到之处,无一不是被人行"注目礼",毕竟他们都不认得我,只知道我一身华贵地出现在这里,定然不是一般身份,只谄媚地对我笑笑。

小宫女们都说,我必定是第一个入主后宫的,说不定还可能是母仪天下的皇后。

日落西山,金远羽才醒了过来。安公公就立马过来通知我上骄阳宫看望他,我一脸为难,不止三遍地告诉他,我已嫁为人妇,常在骄阳宫走动,貌似不合情理。

安公公斜睨了我一眼:"姑娘,你不会真以为,皇上请你进宫,是来做客的吧?"

预料到他接下来要说的事,我腿一抖,不用他规劝催促,就率先走在前头:"要走就快走吧!"

见到金远羽时,他正躺在床头批改奏折。

烛光昏黄,洒在他半边的侧脸上,使他的棱角柔和了几分,没有白天的盛气凌人。他处理政务的时候,神态专注认真,以前的玩世不恭,轻佻邪魅,早已丢到哇爪国去了。

我听嘴碎八卦的小宫女说,金远羽有时会晕倒,不省人事,这种情况自从他大权独揽,把控整个朝政之后,便开始了。太医也诊断不出这是什么病症,只说他也许是太过操劳,疲惫过度才会引起头晕昏倒。

而他这一晕,就晕了三个时辰。太医束手无策,有的还怀疑皇上是不是得了什么绝症，死期将至。

碍于金远羽的威势，大臣们自然不敢明里说出来。以上这些，当然是咱们多管闲事的安公公说出去的。

也许是因为金远羽太过专注，又或许是因为他抱恙在身，一时降低了警觉性，是以，就连我和安公公一同进来了，他都毫无知觉。

安公公咳了一声，金远羽这才从堆积如山的奏本里抬起头来。

我寻了一张椅子，坐在他面前，踌躇了会儿，说道："嗯……你也别太劳累啊，那啥，听说你一直晕倒啊。你该注意身体！"

话刚说完，手掌就被他握住。他的眸子晶亮晶亮的，低声道："你果然是关心我的。"

我避开他的目光，实在不知说什么好。该怎么对他表明自己的真实心意，一边又能言辞妥当，不会伤到他的自尊心？

安公公一看这情景，很识趣地退下去，顺手掩上门。

殿内寂静无声，精美的烛台上光影绰绰。

"我已经成亲了。"我抬起眼帘，望着他这张颠倒众生的魅惑脸庞。

他"嗤"的一声笑了，面上的表情又回到之前的玩世不恭："我可不在意这些，况且，你和宋洛君并没有正式的成亲礼仪，所以……你也不算已婚妇人。"

我不着痕迹地抽出被他握着的手，迎着他的目光，定定地看着他："我和你并无可能，我想我还是该早点告诉你。我和宋洛君两情相悦，这一生就平淡地过着，白头到老。我不奢望能得到你的祝福与认可，所以，我恳求你，放我回去吧。"

他冷笑："你从未用这样的语气与我说话，如今为了他，宁愿拉下脸来求我？金篱，你果然变了。"

见他有心转移话题，我也不再做样子给他看："我嫁了人，自然得变了。待我有了孩子之后，必然会变得更多。"

他骤然发怒："你既然入了宫，就别想着要出去！"茶杯被他打翻在地，发出清脆的响声，而后，安公公推门而入。

"将她领回琉璃宫，没有朕的口谕，不准她踏出宫门半步！"

这是变相的软禁……我张了张嘴，太欺负人了好吗？刚想反驳，安公公便对我做出一个"请"的动作，对我道："姑娘，随老奴出门吧。"

走在鹅卵石铺就的小路上，我心中烦闷不已。要是真被软禁了，那么出宫就更加不用指望了。

安公公提着灯笼走在我身侧，叹了口气，道："皇上近来喜怒无常，姑娘你就多多担待点儿吧。"

我听了，很是不爽："担待的是我，凭什么！"

"你不晓得，他终日饱受摧心病的折磨，你可知他有多痛苦？"

"摧心病？"我愣住。

安公公轻蔑地瞟了我一眼，那眼神儿好像在说：你真肤浅！

穿过一座假山，四周更加寂静，偶尔有树叶飘落，发出咔咔的响声。今年的秋天来得特别早。

安公公说："你也以为皇上是劳累过度，疲惫不堪才昏迷的？哼，无知之人！"他这句无知之人，不知是在说我，还是那些误诊的无能太医。

缓了缓，他又道："皇上确实操劳没错，但皇上贵为真龙天子，又是习武之人，身子怎么可能娇弱到疲惫而晕倒？"说到这里时，他眼底快速闪过一丝恨意，"皇上成功收复皇权之后，太后便暗中给他使了毒，也因此，她被囚禁德宁宫。皇上没结束她的性命，也算仁义了！"

他自说完这些后，就不再言语，一路无话，直到他送我回到琉璃宫，便折身返回了。

眼前是雕栏玉砌、小巧精致的宫殿,据说,是他几个月前刚建造的。

门外几个宫女正在守夜,见我回来,不禁松了口气,笑道:"姑娘你平安回来就好,你第一次进宫,对道路不熟悉。方才你就这么出去了,我们姐妹几个都生怕你迷了路,回不来了呢!"

我笑笑,整座皇宫的布局,相信没人比我更熟悉,就连贵为九五之尊的金远羽,也不及我。

熄了灯火,我躺在床上翻来覆去,怎么也无法入眠。我脑中乱哄哄的,一会儿记挂着宋洛君,一会儿又想着金远羽,还有其他人和事。

这么想着,忽然一阵阵悠扬的琴声传来,叮叮咚咚的,极好听。

什么人大半夜的,还有兴致弹琴?思忖了一下,我下床披了一件外袍出门了。

秋夜的风很冷,跟冬季的寒冷不同。我搓了搓双臂,便循着琴声的方向走去。

其实吸引我前往的,并不是这悦耳的琴声。我只是好奇,谁有那个胆子,冒着砍头的危险而弹琴,深夜扰人清梦。

脚步停留在德宁宫,便再也迈不动了。我倾耳聆听里头传来的琴声,心神有些恍惚。

德宁宫里,灯火通明,琴声缭绕。彻夜不停地弹唱,究竟是有多寂寞,才会如此?

正犹豫着要不要进去,就听到前方有人行来,我垂下头,听到那人低斥道:"哪个宫的?来这里干什么?"

森冷的嗓音入耳,我身子一震,猛地抬头,而后,看到对方眼里同样的惊诧。

小桶子笑了一下，声音逐渐变得尖细，早就没有先前的软糯。他看着我，道："你的命还真是硬了，那么高的悬崖，摔下去居然没死！"

听他这么说，我心里很不是滋味，只随口答了句："我没死倒让你失望了。"

"嘣——"弦断。

琴声停了，四周清静了，接着，房门被打开了。我惊得回头，恰好撞见她秀丽的容颜上，满是憔悴。

在我记忆中，她一向是打扮得高贵冷艳，或优雅得体的，从未有过像现在这般粗简随意。

她穿着单薄的连襟衣，赤着脚站在冰凉的石阶上，素色的衣袂在夜风中轻轻飘浮，好似弱不禁风，一吹就倒。

我心下一紧，一句"母后"就脱口而出。这两个字刚从嘴里吐出，我不由得怔住了，抬眼看着眼前人，她蓦然红了眼眶。

她吸了吸鼻子，声音下沉："张水桶，退下。"

她只一句话，小桶子便带着满目诧异离开了德宁宫。

我坐在她对面，两相无言。就在这时，我忽然想起，眼下我随她进来，等会儿会不会对我下杀手？

思及此，我的背脊蹿过一丝凉意。这也不能怪我多想，毕竟之前，她曾派人追杀我。

她定定地看着我，似乎知道我在想什么，不禁苦笑出声："你不用害怕，我不过是个手无缚鸡之力的妇人罢了，而且又身在皇宫，没那个能力取了你的命。"

我安下心，面上有些尴尬，只回望她，默默地瞅了许久，忍不住问出了深埋在我内心深处，最渴望知道答案的问题：

"当年,你怎会抱养我?"

她恍惚了一下,眼角的纹路更加清晰了。她像是陷入回忆之中,低喃道:"当时,你是李太傅连夜送进宫来的。所以,你从何而来,爹娘是谁,我不知道。只记得你那时,裹在水蓝色的襁褓中,眉眼弯弯,跟我刚出生的菲儿颇有些相似……"

听到这里,我差点忘了,李菲儿才是她的生女。随后,我又问:"为何你宁愿扶持别人家的女儿当皇帝,也不肯收留自家女儿,甘愿让她流落民间?"

她的笑容里刻画出几分悲戚,答非所问:"一切都是我作孽……"

"那李菲儿现在身在何处?"

她面色瞬间发白:"她已经走投无路了。太傅府一家老小已被流放边疆,只剩下菲儿一人,半个月前,便被金远羽关入大牢!"

关入大牢?我倒抽口气,脑海中浮现那张妍丽温婉的面容,她那瘦弱的小身板,可怎么受得了冰冷潮湿的地牢?这些暂且不提,倘若狱差私自对她用刑呢?

这些根本不敢细想,回望太后愁苦消瘦的面容,也无怪她如此疲惫憔悴了。

蓦地,我想到金远羽的身体状况也不是那么如意,莫非真的与太后有关?

我直视着她,一字一句地问:"你给金远羽下毒?"

她神色一变,看着我惊异道:"许久不见,你真是变得不一样了……"说罢,她扭过头,嘲讽一笑,"是啊,我就是给他下毒了。要不是因为解药的事,他早就杀了我了,何必留我到现在?"

我心中微震,又听她道:"你不会也以为,他是顾念叔嫂之情,出于仁心放过我吧?"

我闭了闭眼,深感无力。这皇宫多是尔虞我诈,稍不谨慎,便身首异处。如此……我还能再说什么?可金远羽不仅是皇室正统血脉,还是唯一的皇位继承人。而且,他之前也待我不薄,他不该死。

于是,我伸手:"我要解药。"

她的眼睛睁大了点,惊疑不定地看着我。

"我不知道你给他下了什么毒,我只知道,如果他死了,大金江山必乱!而且,朝中还有多少乱臣贼子对皇位虎视眈眈,若没有金远羽镇守,江山早已易主!"我一口气说完这些,心口有些喘,可目光仍然不离她,坚定地将她望着。

她转过身去,留给我一个瘦削的背影,半响才道:"他中的是百日迷,每日他都会昏迷一大段时间,不仅如此,他的身体也会随着昏迷的时间长短,越来越孱弱。等到百日之后,他就会昏死过去,不复苏醒……我也不怕告诉你,百日迷这种毒药,除了我,这天下无人能解,即便是神医唐墨,也无力回天。"

沉吟良久,我道:"要怎样才能给解药?"

她回头,笑得讽刺:"哼,解药?等解药给了,要杀要剐还不是他一句话的事!"

这么说,她就是要揣着解药,以保活命?

忽地,我笑了:"你宁愿巴着解药不放,也不愿借此机会保你女儿出狱?"

"哈哈哈,我有解药在手,金远羽就是有天大的本事,能奈我何!他不敢动我,自然也不敢动菲儿!"她说得信誓旦旦,露出让我从未见过的狂妄。她说罢,叫来小桶子将我轰出门去。

大门"嘭"的一声，我被隔绝在外。我抬手正想敲门，就听见她冷淡的嗓音从门里面传了出来：

"不用白费心思了，我绝不会奉上解药。"

32. 再见侯戈
CHENGXIANG,
NI JINTIAN CHONG WO LE MA?

今日的阳光很炽烈，洒在人间大地上，却没有回暖的迹象，反而让人觉得遍体生寒。

我审视着跪了一地的太医，怔忡地问："百日迷，真的无解？"昨晚听太后那席话，我到底还是不信的。

跪在地上的四个中年男子，是太医院里医术最高明的太医，此时他们哆嗦着唇，冷汗直冒："微臣无能，这药确实无解……"

望着榻上唇色苍白的人，我暗中叹了口气，今天他又昏迷了，好在这昏迷的时间也是掐得准，避过了上朝理政的时段。

然而，一直这样下去，也不是办法，他的身体迟早会垮掉。

蓦地，我想起太后说，百日之后，金远羽必死无疑！

"金远……皇上患病多长时间了？"

"呃，大概是一个月有余……"

"三十天！"我心下骇然，没想到这么快就过去三十天了。

我纠结不已，忽然想起我那毒王老爹，心中又燃起了希望，我两眼放光地盯着安公公，急切道："赶紧备马让我出宫去找我爹！他一定有法子解毒！"

屋内的几个太医眼前一亮，眼巴巴问道："姑娘，令尊是何许人也？"

"药王玉无忌。"说到我爹的名号，我颇有些自豪神气。只是，我爹他老人家，好好儿的名字不叫，为什么要叫"无志"？

"医毒双绝的药王玉无志？"那几人激动了，眼中崇拜的光芒乍现。

一番滔滔不绝的赞颂膜拜之后，那几人拍手欢喜道："姑娘若能让令尊出面，皇上必定有救！"

我点点头，目光转向一言不发的安公公："公公，让我去请我爹进宫吧？"

哪知，安公公只是冷哼一声，转头看向别处，凉凉地说道："别忘了，姑娘现在是皇上的义妹，玉篱郡主，可不是什么江湖毒王的女儿。"

几个太医讪讪道："这有什么关系，安总管，您还是放这位姑娘出宫吧，皇上的病要紧啊！"

"哼……皇上早就嘱咐咱家，万不可让玉篱郡主离开皇宫半步！"

几次威逼利诱，安公公都不肯松口放行。是以，几人坐在大殿里，望着床榻上面容快快的金远羽，束手无策。

"若真想救他，何必亲自出宫那么麻烦！直接写一封书信，派人送过去不就得了！"潘蓉蓉端着一碗药汤从门外走了进来，语气不善。

我不知是该笑她的天真呢，还是该夸赞她聪明？

送信？药王谷是什么地方，普通信笺能顺利送到？况且，药王是何许人也，想让他看信，还得掂量掂量送信之人有什么身份值得他浪费点时间看信。

见我只笑望着她，不予理睬，她眼里闪过一丝恼怒，而后握紧拳头，拿起勺子坐在床边给金远羽喂药汤。

我见状，不知这姑娘抽了那根筋，没见到他还昏迷着吗，竟还喂药给金远羽？我很是纳闷，然后看到金远羽居然能咽下入口的汤药！虽然这下咽的过程特别缓慢，但还能吞食点东西总是好的。

看到我目露惊诧，她淡淡地掀起眼帘，用眼角的余光扫了我一眼，一边提着勺子将药汤一点点地滴入他的嘴里，一边讥诮道："枉顾某人是皇上心中挂念的人，皇上患病，连基本的关怀都没有，就想着借机逃出宫，真不明白皇上为何会对这样的人念念不忘……"

她这话显然是指桑骂槐，意有所指，也没有多少含蓄委婉的意思。

"住口！玉篱郡主岂是你可以谩骂的人？"安公公沉着脸，眸光锐利地盯着潘蓉蓉，"奴婢就要有奴婢的样，尊卑都分不清了吗！"

潘蓉蓉虽然穿着低层的宫女衣服，但身上流露出来的贵族小姐的傲气却丝毫不减。她瞥了我一眼，对安公公冷笑道："一个来路不明的女子，就随便封为郡主，还真是气派尊贵啊。"

我也不恼，郡主身份什么的，都是浮云。是以，我只默默地看着她。

安公公也不再多说什么，只轻飘飘地睨了她一眼："来路不明？若把她的身份亮出来，保管吓死你。"

安公公这话说得太给力，这马屁拍得不动声色的，让我一阵心花怒放。于是，我在心里提笔写了一个"屁王典范奖"，准备等哪天心情好了，就给咱们这位马屁大王颁奖。

言归正传，我道："皇上的病，不能再拖。一般书信是无法顺利送达药王谷的，所以……要想解除百日迷，除了放我出宫，还有一个捷径，就是到太后那里去拿解药。"

安公公沉默了好一会儿，声音略有疲惫："说得倒是容易，之前对她威逼利诱，她都软硬不吃，就是把整个德宁宫掀个底朝天，也未必能搜到解药！"

我怔忡着，不禁想起昔日那张妍丽清秀的面容，不由得问道："为何不从李菲儿那里下手？"

安公公长叹一声，伸手揉揉太阳穴："本以为可以利用李菲儿来胁迫她交出解药，哪知，她精明得很，晓得咱们不敢动她，就死活不肯交出解药，愣是和咱们耗到现在！"

大殿内一阵静默，几名太医耐不住这样的气氛，个个急着告退了。

我垂头沉思半晌，忽然脑中一道白光闪过，霎时有了主意。我两手背在身后，故作高深地说道："像你们这样逼迫她，自然达不到目的。要让她心甘情愿交出解药，知道吗？"

安公公撇撇嘴，那神情像是不屑："你能有什么办法让她心甘情愿交出解药？"

我朝他摇摇头，笑得高深莫测："你不懂，待会儿你就知道了。现下，先带我入牢探望李菲儿。"

安公公半信半疑地瞅着我，不予答复。这时，一道沙哑浑厚的嗓音从门外传来：

"属下愿为你带路。"

他仍是那副千年不变的面瘫样，黑色修身短打，腰间佩着宝剑，如以往般的简洁利落。

我心脏蓦然一顿，跳动的频率好似失衡。望着他冷酷俊朗的面容，我一阵恍惚，当视线移落在他空荡荡、随风轻飘的黑色袖子时，我的心口陡然一紧，心脏突突直跳，总预感促使他断臂之事与我有关。

安公公打量我的神色，有些意味不明地说道："这位御侍乃是皇上的贴身护卫，皇宫大内总管。有他护在你左右，出入牢房重地比较安全些。"

侯戈面无表情地听着，而后对我做了一个"请"的姿势，让我走在前头。

我想不到他自从亡命崖诀别后，竟会重回皇宫，而且还成了金远羽的贴身护卫！这么说来，侯戈自始至终都是金远羽的人？

还有，他断了一只手，又是怎么一回事？我挠挠头，百思不得其解。

步入阴暗得不见天日的牢房，一股带着湿气的酸腐之味瞬间扑鼻而来。我下意识地捂住鼻子，用手扇风，想到里头有死老鼠或者什么肉体日益腐烂而散发出来的臭味，我的胃就一阵揪紧发酸，恨不得马上掉头回去。

稍一转头，一块淡蓝色的手帕映入眼帘。

精致的青色竹叶，绣在淡蓝色的布景上，格外清雅美观。我疑惑地望向侯戈，他抿了抿唇，面无表情地把手帕塞进我手里，声音有些僵："捂着。"

原来是给我掩鼻用的，心中一暖，我对他感激地笑笑。

有狱卒迎了上来，一双三角眼不客气地打量我们，张口刚想问话，侯戈便从怀中掏出一块黄金令牌，高举在他面前。

那人一见令牌，不禁抖着腿跪在地上："小的有眼无珠……"

"带我到李菲儿的牢房！"未等那狱卒说完，便被侯戈冷声打断。

见到李菲儿那时，她正闭着眼睛，半躺在发黄干燥的枯草上，不算宽敞的牢房，只关着她一人，里头除了一堆枯草，一张朽坏的木桌，便什么也没有了。我低头扫视了潮湿的地面，眉头瞬间皱起。

灰色的墙壁很是冰凉，甚至还积了水，偶尔望去，还有几只蟑螂在墙角攀爬。

似感觉有人注视，她缓慢地睁开眼睛，迷茫的眼神在看到我面容的瞬间，变得清晰透彻。

她吃力地爬起来，紧紧地抓住我的裙角，控制不住般失声大喊："皇上你是来救我的吗？"

我的眼眶蓦然红了，赶紧扶她起来，脱了身上的外衣披在她瘦弱的身板上。

她呆呆地望着我，眼泪啪啪地滴落下来，我顺手用方才的蓝色手帕给她擦泪，哪知她竟越哭越凶……

我与侯戈面面相觑，颇有点手足无措，正想着如何安慰她，她忽然惊叫一声，瞪大美眸，不可置信地望着我。

见她的目光落在我的服饰上，我瞬间了然。

握紧她纤细的手，我轻声道："我是女儿身，很对不起我骗了你。但无论我是男是女，我依然是以前那个我。"

她怔忡了一会儿，过了许久，她垂下眼帘，神色黯然，呢喃道："我知道的……自从你被宣告遇刺而亡后，太后便把一切告诉了我。"

我心绪难宁，一时竟不知该喜该忧。原来早在我离开皇宫时，一切都已揭晓。

"皇……你来，只是为了救我出去吗？"她还是很敏锐的，至少她也看得出来，我并不是单纯来迎接她出狱。

33. 番外 太后

CHENGXIANG,
NI JINTIAN CHONG WO LE MA?

我未曾想到，自己也有被人胁迫的一天。

当我踏入那个阴暗得不见天日的牢房，所有的一切便开始脱离我的掌控。

傍晚时分，金篱领着我进入牢房探望菲儿，起初，我以为她是念在旧日的情分上，让我见菲儿一面。殊不知，她却是利用菲儿，与我交换百日迷的解药。

自从菲儿被金远羽抓捕入牢，我就断定他绝不会对菲儿动手，毕竟他还得靠我的解药活命。

可我万万没想到，他们真的对菲儿动刑了。她身上穿着破旧的狱服，胸口和手臂之间划过一道长长的血痕，赤着脚，脚趾上血迹斑斑，那颜色有些黑，好像干了很久。

望着她披散着毫无光泽、如同枯草的长发，我心里仿佛被万根银针锥刺，我亏欠了这个隐姓埋名了十八年的女儿真的太多了……

我姓云，是云启国皇室的庶出公主。

云启国土富饶，繁华裕隆，比起金国只是有过之而无不及。而云启的皇宫，更是奢华，同时，后宫佳丽更是数不胜数。

众多皇子公主当中，我算是最出色的，可再如何出色，也依然被嫡系一支的压在底下。

我的众多兄弟姐妹当中，皇子当属我的四皇弟云墨最为出众，他沉默寡言，惜字如金，按这样的性格，应当是不讨喜的，当然，也是讨不得父皇的欢心的，所以，他注定与皇位绝缘。

可是，他有一个艳冠天下的母妃。父皇几乎对她独宠，视六宫粉黛为无物。因为爱屋及乌，云墨虽是庶子，却是朝臣们眼中，最有可能继承皇位的人。

树大招风。最终，他那美人母妃被害而亡，而他被毁了双腿，最后不知所终了。

皇宫一夜之间被烧毁，有些人怀疑是云墨所为，于是父皇下令四处搜捕。

当然，结果是没找到的，但谁也不知道，多年后，那个名震江湖的神医唐墨，就是他。

说实话，我是佩服他隐忍不发的孤勇的，可我到底是个女子，没有他的胆量和勇气，我顾忌的事情很多，比如我的母妃。

母妃是个失宠很多年的后宫女人，以前她肚子里怀着我的时候，一度期盼着我是个皇子，因为这样，她就可以晋级上位。

可料不到，我是个公主。之后，父皇对她很失望，便从此冷落了她。

于是，她开始迁怒于我，把气撒在我身上。

体肤上的瘀青伤痕伴着我长大成人。等我到了十二岁时，她积郁而亡。她逝去后，落下我孤身一人，自那时起，我便发誓一定要出人头地，断不会像她这样，静悄悄地死在冷清的宫殿里，无人问津。

于是，我日夜颠倒，拼命地学习各种技艺，包括品德礼仪。

三年来的勤苦训练，终于在父皇五十寿辰时，绽放了属于我的绝艳光芒。

如愿以偿地得到高座上那位的赏识与器重，我心中欣喜却也忐忑不安，作为皇家公主，都逃不过远嫁联姻的命运，即便那位公主再如何受宠。

然而有一天，父皇安排了一个任务让我执行。那天，他亲自送我出城，临行前他对我道："把控金国内政，相信你定能做到。有朝一日，待我将金国收入囊中，你将是我云启最出色的公主！"

其实，我也知晓这样的重任于我来说根本不可能完成，悄无声息地混入金国，仅凭这一副美貌皮囊就能闯入政治中心，并且夺权把控局势，这谈何容易？

天生傲骨不容我认输，况且一直以来，我最怕的，就是看到眼前威严的老者失望的目光。

为了掩人耳目，离国的事自然不能过于张扬。是以，我仅带着一个身怀武功的丫鬟云丝，便一路向金国的边境行去。

金国虽没有云启富足，但他们的兵力之雄厚，是云启远不能及的。边关防御严实，城门戒备森严，我乔装成落难的千金小姐，带着丫鬟孤苦伶仃地漂泊，如此倒也能避过搜查，顺利进城。

摸清金国的局势之后，我便领着云丝登门造访潘侯府，想借他结识皇朝最尊贵的那位。

这位潘侯爷，与天子是生死之交，他不是皇室中人，却是金国唯一的一个异姓侯爵。可见他与天子的情谊深重，如此借助他这个垫脚石，接触金国皇帝最适合不过。

早听闻潘侯爷淡泊名利，是个有闲情逸致的雅士，为投其所好，我准备了些名贵罕见的文房四宝亲自送与他。

见到他时，我颇有些吃惊，想不到这潘侯爷居然是这般丰神俊秀的人物！

初次见面，大抵是彼此都有好印象，临别时，他说："闲时无事，不妨来我这儿走动走动，你我算是投缘，高山流水，知音难遇啊……"

然后，就这样一来二往，渐渐地，日久生情。关于进宫一事，却因为一时的儿女私情，被我抛在脑后。云丝不止一次地暗示我，切勿耽误了正事，后来，我猛然醒悟，云启与金国素来不和，我一国公主，和敌国的侯爷，有什么可能呢？

是以，这段萍水相逢的爱情，我终于抽身而退，至于借助潘侯爷的关系入宫的事，我绝口不提，云丝也是无奈，只怨愤地瞪着我。

意想不到的是，当朝天子驾临潘侯府，然后在侯府的后花园，我与那风华正茂的少年天子"一见钟情"。

之后，我改名换姓，顺理成章地进了宫，成了他的女人。初始，因为我没什么显赫的身份背景，所以我入了宫，品级也是个"贵嫔"。

自小在吃人不吐骨头的深宫长大，是以，后宫的明争暗斗，尔虞我诈，我皆是四两拨千斤地轻松应付。

为了晋级，我利用皇上对我的深情，恳求他给我一个显赫的身份。于是，他秘密托了消息到岳家，让岳家那位战绩辉煌的将军收我为义妹，从此，手握重兵的镇国将军府成了我的娘家、登上后位的最大助力。

登上高位之后，我一边收集情报，托人送到云启，一边继续发狠地打压后宫各方势力。为此，我甚至暗中买通太医院的御医，给那些女人喝避孕汤。因为汤药的问题，她们十年内都没能怀上。

最后，我生下了一个女婴。这与我的预想完全不一样，原本我想着生个龙子，日后可以继承皇位，然后暗中操纵内政，将重心转移到云启，那么，收服金国便是早晚的事。

我望着怀中小小的一团,心中纠结不已。如今储君之位悬空,而皇上年过三十了,膝下却无一子。是以,众臣纷纷请示,立南阳王金远羽为储君。

皇上他自然是不愿意的,总希望我能争气生个皇儿,继任大统。

可眼下生出个女儿,想他正徘徊在门外苦等,让他知道生的是女儿,不知他该有多惆怅?

其实我认为,生男生女都没有区别,但如果生男儿的话,对将来的内政容易把控些,倘若是个女儿继位……那夺取政权,是不是更容易了?

此时,我萌生了一个念头,让女儿扮作男装,继承皇位。等皇上驾崩了,我便以太后的身份垂帘听政,一边暗中谋划夺权。

这本是最完满的计划,可是,倘若被人识破阴谋,那我这女儿必定有生命危险!况且,皇宫这种阴暗的地方,生在皇家的孩子,总免不了出现意外。

为了让她安然成长,于是我在当晚,便暗中联系了李太傅,让他进宫把刚出生的小女儿带走,放在宫外养着。与此同时,再到民间买个别人家舍弃的孩子送到宫里来,开始了假冒皇子之路。

对于偷梁换柱这件非常隐秘的大事,李太傅首先是拒绝的。但碍于先前,我于他有过一次救命之恩,是以,他勉为其难地帮我完成这一系列的动作。

我给出生的女儿取名"菲儿",当李太傅给我送来一个孩子做交换时,我忽然有些感伤,明明是自己的亲生骨肉,却要这样永别。

心情沉重的我在看到抱来的女婴时,蓦然宽慰。这孩子与菲儿同年同月同日生,模样长得不同,却比菲儿更加精致些。她是李太傅在民间抱来的,是以,我并不知道这个孩子的身世背景。只看到她的襁褓上,画着一个"篱"字。

于是,我便唤她阿篱。从此,她姓金名篱。

皇上知道我生了个女儿,很是沮丧,好在他从未抱怨什么,对阿篱也是喜爱非常。是以,我趁他还在兴头上,便把之前那个"女扮男装继承皇位"的想法给他说了。

听完我的话,他愁云惨淡地问我:"她的身份一旦被揭发,你可曾想过她的退路?况且,好好儿的一个公主,偏要扮作男儿,会耽误她的终身大事的……"

起初他怎么都不肯答应,后来朝臣的争议越来越激烈,无奈之下,他只好立阿篱为太子,暂时就这么凑合着,等日后再给她恢复身份。

为阿篱摆满月酒的时候,恰好听闻潘侯爷要成亲的消息。那时,我正抱着阿篱在御花园赏花,知晓他将要迎娶左将军的女儿为妻时,心中微微抽痛,之前不是对他淡忘,只是不敢再深想这些罢了。

待到阿篱长到三岁时,已经会说话和走路了。每每听她软糯糯地喊我"母后"时,我那充满算计而冷硬的心蓦然变得柔软,同时,心里对她也更是愧疚。

她能平安无事地长到三岁,其间在生死边缘不知走过多少回。有时会被某个宫的婢女下毒,有时会在游玩之时,意外摔伤,甚至有时候,会无故失踪……

幸好现今的后宫由我主宰,且眼线众多,什么事也瞒不过我。如此,阿篱的安全便有了保障。

见她像小树苗似的健康成长,我欣慰之余,却有些惆怅。不知我那留在太傅府的女儿,如今怎么样了。虽然我知晓李太傅夫妇定会善待她,可现在过去三年了,我连见她一面的机会都没有。

阿篱开始到国子监上课学习知识，而她总是不务正业，逮到机会就逃课，随便请假；上课不专心，时而打瞌睡；捣蛋调皮，有事没事就捉弄同学……听着李太傅的这些抱怨，我心里颇为满意。其实我并不希望阿篱能成才，就让她一直这么昏庸下去吧，日后她继位，我好从中取便，收回她手上的权力也易如反掌。

她越长越大，容貌也越发秀丽美艳，好在她自小蛮横惯了，就算有人怀疑她的性别，也因为她粗鲁不雅的习性，从而让人忽略不计。

随着她的身高越发出挑，而皇上的年纪也越来越大，某一天终于驾崩。

我看着一干朝臣在他的灵堂前哭得惊天动地，心情有些复杂。皇上身体一向硬朗，近几年才渐渐衰弱，御医们也诊断不出什么结果来，只说是劳累过度，再加上早些年便患上的肺痨，是以没人怀疑，他这是被下了慢性毒药的症状。

所以，他死得理所当然，除了我，没有人知道他真正的死因。恐怕他到死也不知道，其实他是死在枕边人手里。

举行葬礼那天，许久未见的潘侯爷来了。我未想过，有生之年还能再见到他。这时，他带着十五岁的女儿进宫，刚一见面，他便直接问道："你究竟是谁？"

想来，他是对皇上的死感到怀疑。可此时，我心里竟有些雀跃：真不愧是我看上的男人，就是如此机敏聪慧。

我倒也没怎么欺瞒他，索性全说了。他听完，非但没有表现出震惊的神情，只是看着我的目光，是那样悲戚。

过了十几天后，他再次进宫找我，对我道："皇上刚刚登基，地位不稳，而且我没猜错的话，她是女儿身。女扮男装冒充皇帝，若被人发现，那是滔天大罪。既然皇室人丁稀少，当今天子能力又弱，那么我愿意帮你得到大金江山。但前提是,你得保证让我大金的子民安居乐业,禁忌一切反叛战乱!"

若能得到他的协助,那便能早日收服金国。

之后,我让金篱与菲儿成亲,但遭到李太傅和潘侯爷的强烈反对。毕竟,两个女人玩成婚,是件非常荒唐的事,可他们不会理解,这么做自有我的缘由。

所谓控制李家势力,其实是个幌子,李太傅除了品级高,并没有实权,所以,他哪儿来的势力?

只要菲儿成了皇后,那我便能以"婆媳"的关系,与她朝夕相处,给予她迟来的母爱。

除去这个好处,还有另一个更大的好处,就是等金远羽垮台,那么这皇室就再也没人继位,我便能明着操纵内政,联合云启一举拿下大金江山。

这本是一石二鸟的计划,然而我没想到还会被金篱逃出去。

幸好,她身边有小桶子。小桶子是我早些年便安放在她身边的耳目,后来我听他汇报,金篱坠崖了。于是我安下心,只是在每个午夜梦回,我时常听见她在梦里哭喊着"母后"。就好像时光倒流,她还是年幼时捣蛋顽皮的孩子,其实她是这场国家利益争夺中的牺牲品,她自然是无辜的,可是在这场阴谋中扮演的角色,却是全局中最关键的一棋。

所以,她不得不死。

一切正按着拟定的轨迹行走着,但没料到的是,朝中那群大臣,竟畏惧金远羽的兵力。是以,金远羽是暂时动不了的。不是没有雇人刺杀他,但每次都是以刺杀失败而告终。

于是,就这么耗了大半年。云启那边得知消息,几次三番催促我快些行动。无奈之下,我找了潘侯爷。

这一生,我从未想过,会有人为我肝脑涂地,赴汤蹈火在所不惜。我以为,只有我才是这世间最卑微的人,我背井离乡来到金国,没有云启半点助力,独自一人在这异乡为自己的国家卖命,这一切作为,只是因为龙座上高高在上的父皇。

潘侯爷,他本是一只闲云野鹤,却终是为了我,卷入这场江山的纷争。

他千里迢迢,一人一马赶到金国的边疆,盗取主帅的兵符。我对他的能力向来是信赖的,我也这么认为,只要他一出手,就万事大吉。

可我们都算错了。不知从何时起,布满耳目的皇宫,开始易主。原先那些与我站在同一战线的人,悄无声息地转移战地,成了别人的耳目。

是以,全盘计划完全败露。

潘侯爷被囚入狱,择日问斩,只因他并非皇室出身,犯了错,便不是单单贬为庶民那样简单。

好在金远羽是个明主,没有抄家诛九族。是以,只是封锁了潘侯爷的府邸,卸掉他府中所有人的官职。

我万念俱灰,这十九年来的隐忍负重,百般筹谋,终是竹篮打水一场空。我自然是不甘心的,便买通御前侍卫,给金远羽下药——百日迷。

之后,我趁着潘家的纷乱,把潘侯爷的女儿蓉蓉接入宫来。

她是个急躁的孩子,听说她爹入狱了,一时气不过,便去跟金远羽理论。

她这天真烂漫的年纪,哪里晓得这些险象环生的阴谋?她从头到尾,都不知她爹成了叛乱党、卖国贼。在她心中,她爹仍是那个清风明月般的文人雅士。

想来金远羽也知道潘蓉蓉的无辜,是以,并没有对她进行其他惩戒,只是把她软禁了。

没多久，金远羽中的百日迷，终于发作了。这是意料之中的事，然而潘蓉蓉为了他来求赐解药，却是意料之外！

不曾想到，潘蓉蓉会爱上金远羽。她知道我和她爹的关系，几次三番来求我，为了保命，我无论如何都不会给的。

我深知，如今我这一国太后通敌的消息被天下人所知，只怕难逃一死！可我不能，我还有好多好多的事情没做完。

金远羽被百日迷所控制，是以，他不敢轻易取了我的性命。然后，他把菲儿送进大牢。

我不知他是从哪里获得菲儿身份的真相的，不过，他拿菲儿来威胁我是无效的。我明白，只要他身上的毒一日不解，他就不能奈我何，自然也就不可能真的对菲儿动手。

然而，预料不到的事很多。

没想到金篱居然还活着，没想到狱卒会对菲儿用刑，更没想到，菲儿会为了金篱，求我放下这一切。

虽然我知道菲儿这满身伤痕是伪装出来的，但还是免不了一阵痛心疾首。

我对菲儿永远有弥补不完的愧疚，这是我的女儿，自从出生之后，便被狠心地送离母亲身边，我亏欠她十九年的母爱，现今又让她这般落魄，心中的愧疚感如同野草般，疯狂滋长。

最后，我如她所愿，交了解药。

"你看我的演技不错吧？成功骗到母后，解药终于到手啦！你要如何奖励奖励我？"

看到菲儿满脸欢喜地对金篱讨要奖赏，我忽然萌生一个想法，倘若……她这辈子能像现在这般快活无忧，不再活在险恶的阴谋当中，那我就是身首异处，又何妨？

如我所料，金远羽的身体逐渐康复后，便派来安公公，赐我毒酒一杯，白绫三尺。

临死前，我对金篱讨要一个承诺，保菲儿和蓉蓉今生无恙。还有潘家，我对他们一家的亏欠，今生怕是还不清了。

毒酒入喉，冰寒入肠。今生的错，来世补救。

记忆翻飞，我眼前蓦然浮现当年我与阿潘初遇的场景。

落花时节，不再逢君。

34. 结局篇【上】

CHENGXIANG
NI JINTIAN CHONG WO LE MA?

今日,天气晴朗,碧空如洗。

金远羽心情很好,倚在汉白玉砌成的栏杆前,一双波光潋滟的桃花眼直勾勾地盯着我,半是玩笑半是认真地说道:"这次你救驾有功,说吧,你想要什么?"

我抬头,并不畏惧地直视他的眼睛:"让我出宫吧。"

闻言,他的面色顿时不好看了,嘴角扬起讥讽的弧度,而后侧过头,不再看我。

"对于出宫一事,你还真是执着……就那么想回到他身边?"

见他又阴阳怪气地说这种话,我有些无力,复而再次认真地对他说:"我已经不再是十七八岁的小姑娘了。我已成了亲,是别人的妻子,说不准哪天,我就有了自己的孩子,成了母亲。所以,不要再执迷不悟了好吗?如果你真的想奖赏我,那就让我回去吧!"

"不可能!"他宽大的袖袍一挥,转身按住我的肩膀,"皇宫是你从小到大生长的地方,你还有什么不习惯的?不要回去了,我不介意你嫁过人,我只要你留下来,做我的皇后!"

皇后?我一怔,感觉这个身份离我真是遥远,从来无法想象。

又听他说:"做我的皇后,从此与我并肩站于这天下的顶峰。我把控前朝,你掌管后宫,如此甚好。"

他的眼里满是对未来的憧憬，如曜石般的眸子因为染上希冀的光芒，而变得熠熠生辉。我有些不忍心回绝他，可一想到宋洛君还在丞相府等着我，我就义无反顾，就算是拼尽性命，也要回去与他团聚。

从未如此渴盼见到一个人，想来这便是相思吧？

"皇上，宋丞相在骄阳宫门外求见。"一名青衣侍卫急匆匆地赶来通报，乍一抬头，见到我在此，不禁愣了愣。

我一听宋洛君来了，顿时大喜，迈开步伐就想往骄阳宫行去。然而还未走出几步，手腕就被人从身后拉住。回头一看，就见金远羽一脸淡漠，他对侍卫冷声吩咐道："去告诉他，朕大病初愈，不宜见客！"

宫墙外，宋洛君今日没穿官服，一身银灰色的长袍温雅俊秀，器宇轩昂地负手而立。

小丁子手捧着折叠整齐的绛红色官服，垂下眼帘瞥了眼放在官服上的乌纱帽，想起今日他家少爷进宫，一是来辞官告"老"还乡的，二是来接他家少夫人回家的。

小丁子瞟了宋洛君一眼，看少爷现下如此镇定自若，但等会儿如果皇上不肯放人的话，少爷你还能这么淡定吗？

等了许久，不但没等来那个明黄的身影，反倒等来一个侍卫。不用多想，宋洛君就知道来人是来打发他的。

但既然来了，又怎么有回去的道理？是以，宋洛君上前，微笑着对那位青衣侍卫说道："请帮我转告皇上，臣的夫人怀有身孕，这阵子感谢他的照料。"说完，宋洛君弹弹衣袖，便洒然踏入骄阳宫。门外的守卫因顾及他的身份，不敢随意阻拦他，是以，就这么睁一只眼闭一只眼放他进去了。

话说回来。

青衣侍卫把宋洛君的话"原汁原味"地汇报给金远羽听,金远羽听完,眉头大皱,然后将怀疑的目光定在我平扁的肚子上。

我忽然就懂了宋洛君的意图,他的意思就是,他金远羽平白给别人养孩子了!

不管我肚子里有没有胎儿,金远羽都必须面见宋洛君了。

宋洛君那厮实在太会算计,金远羽的脸色顿时发黑。他挥手,压抑着心头的恼火,咬牙切齿地吐出几个字:"让他到御书房等候!"

见到宋洛君的时候,我欢喜得差点没冲上去抱一抱了,碍于金远羽在场,还不敢那么放肆,只眼巴巴地盯着宋洛君瞧。

"你说玉篱郡主是你的妻子,有何证据?朕可没听到宋卿家成亲拜堂的消息。"金远羽高坐在御书房的一只雕龙宝座上,施施然地瞟了宋洛君一眼,语气是那么不以为然。

我嘴角一抽,能不能说,我也没听说过什么玉篱郡主是皇上的义妹的消息……

大概世上真有心有灵犀这回事,我刚这样想着,接着,宋洛君就说出我的心声了。

但架不住金远羽脸皮厚哇。他仍是面不改色,说谎也不用打草稿:"朕前几日亲封的义妹为玉篱郡主,因那时时间仓促,便没有大昭天下。宋卿家你没听到消息,实属正常。"

宋洛君也不立刻反驳,只似笑非笑道:"哦,那玉篱郡主恰好怀了臣下的孩儿,皇上你说该如何是好呢?"

"你……"金远羽霎时气结,一时无言以对。

这话可不好接口，如果我真怀了宋洛君的孩子的话，那他就必须把我许配给宋洛君。倘若金远羽不让我们成婚的话，那么到时，我的肚子逐渐显露，我就会沦为笑柄，这辈子活在世人的耻笑中。

难道，这是金远羽所愿见到的吗？

宋洛君见他眉宇纠结，不禁好心地提示道："既然皇上没听说过臣与郡主成亲的消息。要不皇上即刻下旨，让我与……"

"真是痴人说梦！"宋洛君话还没说完，金远羽便厉声打断，"朕不会承认你们的婚事！"

我听了，顿时急着出来辩解："我都怀了他的孩子了！"其实我也不知道有没有怀上，但我也晓得，若是一口咬定孩子是宋洛君的，说不定事情会有转机。

宋洛君也不恼，仍保持着文雅君子的形象，他表面上风轻云淡，出口的话却是信誓旦旦："痴人说梦，只怕是皇上你吧？我与阿篱成婚多日，如今她怀着我的骨肉，皇上还百般强留一个有夫之妇、有儿之母到底是何意？倘若你不信，可以请太医院的所有御医前来诊脉！"

我闻言，腾地站起来，不可置信地摸摸腹部，难道宋洛君说的是真的，我真的有了？刚想开口疑问，忽然胃中一阵反酸，之后，翻江倒海的酸水全涌上喉咙，我赶忙捂住嘴巴，直往附近的茅厕奔去。

金远羽见状，脸色一白，身旁的安公公不禁问道："皇上，还要去请御医来一趟吗？"

金远羽没说话，只盯着我远去的背影发呆。过了好一会儿，他挥手，命安公公退下。

不用请御医，看这等情形，他也知道自己终究是输了。

我从茅厕回来的时候，就见到宋洛君站在骄阳宫门口等我。此时，他一脸如沐春风的笑意,见我来了,便伸出手牵着我,低沉的嗓音中难掩愉悦:"阿篱,我们回家。"

我望着他,忽然有一种梦幻般的不真实,不禁回头望了眼身后气势恢宏的大殿,纳闷道:"他怎么同意放我们走了?"

他低笑一声:"因为……他知道我足够爱你。"

此话一出,脸皮自认厚比城墙的我瞬间羞红了脸。

夕阳将我与他的身影拉得老长,折射在地上的影子紧紧相随,那么温馨那么默契,走到天涯海角也不离不弃。

而我不会知道,金远羽就站在城楼上眺望着我们的身影渐行渐远,直至看不见了,他才移开视线。

金远羽幽幽地叹了口气。

"你说,朕是不是很没出息,为了一个女人,就一直惦记着念念不忘?"

一直充当木头人的安公公背脊一僵,呃……皇上是在问他话吗?

好吧,这个问题不太好回答。

"唔……"安公公斟酌了片刻,嘿嘿一笑,"皇上实乃性情中人!"

金远羽一头黑线。

见金远羽郁郁寡欢的模样,安公公冥思苦想了许久,终于想到一个好办法!他一拍大腿,对金远羽提议道:"皇上,虽然您得不到金篱姑娘,但可以把希望寄托在下一代嘛!"

"比如?"金远羽斜视他。

"比如……比如您生个儿子,就跟他们的女儿成亲!倘若您生个女儿,便和他们儿子成亲。嘿嘿,这样也可以弥补您当初的情感缺陷啊。"

安公公正对自己想出来的好办法沾沾自喜,就听见金远羽飘来一句:

"假如两家生的都是儿子呢?"

安公公一阵猛咳。

然后,又冷场了。

安公公望着眼前萧然孤寂的身影,便不再吭声,只紧随在他身后,同他等待着夜色的降临。过了许久许久,忽然听见他说:"明日,拟旨封金篱为玉篱郡主,从此,她便是朕的义妹。而皇宫,便是她的娘家,她最大的靠山。"

安公公只觉得鼻子发酸,这个淡漠寡情的男人啊,到底是下了多大的决心,才决定放弃她,心甘情愿用自己显赫的身份,给予她锦绣荣华的未来?

之后,又听他说:"吩咐下去,三日后准备封后典礼,朕……要立潘蓉蓉为皇后。"

安公公惊得抬起头来,正要应答,就看到一个粉色的身影从眼前掠过。

潘蓉蓉攥紧他明黄的袖口,死死地盯着他:"立我为后……到底是因为她吧?"

金远羽看也没看她一眼,只丢下一句话,便自行离去。

他说:"你可以拒绝。"

潘蓉蓉跪倒在地,秀丽的面容上满是凄楚。她怎么可能拒绝?他就是吃定她不会拒绝,也舍不得拒绝!只要能和他在一起,给她什么样的身份,她都不介意。

让她当皇后,算是他最大的恩典了。她清楚金远羽此时的心情,之所以封一个不爱的人为皇后,只因为后位上坐着的不是金篱。既然不是她,那么封谁为后,又有什么区别呢?

他对她是一种将就,也许是一时的将就,但她无论如何,也不会离开他，至少他现在，需要她。

更重要的是，只要她当皇后，她爹潘侯爷，就能留下性命，哪怕终生关押在大牢里……只要活着，就好了。

35.结局篇【下】
CHENGXIANG,
NI JINTIAN CHONG WO LE MA?

其实我很想知道,宋洛君这厮,是如何得知我怀有身孕的,莫非他真的是未卜先知?

对此,他非常冷静地解释道:"我在宫里安置了多个眼线,即使我不在皇宫,但我也能得知第一消息。"

至于他的眼线是如何看出我怀孕的,我就不知道了。

回到丞相府之后,迎面而来的竟是一窝蜂的人!

尤其是那个衣冠楚楚、面容肃穆的老头,他一见到我,立即走上前,作势要给我下跪。

这个老头我自然是认识的,就是当年声名鹊起的翰林院内阁大学士,也就是宋洛君他爹。

但是,我现在是宋家的儿媳,这老爷子给我下跪又是闹哪样?

后来听宋洛君说,他爹本是在巴蜀游历讲学的,后来不知怎的,就被金远羽派去的人抓去软禁了,等他被送回来时,神志稍微有些不清醒。是以,我便能理解这老爷子突然对我下跪的原因了。敢情他是玩时光倒流,以为我还是两三年前那个贪玩无能的小太子。

宋洛君她娘自从知晓我以前的身份后,说起话来,对我颇有些……敬畏?这种态度的转变,让我有点儿接受不了。每天,她对我说话时,都是特别谦恭的"请示",说起某些话题时,她总是小心翼翼,完全没有婆媳之间的那种亲切感。

我曾不止一次地想，一定是我以前的皇帝身份吓到她了！

可无论如何沟通，她就好像被强力胶定型了似的，再也改不过来。日子过得相当烦闷，这天下午，院门口突然响起一阵喧哗声。我好奇地出门去看，就见我那药王谷的亲爹亲娘冲上来将我抱在怀里。

我爹一脸忏悔，险些老泪纵横："闺女啊，随爹回家吧！爹发誓，绝不会再逼你嫁给青华了！"

我一头雾水，青华是谁？好半晌我才记起，青华便是我爹座下的首席大弟子。

"你忘了？我们是来接篱儿回药王谷的！"我娘嗔怪地瞥了他一眼，便握着我的手，柔声道，"为娘听说你嫁入京城宋家，而且还怀了孕，所以我和你爹便急忙从药王谷赶来了。哎……你这孩子也真是的，这么大的事，怎么不通知我们呢？"

我讪笑，实在不好意思告诉他们，其实我压根儿就忘了药王谷还有一对亲爹娘……

他们对宋洛君是满意至极，整天女婿女婿地喊着。然后我还听到我那个黑人专业户的老爹一口一个称赞，说什么宋洛君真乃谦谦君子啊，温文尔雅啊，一表人才啊……要知道我爹其实是个毒舌，江湖上出了名的大毒舌，人称黑人专业户的药王。他最擅长的事就是黑人，喜欢在背后黑人家，就是不知道宋洛君究竟是干了什么事，居然能讨得他的欢心！

在宋府闹腾了几天，那二老就待不住了，想着要马上回药王谷打理事务。临走前，他们拉着我的手不舍离去，虽说药王谷也是我的家，但眼下我已嫁为人妇，必须住在婆家。

然而在宋府的这几天里，我实在无趣得很，周围也没什么好玩的，家丁婢女们个个严谨忠实，身边没有一个逗趣谈得来的丫头说说话，大院子里的人待我尊敬有礼，既古板又无聊。

是以，当我爹娘提议要带我回药王谷时，我一口就答应了。

宋家二老起初有些不放心，我只一句话就让他们点头应承。

"我爹精通医术，留在药王谷更适合养胎。"

我和爹娘启程去药王谷时，宋洛君不在场，听丫鬟说，他是外出忙活去了。是以，我便带了小丁子一起去药王谷。

我坐在马车里，迟迟等不到他来，心里微微失落，便嘱咐宋府守门的家丁，等宋洛君回府了，便告诉他，我已去往药王谷，他要是想见我，便收拾衣物来药王谷长居。

肚子有三个月大的时候，满屋子的人个个忙得像陀螺。我爹每日坚持给我把脉，特意制作了新的养胎药方，亲自为我熬汤。而我娘，每日不停歇地给我缝补一些绸缎衣物，小小的一件件，五颜六色的，说是准备给肚子里的孩子的。

身边服侍的奶娘，吃饱喝足之后，便搀扶着我四处走动走动，说是舒展筋骨，可健身，对胎儿有益。

我低头望着微微隆起的腹部，顿时满头黑线，才三个月大而已，非要这么折腾这么麻烦！那要是七八个月的时候，大伙儿岂不是要紧张得一夜不敢睡觉了？

肚子越来越大的时候，我的生活便被管束得越发严格。

孕期胃口大，而且嘴馋，无时无刻不想着吃东西，肚子容易饿。

记得有一次，我在梦中梦见自己吃了一大篮子的水蜜桃，于是我就在睡梦中"馋"醒了，大半夜吵着要吃水蜜桃。

爹娘简直是宠我上天了，我要什么便给我买什么，不管此时是什么时间,便派人连夜出谷,到遥远的小镇买来了一篮子的水蜜桃。

到了第七个月时,肚子又圆又滚,像极了一颗大雪球。自身行动也不方便起来,是以,他们整天围着我转,几十双眼睛盯着我,唯恐我一个不小心,发生了意外。

然后,我便失去了自由。他们再也不让我出去走动,稍微人多的地方,就不让我接近,更不让我做一些体力活。

所以,我的活动范围被划分在一座小小的园林内。

坐在石桌前,望着苍翠欲滴的花草树木,我不由得一阵恍惚。都过去七个月了,宋洛君却不曾来看我,连一封书信也没有。

我忍不住想,他不会是把我给忘了,或者被他娘逼迫与刘七七成亲了吧?越是这么想,我越是坐不住,真是恨不得马上赶去见他。低头时,视线落在圆滚滚的肚子上,我又丧气地垂下头。

今儿一整天,我心中积郁,闷闷不乐的。平时每次开饭,我的胃口都大得惊人,而此时,却连一颗米粒也咽不下去。

小丁子端着一盘嫩黄松软的桂花糕过来,乍一见我愁眉不展地杵在窗前发呆,不由得嘿嘿笑问:"少夫人,您那想死病,又发作啦?"

我回头默默瞅他一眼,目光便转向秋空中的那轮明月,叹了一口文艺又伤感的气,幽幽道:"你不懂啊……我这哪里是想死病?而是相思病。"

小丁子了然一笑。

第二日,我醒来的时候,发现平日里伺候我起床梳洗的翠菊竟然不在。正想骂一句野丫头,不知又跑哪里去偷懒了,忽闻身后"吱呀"一声,木门被人打开。

我心中冷哼一声,心想这丫头来得可真准时!转身过去正想质问几句时,一阵劲风忽地迎面吹来,接着,便落入一个熟悉的怀抱。

我怔了一下,随即翘起嘴角,抬手环住他的腰,与他紧紧相拥。

好半晌,才稍稍退开,我斜睨着他,道:"怎么,你还记得回来找我?"

他轻柔地吻上我的发:"这些时日很忙,被皇上传入宫中处理政务去了。这么久才来看你,为夫知错,娘子见谅……"

说着,他的手伸到我的腹间,轻轻摸了摸,低声笑道:"你这肚子倒是争气,我不在的这段日子里,越来越滚溜了。"

我没好气地白他一眼,心里甜滋滋的。

天气越来越冷,显然是开始入冬了。我窝在锦被中迟迟不肯起身,翠菊在一旁苦劝无效,便出门去请宋洛君了。

刚翻了个身,突然下身一阵紧缩,随后,铺天盖地的剧痛自腹中传来,我咬着牙,疼得在床上翻来覆去。不过片刻,额前瞬间布满了密密的汗珠。

宋洛君从门口急奔而来,看到我一脸惨白,一向淡定的他终于不淡定了!

"我……我快生了!"半晌后,我才憋出这么一句。

宋洛君一听,顿时跌跌撞撞地跑出门去。

随后,一群人风风火火地闯入房屋,我半眯着眼,隐约看到我娘带着几个婆子进来。

那几个人长得肥头大耳,肉饼一样的脸上生了一颗黑痣,怎么看怎么"猥琐"。

"这位夫人,我们是这小镇上接生技术最好的婆子,你躺好,眼睛闭上,只管呼气吸气,孩子的事儿交给我们!"她们行至床尾,伸出一只咸猪手就往我的裙底探去——我心下一慌,下意识想要避开她们的触碰,忽然手上一暖。我低头,就看到一只大手握住我的手。

他柔声道:"不要怕,有我在这儿守着,你可安心。"

我瞬间红了眼眶,正想点头,就听那接生婆说道:"女子生产,男子不宜见血,这位公子请回避一下……"

说罢,那几人就把宋洛君赶苍蝇似的轰出去了。

然后,我眼睁睁地看着她们笑眯眯地接近我——

一声声惨绝人寰的叫喊声直冲云霄,之后,终于爆出婴儿嘹亮的哭声。

几乎是同一时间,木门"啪"的一声裂成两半,宋洛君破门而入。

他的手有些颤抖,声音不稳:"终于生了……"

我想回答他,奈何此时的嗓子早已发哑。

片刻后,宋洛君非常镇定地问了一句:"男孩女孩?"

接生婆喜笑颜开,谄媚道:"哎呀呀,恭喜公子夫人!是个小公子!"

我顿时松了口气,就听宋洛君淡淡道:"男孩是吧?给我狠狠地打屁屁!"

话音刚落,刚出生的娃儿哭得更凶了。

接生婆大惊:"你疯了!"

宋洛君没回话,轻轻将我拥入怀里:"谁叫他的出生,让他娘这么痛苦?"

生产过后,我睡了整整三天三夜。醒来那时,正好是日落西山,薄薄的日光从纱窗倾泻进来,我挣扎着从床上起来,腰背一阵酸痛。

"少夫人!您终于醒了!"翠菊进屋的时候,一脸惊喜。

我摸了摸扁下去的肚子,才惊觉孩子已经生下来了,于是我急问道:"孩子呢?"

翠菊瞄了眼窗外,示意我往窗外看。

只见宋洛君抱着一个紫色的襁褓,姿势怪异。望着他柔和的侧脸,我心里溢出了幸福的味道。

"少夫人您可不知道,那天在产房门口,少爷急得像热锅上的蚂蚁,当看到您昏睡了整整三天三夜,少爷险些吓晕过去!奴婢从来没见过少爷这般模样……"

在坐月子那段时间,金远羽曾派人送来一马车的营养补品。对此,宋洛君很不是滋味地说道:"送这么多东西来,倒显得我委屈了你似的。"

我一听这话,顿时乐了。温雅如他,竟然会吃醋!

然而没过几天,金远羽便驾着华贵的马车,便服来访了。

对于他的到来,我很是意外。他笑得灿烂如花,说:"你别以为我对你还旧情难忘,如今,我后宫佳丽三千,个个美貌。像你这样的颜值,早就被挤到爪哇国去了。"

我额上划下三条黑线。

他围着我转了几圈,摇头叹道:"没想到不过半年没见,你转眼沦落成小村姑。啧啧,瞧瞧你穿的什么衣服啊,土成这样,这件衣裳怕是地摊货吧?"

我望着他的俊脸,只觉得恍然如梦。此时的他,一如初见那般绝艳且毒舌。不过我很庆幸,都回到了原点。

其实,金远羽这次并不是一人过来,他还带着大肚子的潘蓉蓉。

再次见到她,那个急躁傲慢的女子已然不见,转而被温顺淑静取代。之前她每每见到我,就像一只炸毛的猫,眼里藏着对我的敌意。而眼下,她会对我表达各种友好,甚至说要留在药王谷,陪我聊聊天解解闷。

她这么想做我的闺密,我心里不知该喜该忧。

我忽然想起了那个与她一样温婉淑静的女子,我问:"菲儿她……如今可好?"潘蓉蓉都成了皇后了,按理说,李菲儿作为金远羽的亲侄女,应该会被赐封为皇室嫡系公主的吧。

潘蓉蓉默了一瞬,轻声道:"她,已经削发为尼,出家于水月庵了。"

我震撼,实在想不到她竟会去当尼姑。思忖了片刻,我终于理解她。

一日,金远羽提议道:"倘若蓉蓉生的是女儿,便与你家小子定亲如何?"他用扇柄敲打着手心,玩味地瞧着我怀中小娃儿。

宋洛君走过来将儿子抱起,风轻云淡地瞟他一眼:"我认为孩子们只能义结金兰。"

金远羽顿时不高兴了,斜睨着他:"你这是在说我生不出女儿?"

宋洛君笑笑没说话,我不禁问他:"为何不看好他们生女儿?"

"因为我不想和他们结为亲家。"

语毕,我竟无言以对。

当得知潘蓉蓉生的是儿子的时候,已经是两个月后的事了。金远羽派人传信过来,让我和宋洛君进宫赴宴,小皇子的生辰宴。

那天,我亲眼看到他百花争艳的后宫。其实也不是那么多的女人,但一百名妃嫔还是有的,虽然个个貌美如花,但我很怀疑金远羽一个人顾得过来吗……

潘蓉蓉是第一个入驻后宫的女人,也是地位最高的女人。是以,她生的小皇子,恰好是目前唯一的龙嗣。无人争抢,所以这个孩子刚生下来便被立为太子。

听他们说,太子取名修文,我忽然想起还没有给大伙儿介绍介绍我儿子的姓名——宋之。姓宋,单名一个"之"字。当时我一个名字也想不出来,便取名为"之"。

我还记得那会儿给儿子取这个名的时候,他哭得要多凶就有多凶。

宋之渐渐长大,自五岁后,我便带他回京城的宋家祖宅居住,然后也在那个时候，宋之正式结识了小太子金修文。

修文小小年纪，便一副沉稳冷静的模样，且全身散发着皇家贵族的气息，我简直是惊呆了！

再低头看看自己调皮捣蛋的儿子，我瞬间遭受打击……

宋之的性子，没有遗传他爹的温雅，闹腾得很，看起来好像和……金远羽有点像？

再看小太子金修文，斯斯文文的，倒与宋洛君差不多？

这两个性格迥异的小孩凑在一起，却出奇地合缘。

那日，我和宋洛君告别金远羽，就看到回廊边两个粉雕玉琢的小孩在夕阳下玩闹——两个小孩正蹲在地上玩泥巴。

宋之顶着一张老气横秋的脸儿，对金修文道："听说，你上课偷看小说？"

金修文很腼腆，秀气的眉毛扭成一条毛毛虫，反驳道："是童话！《安徒生童话》！"

"哦，那你看过《黑雪公主》吗？"

"哎？我只知道《白雪公主》！"

宋之不屑地瞟他一眼："没见过世面的乡巴佬！"

此时，金修文也不管他怎么骂，两颗乌溜溜的大眼巴巴地望着宋之，讨好地对他笑说："快给我讲吧！等会儿我请你吃御膳房的鲍鱼汁！"

宋之两眼放光。

于是，他双手负于身后，非常缓慢地讲述道：

"从前，有一个黑雪公主，她一生出来，就满身污黑，跟臭水沟滚出来的小泥鳅似的。

"那时候，天空正好下了一场大黑雪，于是，她被英明的国王取名黑雪公主。

"黑雪公主有个非常恶毒的后母，整天嫉妒黑雪公主比她丑，于是啊，她就买了一面会说话的魔镜。

"她问魔镜：'镜子镜子，你说，谁是世上最丑最黑的女人？'

"魔镜回答道：'哦，是亲爱的黑雪公主。'

"皇后一阵羡慕嫉妒恨，于是她便派人去刺杀黑雪公主了！

"哪知公主居然被七个小白人救了，然后幸福地生活在山洞里。

"后来有一天，七个小白人同时喜欢上黑雪公主，却因为黑雪公主只有一个，便买了个黑苹果，把她毒死了！"

金修文听完很是兴奋，拍着手掌大声叫好！

我站在边上，一头黑线。我这儿子真是太会扯淡了！

正想走过去教训几句，金远羽便拦住我，摇头笑道："你生了个古灵精怪的儿子，倒是好福气！"

我自然是知道金远羽喜欢我家小子的。不仅因为他活泼好动的性子，还有他漂亮精致的五官。虽然他年幼稚嫩，小脸还没长开，但隐约可窥见他日后的风采。

就如同金远羽的风华绝代。

临走前，金远羽亲手抱起宋之，在他白嫩的脸蛋上狠狠亲了一口，神情很是不舍。是以，他送了一箩筐的奇珍异宝给宋之。

我回头，恰好看见清秀沉静的男孩杵在原地，眼里是羡慕的光芒。其实我是明白的，金远羽对宋之的喜爱程度早已超过了自家亲儿子。

而他对金修文的冷淡，是否恰恰是因为，这孩子的性子有宋洛君的影子？

药王谷一年四季草木常绿，是个隐居的绝佳之处。

在别人眼中，世外桃源是个修身养性的清静之地，然而你绝对想不到，这个所谓的世外桃源，每天上演着各种奇葩抽风事件。

宋之到了七岁的时候，更是闹腾了，整天把药王谷弄得鸡飞狗跳。一会儿爬树，一会儿到山上采药，甚至有时误食了毒草，这调皮鬼真是让大伙儿紧张死了。

宋之似乎对草药有一种近乎执拗的兴趣，时常黏在我爹身边，各种软磨硬泡，只为求我爹教他学习毒术。

就因为前几次，他误食毒草险些丧命，是以，我爹断然拒绝。

宋之沮丧得不行，此后闷闷不乐的，见人就摆着一副臭脸。

然而他这副臭脸也维持不了多久，在他遇见唐墨时就瞬间瓦解了。

眼前人仍旧是一袭青衫，面沉如水，波澜不兴。我望着他，一时蒙了，蓦然想起那段时日的纠结暗恋。

视线落在他腿上时，我又是一惊！他的腿，还没好？

我张口正想要问，宋之便扯着他的袖口，眼巴巴地问："听爷爷说你就是江湖神医！你可不可以收我为徒呢？"

好似生怕他会拒绝，宋之便伸出三根胖胖的软乎乎的手指，信誓旦旦地说道："听说你从不收弟子，但是我会很努力很努力学习的！我有天赋，学得会很快，以后在江湖上混，绝不会给你丢脸的！"

我以为像唐墨这样喜静厌闹的人，定然会拒绝。

等了半天，他竟然点头说好！

这可真是惊掉了我的下巴！

看着宋之欢欢喜喜地围着唐墨喊师父，我托着下巴怔怔发呆。

宋洛君便从身后走了过来，幽幽地说道："你的初恋还没成亲，你

是在思考对策，打算改嫁，和他在一起吗？"

我猛然回神，才意识到宋洛君这厮又吃醋了。我一笑，抬手钩住他的脖子，踮起脚尖便印上一吻。

我怎会改嫁呢？今生能与他执手白头，足矣。

番外
乌龙的七年之痒

CHENGXIANG,
NI JINTIAN CHONG WO LE MA?

宋之六岁那年，家中长辈便开始旁敲侧击，各种试探询问要不要生二胎。

我想到生头胎的时候，疼得撕心裂肺的……顿时想喷他们一脸：敢情不是他们生，站着说话不腰疼呢。

生二胎？拒绝！

在我这边碰了一鼻子灰，于是他们便去找宋洛君了。估摸是盘算着，现在当家的是宋洛君，是一家之主，是天一样让人仰望的存在，夫纲振兴，妻子定然是要听夫君的话的。且不管以前出身多高贵，嫁鸡随鸡嫁狗随狗，为人妻者，要以夫命是从。

想必，如果在宋洛君耳边提上一嘴，二胎就有着落了，哪管我同不同意。

我想到此，非常生气。暗暗磨牙，如果宋洛君敢逼迫，我就与他和离！这样逼迫人，不尊重夫人的夫君要来何用？

别人等着宋洛君的答复，我也等着看他的态度。可不巧的是，他今儿却被皇帝召入宫去了。

我找人打听了一下，便知今日是天寿节，皇帝的寿辰。

这个节日，我比平民百姓还要熟悉的，当年我还在宫中时，亲身经

历这个节日所有流程……其中有一点，皇帝寿辰的当天，百官都会进宫请安恭贺，五品以上的官员则能留下来参宴。

而且可携亲属出席。

"少爷作为丞相，百官之首的一品大臣，更应该携亲属出席的。"贴身侍女翠菊奇怪道，"少夫人您还是皇上亲封的郡主，怎么可能连出席的邀请都没有呢？还有少爷他……为何一声不响就去参宴，为何也不带您一起去？"

我百思不得解，却又不愿往糟糕的方向去想，窝在屋里，什么都干不了，实在糟心。

翠菊请示："少夫人，咱们进宫去吗？如果您愿意，奴婢这就去备马车。"

进宫去干什么呢？不知道的，还以为是急着去捉奸呢。

我想到别人将会以那种眼光看我，我便浑身都不自在。

更不愿落得那样狼狈，叫人看了笑话。

我坐直了身子，端了一杯清茶慢啜，心想着，好歹是在皇宫中混了那么多年的，这点定力还是有的。

我捧了一本游记，靠在窗前看了起来，当是无聊消遣，打发时光。

不料想，从学堂下学回来的宋之蹦蹦跳跳地进门来，兴冲冲地告诉我，今日先生给全体同窗讲了一本戏文，说成亲七年，夫妻离心，史称"七年之痒"的故事。

宋之负手于身后，毛茸茸的小眉毛扭在一起，纠结地看着我，问："娘，您跟爹，是不是七年之痒啦？"

我听了，心一跳。脑子还没将这个信息消化掉，身体就已经先做出了举动，拽过这熊孩子，毫不犹豫赏给他一个栗暴。

我没好气道:"你才这点屁大,哪个先生会给你讲戏文里这些成年人才可看的东西?什么七年之痒,我看你是皮痒!"

说罢,我作势要揍他,宋之哇哇乱叫,撒丫子满地跑。

我自然也不会去追赶熊孩子,毕竟没跑几步就累了,这些年生养孩子,身体若说没有损伤是不可能的。

我坐在床榻上,抬头,以四十五度忧伤地望着窗外的蓝天,脑子里是宋之刚才讲的戏文故事,我问翠菊:"你说真有七年之痒吗?"

光阴飞梭,不知不觉,我嫁与宋洛君已经七年了,眼下面对的是平淡无波没滋没味的婚后生活,而这平淡至极的气氛下掩藏着躁动不安。

某些狗血烂俗的东西,难道真的要发生了吗?

翠菊小心翼翼地答:"或许七年之痒的确存在,但奴婢看少爷,应当不会辜负他爱的人,给家庭造成伤害。"

话是这样说没错,只是我想到宋洛君那过分俊朗的容颜……试想这些年,一起出去游山玩水,或街头闲逛,多少未婚少女对他投掷脂粉手帕,甚至有大胆的姑娘竟自请卖身到宋府当丫鬟,甚至自荐枕席,甘愿为妾。

我只把那些个丫鬟遣散了,倒没苛责她们。并非我大度,只是我想,年轻姑娘见着了优秀美男,哪个能不动春心?若说要怪,就该怪宋洛君这张脸长得太招摇了。

不过我还是有一些安全感的,宋洛君在生活中多处忍让我,于家里庶务上多敬重我,每回出门都向我报备,即使他急着出门,来不及与我亲口说,他也会遣了小丁子来汇报行踪。

但这次他却杳无音信。

不带亲眷入宫参加天寿节宫宴,却连个消息都不传达,实在不把人放在眼里。

加上宋之那小子莫名提及七年之痒，让我顿时免不了一阵多心。

其实我多心的并非宋洛君在外做了对不起我的事。

而是联想他近日入睡前总吐槽皇帝陛下隐隐针对他，在官场里不太好过。

思及此，我立即叫翠菊给我梳妆打扮，然后让车夫备马，准备进宫去。

因为是去参宴的，穿衣和梳妆费了不少心思，毕竟入宫面圣，仪容本就不能马虎，是以待到出发时，天空渐渐擦黑了。

临近宫门，有侍卫阻拦：宫宴已经开始，不在受邀列表的官家人员禁止入宫。

翠菊把一块令牌递上，守门侍卫见了凤凰飞天的金牌，当即屈膝半跪："原来是郡主，卑职这就开门！"

我坐在轿内，听到外头的答复，不禁摸了摸袖口，也幸得还有皇帝亲封的头衔，算得上半个皇亲国戚，再有这块狐假虎威的金牌，那么无论何时何地，都能自由出入皇宫。

翠菊刚才也体验了一把狐假虎威的爽感，兴奋地对我说："皇帝对您真好！奴婢也想要一个这样的义兄！"

我呵呵讪笑，腹诽道：金远羽那厮的恩惠，一般人可消受不起啊。以那厮的德行，随时都在给我挖坑跳呢。

果然不出意料，当我赶到御花园时，远远便看到邻水而建的繁荣亭里香衣鬓影，歌舞升平。

那些歌姬穿着清凉，胸前和腰肢珠片点缀，华灯下熠熠生辉，莫名地刺眼。

她们白皙纤细的脚踝上还系着金铃铛，随着每一次舞动，发出清脆悦耳的声音。

只怪视力太好,竟叫我看见那红裙歌姬把绵长飘逸的水袖抛掷到宋洛君怀中。

一时间,满座起哄,纷纷艳羡宋丞相能得美人青眼。

而座上的年轻丞相,端的是泰然沉稳,比歌姬还要出色。

我听到他悠然问道:"姑娘这袖子可熏了什么香味?我家夫人不爱这种香。"

翠菊激动难抑:"少夫人您看到了吗,少爷果真不是那种人!他对您的忠心,真是日月可鉴!"

昏暗中,没人看见我的嘴角扬起,那弧度大得,快要咧到耳根去了。我忙端肃正形,低咳一声,假装习以为常,淡声道:"他表现尚可。"

翠菊往我的方向瞥了一眼,偷笑了一下,并没有戳穿。

可这时,我看到高座上的皇帝朝我这里看了过来,那双绝艳的凤眸含着意味不明的笑,看得我心中突突一跳,升起一股不祥的预感。

"看丞相方才似乎极满意这场歌舞,"金远羽忽然开口,大袖一挥,指定那几名美艳的歌姬,"你们等会随着丞相回家吧,好生伺候咱们金国的栋梁之臣。"

那几名女子转头飞速瞥了神仙一样清俊的丞相一眼,桃腮染霞,羞涩应下。

底下的臣子又是一片羡慕,眼红宋丞相有此艳福。当今郡主秀美无双,如此容色倾城的佳人也被宋洛君娶为正妻,如今又有四名别致的美人送到府上做娇妾,怎不叫人羡慕嫉妒恨?

然而当事人的心情却不是那般轻松,陛下强赐美人,皇恩浩荡,怎么敢当众谢拒?

那可是抗旨不遵，忤逆皇威。

如此，宋洛君只好接受了。他站了起来，倒了一杯清酒说："臣，谢皇上赏赐。"

宋洛君的嗓音里是否隐含不甘我亦不知，倘若我对他无心，此刻我定然淡定以对，冷眼旁观，或者掉头回家去帮夫君张罗纳妾事宜。

可我按捺不住，身子前倾，抡起袖子就要上去。不料大内侍卫长侯戈挡在我的身前，他顶着一张面瘫脸说："皇上命我在此拦截，不许丞相夫人踏入繁荣亭一步。"

我抬头看着侯戈那宽阔的肩膀，山一样难以撼动，我知道若是硬闯，也讨不了好果子吃。我咬牙问道："他是不是故意的？"

这个"他"，指的是金远羽。

侯戈不语，想必就是默认了，我见此，肺都要气炸了！

都七年了，怎么金远羽还要给我挖坑，莫非是不想我日子过得太舒坦，非要给我找不痛快不成？

"夫人息怒，"侯戈一副公事公办的样子，面无表情地说，"皇上也是为了您好，想验证宋丞相对您的真心。"

侯戈思索了一下，好像在回忆金远羽对他说的言辞，给我转述了一遍。

"如果宋丞相抵不住诱惑，背叛了您，皇上就会把丞相关进大牢，给您报仇，随即给您重新挑选忠诚专一的驸马。"

我张了张口，把那句脏话逼了回去："我可谢谢他了啊！没事作什么妖，人性是可以试探的吗？"

有些人本来不会出轨的，但如果把诱惑强行放到他面前晃荡，本身就是在挑战人性，简直就是没事找事嘛！

我气呼呼地正想大声呼唤宋洛君，这时却听他浅浅笑道："皇上赐的几个姑娘看起来就很年轻能干,恰好我府上的丫鬟们,或病弱或年纪大了,做事不利索,眼下由她们顶替正好。"

他缓缓转身,无视那些人错愕愣神的表情,施施然地对那四名美貌的姑娘说:"以后就由你们伺候夫人的生活起居了,可要仔细点,若不慎让夫人少了一根头发,呵……"

他执杯轻笑,语气却是冷的:"轻则杖打三十,重则赶出府门。"

座上的金远羽脸色很不好看,头顶罩着乌云。

本以为宋洛君会上钩,不想又被他反将了一军,这时听到他一副得了便宜还卖乖的语气说:"多谢皇上为我家中添仆从。"

金远羽脸黑如锅底,一时间,饭都吃不下去了!

我隔着一段距离瞧着,倏地笑开了,心已经踏实,扭头对翠菊说:"嗯,既然今日不邀请咱们,咱们这就先打道回府了。"

侯戈问:"您不继续看下去?"说不定还会发生什么反转。

我从容地笑了,笃定道:"看什么看?我夫君对我的真心,天地为证,日月可鉴。"

本书由古点委托长沙大鱼文化传媒有限公司正式授权花山文艺出版社,在中国大陆地区独家出版中文简体版本。未经书面同意,本书的任何部分不得以图表、电子、影印、缩拍、录音和其他手段进行复制和转载,违者必究。